सुन्दरी का चैलेंज

जेम्स हेडली चेइ़ज़

डायमंड बुक्स

प्रकाशक : डायमंड पॉकेट बुक्स (प्रा.) लि.
            X-30 ओखला इंडस्ट्रियल एरिया, फेज-II
            नई दिल्ली-110020
फोन   : 011-40712200
ई-मेल   : sales@dpb.in
वेबसाइट   : www.diamondbook.in
मुद्रक   : रेप्रो (इंडिया)

Sundari Ka Challenge

By - James Hadley Chase

सुन्दरी का चैलेंज

आज फेअर व्यू एक मृत शहर है; परन्तु भूतकाल में यह एक वैभवशाली शहर था। यहां हाथ के औजारों के कारखाने थे और लोग काफी सम्पन्न थे।

अब फेअर व्यू के लिए सम्पन्नता अतीत की बातें हैं। काफी सामान यहां बनता था परंतु कुटीर उद्योग बड़े-बड़े उद्योगों के सामने कब तक टिकता? आस पास के शहरों में बड़े-बड़े कारखानों खुल गये थे और फेअर व्यू बेचारा केवल अतीत के वैभव को याद करता हुआ अन्धेरे की तरह बढ़ता रहा।

फेअर व्यू से तीस मील दूर स्थित बेन्टोन-विले जहां भारी मात्रा में उत्पादन हो रहा था, इस शहर को ले डूबा था। वहां के कम उम्र के जवानों का हौंसला बुलन्द था। वहां की सुन्दर दुकान, साफ-सुथरे छोटे-छोटे बंगले, तेजी से दौड़ती ट्रालियां और जवानों के दिलों में वाणिज्य और व्यापार की अनन्त थाह।

फेअर व्यू का जवान या तो बेन्टोन विले जा पहुंचा था या और भी उत्तर में न्यूयार्क तक। बेन्टोन विले में काफी आधुनिक किस्म का व्यापार केन्द्र बन चुका था, बस केवल कुछ ही छोटी-छोटी दुकानें पुरातन युग की यादगार भर थीं।

फेयर व्यू हारा हुआ शहर था। भद्दे, गन्दे घर थे, टूटी-फूटी सड़कें थीं और स्तरहीन सामान दुकानों पर बिकता था। यहां वही पुराने लोग बेबस, बेसहारा हालत में रहते थे जिन्होंने अपने समय में काफी अच्छा काम किया था।

बेरोजगार लोग गलियों के कोनों पर सारा दिन खड़े रहते थे। उन्हें ना तो किसी से कुछ लेना-देना था और ना ही अपने गम से फुर्सत।

फिर भी जीवन की छोटी-सी लौ फेअर व्यू में सदा जलती थी। यह किसी धन्धे के कारण नहीं बल्कि फिलिप हरमैन के कारण थी जो कभी यहां का अमीर रह चुका था। और आज जिसकी अमीरी एक भूली बिसरी कहानी की तरह थी।

हरमैन ने आज से दस वर्ष पूर्व जब कि शहर सफलता की चरम सीमा पर था, शहर के लिए एक अखबार शुरू किया था। यह आठ पन्नों का अखबार हरमैन के राजनीतिक विचारों को जनता तक पहुंचाता था।

काफी समय चलाने के बाद हरमैन ने अखबार साम ट्रेन्च को बेच दिया। ट्रेन्च अखबार का सम्पादक था। बेचते ही क्लेरियन चल निकला।

हरमैन चाहता तो बेचने के बाद अखबार से वास्ता तक न रखता, परन्तु उसने अपने बैंक को अखबार की हर माह सहायता करने का आदेश दे रखा था। व्यस्तता और अमीरी के कारण धीरे-धीरे वह क्लेरियन और बैंक को दिए गये निर्देश भूल गया। दूसरी तरफ अखबार धीरे-धीरे अपने पैरों पर खड़ा हो गया।

अखबार का दफ्तर बड़ी ही अजीब-सी जगह था। सारी प्रेस में कुल मिलाकर चार कमरे थे। स्टाफ में, एक सम्पादक साम ट्रेन्च स्वयम्, एक रिपोर्टर एल, बर्नेस, तीन क्लर्क और क्लेयर रसेल थे।

क्लेयर ही अखबार की जान थी। सारा दफ्तर, स्टाफ यहां तक कि पूरा अखबार उसके इर्द-गिर्द घूमते थे। जो भी जीवन की लौ उस अखबार में जल रही थी, वह केवल क्लेयर के कारण थी।

उसकी नियुक्ति हरमैन ने स्वयं की थी। तीन साल पूर्व वह कैन्सास सिटी ट्रिब्यून की चहेती रिपोर्टर थी, अतः उसे इस पेशकश पर हंसी आई थी मगर आज....।

क्लेयर का सितारा बुलन्दी था। उसने कैन्सास सिटी ट्रिब्यून में स्टैनी की हैसियत से सत्रह वर्ष की उम्र में काम शुरू किया था। उसे शीघ्र ही स्वयं में लिखने की प्रतिभा का आभास हो गया था परन्तु सम्पादक के विचार कुछ अलग ही थे। परन्तु क्लेयर घबराई नहीं। उसने महिलाओं के स्तम्भ का सम्पादन प्रारम्भ कर दिया।

हालांकि वह एक मामूली हैसियत की कर्मचारी थी, परन्तु शीघ्र ही उसने अपना विशिष्ट स्थान बना डाला। धीरे-धीरे वह सम्पादक मंडल की सदस्य जा बनी।

उसका भविष्य उज्ज्वल था। लोग उसका उदाहरण देते थे। धीरे-धीरे उसने आवश्यकता और हिम्मत से ज्यादा काम करना शुरू कर दिया। लम्बे-लम्बे नींद रहित काम के घन्टों से उसकी क्षमता गिरने लगी। वह बीमार पड़ गई। जब काफी अर्से तक वह बीमार पड़ी रही, लोग उसे धीरे-धीरे भूलने लगे। वह अकेली बिस्तर में पड़ी रहती। एक बूढ़ा डाक्टर सप्ताह में दो बार उसे देखने आता।

दोबारा काम पर लौटने पर उसे अहसास हुआ कि काम की प्रेरणा समाप्त हो चुकी थी। वह अब ज्यादा वक्त तक काम नहीं कर पाती थी।

सम्पादक ने आदर पूर्वक उसे समझाया कि वह ज्यादा बोझपूर्ण कामों के चक्कर से बचे। उसने कोई विवाद नहीं किया। वह पुरानी सदस्य थी क्या शिकायत या विवाद करती? वह कई लोगों को जानती थीं जिन्होंने इस काम में जीवन की आहुति दे डाली थी; अतः उसने सामान बांधा और शहर छोड़ दिया।

फिलिप हरमैन उसे मिला और उसने उसे अपने अखबार में काम करने की पेशकश की। उसने उसे केवल ट्रिब्यून से आधी तनख्वाह ही देने की पेशकश की। यही होना था। एक हिसाब से वह असफल रही थी और दूसरे हिसाब से क्लेरियन फेल हो रहा था।

क्लेयर ने जल्दी ही फैसला कर लिया। उसने अखबार पर अगले सप्ताह से ही मेहनत शुरू कर दी। थोड़े ही समय में अखबार के बिकने की संख्या बढ़ गई। यही उसे सन्तोष था। हालांकि हरमैन ने तो भविष्यवाणी कर रखी थी कि अखबार दो वर्षों में ही समाप्त हो जाएगा।

जब क्लेरियन अखबार के कर्मचारियों ने क्लेयर को पहली बार देखा तो उन्हें बड़ा अजीब लगा। फेअर व्यू में ज्यादा सुन्दर लड़कियां थीं नहीं, अतः क्लेयर तो जैसे बिल्ली के भाग्य से छीका टूटना ही था।

वह गहरे रंग की, लहरदार बालों वाली, काली-काली आंखों वाली एक निराश लड़की लगती थी, परन्तु वह इतनी ज्यादा जीवंत और तेज थी कि अचम्भा होता था। उसमें गजब की कार्यक्षमता थी।

सम्पादक साम-ट्रैन्च उससे बड़ा जल्दी प्रभावित हो गया। वह अखबारों का पुराना खिलाड़ी था। जैसे लोग रेस के अच्छे-बुरे घोड़ों को फौरन पहचान लेते हैं वैसे ही वह उसे फौरन पहचान गया।

ट्रैन्च एक उदास और निराश बूढ़ा था। कभी वह धनी था और उसे अपनी अखबार और अपने शहर पर बड़ा गर्व था। अब उसे अपना अखबार और शहर दोनों डूबते नजर आ रहे थे।

उसने बेन्टोन विले से घृणा थी। इस शहर के नये रीतिरिवाज और जारशाही उसके छोटे से शहर को भी बर्बाद किए दे रहे थे।

बेन्टोन विले इतनी तेजी से बड़ा होता जा रहा था कि रातोंरात अमीर शहरों में गिना जाने लगा था। इसके साथ-साथ ही स्तर गिरता जा रहा था। वह जानता था कि वहां का राजनैतिक जीवन बड़ा ही दूषित हो चुका था। पुलिस राजनीतिज्ञों के हाथों और राजनीतिज्ञ बड़े-बड़े दादाओं के हाथों में खेल रहे थे।

बेन्टोन विले में सैकड़ों वैश्यालय और जुआघर थे। यहां तक कि हर दुकान में एक ना एक जुए की मशीन थी और बेन्टोन विले का बच्चा-बच्चा जुआरी था। जुएं में करोड़ों रुपया लगा हुआ था और बड़ी-बड़ी संस्थाएं इसमें संलग्न थीं। इनमें मुख्य संस्था का काम टोड कोरिस करता था। उसके नीचे लगभग बीस आदमी थे। ये लोग इन जुए की मशीनों पर तैनात रहते थे। ये लोग सुरक्षा करने के लिए अमीरों से धन बटोरते थे और कई अन्य तरह के धन्धों की भी सुरक्षा करते थे।

ट्रैन्च जानता था कि कोरिस के पीछे एक ओर ही 'बास' था। उसका नाम वडिंस स्पेड के अलावा कोई नहीं जानता था कि वह था कौन? कैसा था? कहां रहता था?

स्पेड पुलिस को बाकायदा तनख्वाह देता था और राजनीतिज्ञों को बाकायदा हिस्सा। किसी की खिलाफत करने की हिम्मत नहीं थी। एक बार जब ट्रैन्च ने अपने अखबार के जरिए इन जुआघरों पर हमला किया तो पूरा अंक ही जब्त कर लिया गया। इसके बाद उसने इस दिशा में कोशिश ही नहीं की।

शुरू-शुरू में क्लेयर इन जुआघरों पर पूरी एक लेखमाला आरम्भ करना चाहती थी परन्तु साम ट्रैन्च कतई नहीं माना।

कोरिस ने क्लेरियन अखबार को फोन पर ही चेतावनी दे डाली थी कि बेन्टोन विले से दूर रहना ही बेहतर होगा, नहीं तो परिणाम अत्यन्त भयंकर होंगे।

आज बेन्टोन विले का नाम सब जानते थे परन्तु फेअर व्यू एक अतीत की याद भर था। क्लेयर और बर्नी दोनों बेन्टोन विले जाते और नई-नई खबरें पकड़ लाते।

साम ट्रैन्च उनके लेखों को पढ़ता और रद्दी की टोकरी में फेंक देता। बार-बार वह चेतावनी दिया करता कि क्या तुम लोग इस इमारत को आग की लपटों में देखना चाहते हो?

परन्तु अंत में स्टाफ ने इन जुआघरों ने विरुद्ध कमर कस ली। परन्तु जो भी घटनाएं हुईं, उनसे यह अहसास नहीं होता था कि अंत में कुछ लोगों की जान की बाजी भी लगानी पड़ जाएगी।

अगर मामला लौरेली का ना होता तो हैरी डयूक रात्री क्लब के मालिक बैलमैन के लिए स्वयं को परेशान ना करता। अगर हैरी डयूक ना कहता तो शायद किसी को पता भी ना लगता कि टिमसन का कत्ल हो चुका है। और अगर वर्डिस स्पेड के बारे में अफवाहें ना उड़तीं तो शायद आज यह सबसे ऊपर होता।

छोटे-छोटे टुकड़ों से बड़े टुकड़े और बड़े-बड़े टुकड़ों से पूरी तस्वीर बनती थी, परन्तु मजेदार बात थी तो केवल यह कि दस वर्षों के सतत प्रयास से जो इमारत बनी थी वह तीन दिन में ही रहने लगी।

तीन दिन....।

और यहीं से पहला दिन और पहले दिन का काम शुरू हो गया।

* * *

जून की गर्म दोपहरी में क्लेयर ने बर्नीं और एक अन्य दुबले परन्तु कठोर आंखों वाले खतरनाक से दिखने वाले आदमी को अपने दफ्तर में क्रेप खेलते देखा।

वह अभी-अभी कमेटी के दफ्तर से गन्दी बस्तियों पर एक रिपोर्ट एकत्र करके लौटी थी। उसे यह देखकर तो बड़ा ही अचम्भा हुआ कि बर्नीं ने उसका दफ्तर ही क्रेप के लिए चुना था।

'तुम्हें यहां नहीं आना चाहिए था।' हैट उतारते हुए वह बोला - 'मुझे काम करना है।'

'क्यों? हैलो खूबसूरत मेम साब! मुझे पता नहीं था आप लौटकर आ जाएंगी।' वह मुस्कुराया।

उसके उसके साथी की तरफ अरुचि पूर्वक देखा और बोली - 'अपने मित्र को बाहर ले जाओ और खेलो।'

'तुम टिमसन से तो नहीं मिली हो ना? अरे टिम्पी, यह हैं मिस रसेल। यह बड़ी महान लड़की हैं। मैं इन्हें धीरे-धीरे पहचान रहा हूं।' वह बोला।

टिमसन ने क्लेयर की ओर प्रशंसात्मक नजरों से निहारा। उसकी आंखों की शीशे जैसी चमक उसे अच्छी नहीं लगी।

'मैं तुमसे मिलकर खुश क्यों हूं मिस रसेल! जानती हो, मैंने तुम्हारा कालम पढ़ा था। बड़ा शानदार था।'

बर्नीं ने अपना हैट अपनी नाक पर खींच लिया।

'अरे बूढ़े चोर, साले घोड़े.... तूने पढ़ना कब सीखा? सुना तुमने क्लेयर। यह बूढ़ा शादीशुदा है और दो बच्चों का बाप भी....।'

'अरे। तुम यहीं तो मात खा गये प्यारे।' वह बोला।

'सारी! इसकी दो बीवियां हैं और बच्चा एक भी नहीं।'

टिमसन मुस्कुराया।

'मैडम यह बड़ा अच्छा आदमी है। परन्तु तुम इसका यकीन कभी मत करना। समझीं।'

'मुझे मालूम है। अब आप कृपया अपना खेल जरा बाहर जाकर खेलें।' टिमसन बोला।

'एक मिनट रुक जाओ। लड़की अच्छी है, पर इतनी अच्छी भी नहीं। तुम इस कन्या को मेरे लिए छोड़ दो। और सुनो हसीना, जरा अब तमीज से बोलना। अब मेरा सामना बिल्कुल मत करना। तुम तो जानती हो मैं क्या कर सकता हूं। और फिर बिजली का पंखा भी इसी कमरे में है।' लड़की की बांहें थपथपाता हुआ वह बोला।

'मेरा विचार है, इस कमरे के अलावा कुछ और भी तुम्हारे मन में है। मैं कहां काम करूंगी? तुम जानते हो?'

'जरा आराम भी किया करो। सदा काम करती रहती हो। और सुनो, टिम्मी यहां आ पहुंचा है। बड़ा हरामजादा है। कुछ ना कुछ गड़बड़ तो इस शहर में करेगा ही। वह रीयल ऐस्टेट का धन्धा करना चाहता है।'

'रीयल ऐस्टेट? क्या वह यहां जमीन खरीदने आया है?'

उस छोटे आदमी ने अपनी नाक खुजाई। और आंखें दूसरी तरफ फेर लीं।

'मुझे पता नहीं।'

बर्नी ने क्लेयर की तरफ देखा और बोला - 'वह तो गिद्ध है। जरा प्रतीक्षा करो उसके आने तक...। तुम तो जानती ही हो कि ये लोग कैसे होते है?'

क्लेयर चिंतित हो उठी - 'यहां फेअर व्यू में तुम्हें काफी जमीन मिल सकती है। लेकिन उससे तुम्हें कोई लाभ होगा.... कहना मुश्किल है।'

टिमसन मुस्कुराया - 'यह बर्नी मुझे चरित्रहीन बता रहा है। परन्तु मैं केवल एक व्यापारी हूं। मैं भावहीन व्यक्ति हूं। हरेक का अपना-अपना विचार है। तुम समझती हो रीयल ऐस्टेट अच्छा धन्धा नहीं है?'

'पांच वर्षों में मध्य और पश्चिम के शहरों की तरह यह भी एक टूटा हुआ शहर बन जाएगा। इसका वैभव समाप्त हो चुका है। अगर तुम रेगिस्तान में पैसा लगाना चाहो तो बात और है। यहां जमीन बेचने वाले बहुत मिल जाएंगे।'

'तुम समझती हो हो यह दोनों फैक्टरियां कभी उभर नहीं पाएंगी? मैंने तो देखा है कि कभी-कभी इन शहरों में जमीनें खरीदने वाले करोड़पति बनकर घर लौटे हैं।'

'क्या-क्या सपने यह व्यापारी देखते हैं?' बर्नी हंसा।

क्लेयर ने टिमसन की तरफ काफी देर तक देखा और बोली - 'तो मुझे अब साम से बात करनी पड़ेगी। तुम्हारा खेल बिगाड़ने का तो मैं सपने में भी नहीं सोच सकतीं'

जब वह चली गई तो टिमसन ने बर्नी की तरफ क्रोध से देखा और बोला - 'साली, मुझे तुम्हारी वजह से खराब आदमी समझती है।'

'तुम चिंता मत करो उसका तरीका ही ऐसा है। तुम बहुत वक्त खराब कर चुके हो। अब क्या करना है बोलो?'

क्लेयर ट्रेन्च के दफ्तर में घुस गई और उसने दरवाजा बन्द कर लिया। वहां पड़े बहुत बड़े डेस्क पर वह परेशानी पूर्वक खड़ी रही।

साम ने सिर ऊपर उठाया। वह समझदार आदमी था। उसकी आंखें नीली थीं और बाल कुछ-कुछ सफेद थे। उसने पैन स्टैण्ड पर खड़ा किया और कुछ पीछे आराम से हट कर बैठ गया।

'कोई परेशानी है प्रिय? मुझे तो एक पल भी आराम नहीं मिला। क्या दिक्कत है? औरतों के साथ यही तो दिक्कत है अनुशासन नाम की कोई चीज ही नहीं होती।'

क्लेयर ने आराम से टांगे फैला दीं। वह मुस्कुराई। उसे साम पसन्द था। साम काफी गम्भीर किस्म का जीव था।

'मुझे काफी कुछ कहना सुनना है। परन्तु अभी नहीं। तुम केवल यह बताओ कि तुम टिमसन नाम की चिड़िया के बारे में क्या जानते हो?'

'टिमसन? क्या पता होना चाहिए मुझे?' उसने रूमाल से नाक रगड़ी।

'तो तुम्हें टिमसन के बारे में मैं कुछ पता नहीं है?'

'मुझे केवल यही पता है कि वह बेन्टोन विले का निवासी है। यह काफी है मेरे लिए।' वह बोला।

'क्या तुम्हें पता है कि वह फेअर व्यू में जमीन खरीदने वाला है?'

सैम ने आंखें झपकीं - 'हो सकता है वह मूर्ख हो। दुनिया में कई बड़े-बड़े मूर्ख हैं। वह भी एक है। तुम अपना काम करो।'

'क्यों? वह बोली - 'वह मूर्ख लगता तो नहीं कि इतना पैसा यहां बर्बाद कर डाले। कोई ना कोई बात तो जरूर है।'

'अब ज्यादा कल्पना मत करो। हो सकता है वह कोई जमीन खरीदना चाहता हो। उसे अवसर तो दो। उसके पास समय है ही कहां?'

कुछ रुककर वह बोली -'मुझे तो पिन्डर के अन्त की चिन्ता है।'

'बात क्या है?'

'वे लोग अब मामला समाप्त करने की दिशा में नहीं बढ़ रहे। हिल ने मुझे बताया है कि कुछ हिचकिचाहट है।'

'बड़ी अजीब बात है। ऐसी बात हिल ने कही है?' वह अब तक पूर्णतया सचेत हो चुका था।

'सीधे-सीधे तो कुछ नहीं कहा उसने। उसने कहा कि सफाई की योजना चूंकि पिन्डर के अन्त से जुड़ी हुई है, अतः उसे स्थगित कर दिया गया है।''

'यह अंतिम मीटिंग में ही तय किया गया है। पता नहीं उन्होंने अपना निर्णय क्यों बदला है? मैं उनसे बात कर लूं तभी पता लगेगा।'

'इससे कोई फायदा नहीं है। मैंने उनसे खूब बातचीत कर ली है।'

साम ने अपना सर झटका। 'तुम जब किसी चीज के पीछे लगती हो तो बुरी तरह पीछे पड़ जाती हो।'

'मुझे पता था साम तुम यही कहने वाले हो। तुम जानते हो, क्लेयर में इतनी अक्ल कहां है?'

'इसमें इतनी अक्ल नहीं चाहिए। तुम थक गई हो। क्या नाश्ते के लिए नहीं चलोगी?'

'आज नहीं, मैंने किसी को मिलना है। फिर किसी रात चलूंगी तुम्हारे साथ।'

'तुम धोखा दे रही हो क्लेयरा। तुम्हें किसी से प्यार हो गया है। सच है ना?'

'ओह। मुझे और प्यार....नहीं साम। मेरा प्यार मेरा काम है।'

'शादी से पूर्व मैं भी यही कहता था। कौन है वह क्लेयर, बताओ।'

'एक युवा है...पीटर क्लेन। हमारी मुलाकात कुछ माह पूर्व हुई थी। मुझे पसंद है वह। गत सप्ताह मैंने दो बार इकट्ठे खाना खाया था। मैंने उसे चुम्बन भी दिया। अब तुम सन्तुष्ट हो?' वह खिड़की से बाहर देख रही थी।

'क्या तुम्हें वह पसंद है?'

'हां। मेरा यही विचार है...।'

'अच्छा। तो तुम खुश हो?'

'बहुत। परन्तु मुझे चलना होगा...पिन्डर का अन्त...।'

'यह मुझ पर छोड़ो। मैं सम्भाल लूंगा...परन्तु क्लेयर, तुम उस आदमी से जरा सावधान रहना...।'

वह हंसी-'अगर मेरी सावधानी की बात है तो तुम चिंता मत करना।'

और दरवाजा बन्द हो गया।

* * *

हैरी ड्यूक हरे टाप की मेज के पीछे बैठा था। वह लाल व सफेद रंग का छोटा-सा गोला अपने पतले हाथों में लिये था।

'क्या कहानी फैली हुई है कि बैलमैन डर गया है।' और उसने वह गोला फेंक दिया।

केल्स ने उस गोले को सुस्त निगाहों से देखा। गोला चारों तरफ घूमा, लुढ़का और छः सफेद निशान ऊपर आकर गोला रुक गया।

'फ्लूक।' केल्स बोला।

ड्यूक ने फिर से गोला फेंका और छः निशान फिर ऊपर आ गये।

केल्स कुर्सी पर आराम करने लगा। वह औसत ऊंचाई का हरे रंग का, दुबला परन्तु खतरनाक इन्सान था। उसने स्लाउच हैट पहना हुआ था। वह तिनके से दांत कुरेद रहा था और कुछ सोचे जा रहा था।

ड्यूक ने बैलमैन के बारे में कुछ दोबारा कहा।

'मुझे कहानियां मत सुनाया करो। कोई इस पर यकीन करेगा भी नहीं...तुम भी नहीं।' केल्स बोला।

ड्यूक ने गोला फिर उठा लिया - 'मान लिया वह डरा हुआ नहीं है। उसे केवल पीलिया हो गया है।'

9

गोले में फिर छक्का आ गया।

'बैलमैन को तुम्हारी जरूरत है। वह मानता है कि तुम्हारे साथ उसकी जोड़ी अच्छी रहेगी। तुम दूध व पानी की तरह मिलकर काम कर सकते हो।' केल्स बोला।

ड्यूक बोला-'उसने छः माह पूर्व काम शुरू किया था। आज उसे मेरी याद आई है। क्या आदमी है। उसने जेब से सिगरेट केस निकाल कर केल्स को सिगरेट ऑफर की।

'बैलमैन थोड़ा धीमा काम करता है परन्तु है बड़ा निश्चय वाला। अब वह काम के अंतिम छोर पर है। तुम्हारी उसे जरूरत है। तुम उसके काम आ सकते हो। चलो, मेरी वजह से उसका काम करो।' केल्स बोला।

ड्यूक मुस्कुराया और बोला - 'मैं काम नहीं करूंगा। मेरा यही विचार है, तुम जानते हो।'

केल्स ने करवट बदली। 'तुम्हें काम नहीं करना होगा, तुम्हें सिर्फ एक छोर पर निगाह रखनी होगीं'

ड्यूक ने सिगरेट दांतों में दबा कर केल्स से माचिस मांगी।

केल्स् ने माचिस मेज पर रख दी और बोला -'एक सप्ताह से तुम्हारी प्रतीक्षा की जार ही थी कि तुम आकर काम संभाल लोगे...।'

ड्यूक ने सिगरेट जलाकर डिब्बी केल्स की तरफ बढ़ा दी।

'हां, तो वह डरता है...पर खुल कर सामने आकर कहता क्यों नहीं कि उसे सुरक्षा चाहिए।'

केल्स धीरे-से उठ खड़ा हुआ और बोला - 'मैं वह योजना देखी है। काफी अच्छा माल मसाला है उसमें। तुम्हारे लिए सुसज्जित टेलीफोन सहित एक कमरा होगा। खाने-पीने की कोई कमी नहीं होगी। तुम्हें कोई परेशान नहीं करेगा। अगर तुम्हें फोन आदि के लिए कोई लड़की चाहिए तो हम प्रबन्ध करवा सकते हैं। और अगर तुम्हारा रक्त का दबाव बढ़ जाए तो वह उसे भी ठंडा कर देगीं कोई बुरा सौदा तो है नहीं।' वह दरवाजे की तरफ बढ़ा।

ड्यूक ने गोला फिर घूमना शुरू कर दिया, 'मैं सहमत नहीं हूं। बैलमैन को चाहिए सुरक्षा...वह जानता है कि मुश्किलें पैदा करने वालों में मेरा नाम है। इसी खौफ से वह कुछ बदमाशों को मुझसे दूर रखना चाहता है। अलबत्ता उसे मुझसे कोई लगाव हो ही नहीं सकता।'

केल्स ने दरवाजा खोलते हुए कहा - 'फिर से सोचो। गलती मत करना। वह किसी से डरता वरता नहीं है। तुम उसे अच्छी तरह जानते हो।'

'यह वही है ना जो तैरने के पंख लगाकर तैरता है?'

केल्स ने आगे बढ़ते हुए दरवाजा बन्द कर दिया। पांच मिनट तक गोला चक्कर काटता रहा परन्तु ड्यूक बिना उसे देखे बैठा-बैठा कुछ सोचता रहा। सिगार उसके मुंह में दबी थी और मुंह पर तेल जैसा पसीना बह रहा था। उसकी आंखें कठोर थीं।

सहसा फोन बज उठा। वह आगे बढ़ा और फोन उठा लिया। मुंह से सिगार निकाल कर उसने कहा -'हां!'

उसकी आंखें सामने ही दीवार पर जमीं थीं।

'ड्यूक?' एक स्त्री की आवाज फोन में उभरी।

'क्या बात है?' वह बोला।

'हां, तो क्या तुम हैरी ड्यूक हो?' बड़ी सुमधुर आवाज थी।

'हां-तुम कौन हो?' ड्यूक बोला।

'सुनो! ध्यान से सुनना। बैलमैन को अकेला रहने दो। मैं तुम्हें मजाक में यह बात नहीं कह रही हूं। सामान बांधो और दक्षिण की ओर निकल पड़ो। कहीं भी भाग जाओ। परन्तु बैलमैन के चक्कर में मत पड़ना। नहीं तो मुझे तुम्हारा मृत शरीर देखकर बड़ा कष्ट होगा।'

और सहसा सम्पर्क कट गया। उसने रिसीवर वापिस क्रेडल पर रख दिया।

कुर्सी में धंसते हुए वह स्वतः बोला - 'अच्छा-अच्छा।'

उसने गोले को अनजाने में उछालना शुरू कर दिया। सहसा वह उठा और हैट उठाकर बाहर निकल गया।

धुएं से भरे बाहरी कमरे के मध्य काफी लोग एक मेज के गिर्द खड़े थे। सब क्रेप खेल रहे थे।

पीटर क्लेन उसकी तरफ बढ़ा। ड्यूक ने क्षण भर देखा और चल पड़ा।

क्लेन बोला -'देखो हैरी। मैं चाहता हूं तुम मेरी लड़की से मिलो।'

ड्यूक लगातार प्रकाशित मेज पर देखता रहा, फिर बोला -'कौन-सी लड़की?' उसका दिमाग कहीं और था।

'होश में आओ हैरी। तुम सब भूल गये हो क्या? मैं एक सप्ताह से तुम्हें ढूंढ रहा था। अगर तुमने इन्कार कर दिया तो मैं तो मर जाऊंगा।'

ड्यूक मुस्कुराया और कठोर नजरों से उसे देखता हुआ बोला -'नहीं। मुझे खेद है। मैं कुछ और ही सोच रहा था। मैं लड़की से जरूर मिलना चाहूंगा। स्वेल पेटे। कहां है वह? कहां मिलेगी?'

'वह आठ बजे के करीब यहां आ जाएगी। तुम रात्रि-भोज हमारे साथ करोगे?'

'नहीं। तुम चाहते हो दो पक्षी आपस में प्यार करें। तुम बस यह बताओ, तुम दोनों कहां मिल सकते हो। मैं पहुंच जाऊंगा।' वह बोला।

'पागलों वाली बातें मत करो। हम कोई गये गुजरे हैं क्या? बताओ कहां चलना होगा?' क्लेन क्रोधपूर्ण अन्दाज में बोला।

'ठीक है, चेजपारी-बैलमैन के यहां। कैसा रहेगा? हम वहां साढ़े आठ पहुंचेगे।'

'बहुत अच्छा, ठीक रहेगा।' फिर आवाज धीमी करके बोला -'क्या वह केल्स था?'

ड्यूक ने अर्थपूर्ण मुस्कान के साथ धीमे से कहा -'हां, वह केल्स ही था।'

क्लेन का चेहरा कठोर हो गया। वह बोला -'यह बड़ा ही शातिर है। इसे रंगे हाथों पकड़ना होगा मुझे।'

ड्यूक मुस्कुराया -'मैं इसमें तुम्हारा साथ नहीं दूंगा। अच्छा यह बताओ, शुल्ज ऊपर है क्या?'

क्लेन ने सिर हिलाया।

‘मैं उससे बात करना चाहूंगा। उसके बाद तुमसे मिलता हूं।’ वह सीढ़ियों की तरफ बढ़ गया।

क्लेन मुस्कुराया और मेज की तरफ मुड़ गया।

ड्यूक सीढ़ियों के ऊपर सिगरेट का टोटा फेंकने के लिए रुका। फिर आगे बढ़कर उसने पाल शुल्ज लिखे दरवाजे को धक्का मार कर खोल दिया।

मोटा गन्जा शुल्ज मेज के पीछे बैठा था। उसकी छोटी-छोटी कठोर आंखें चमक रही थी। ड्यूक को देखते ही वह हाथ आगे बढ़ाकर बोला ‘आह हैरी। आओ भई, आओ।’

ड्यूक अरुचिपूर्वक सामने जा बैठा। और शुल्ज की तरफ देखने लगा।

‘कैसी मार मार रहे हो उनको?’ शुल्ज ने पूछा।

‘मैंने तो सारा भार सिल्वर विंग और किशिवू पर डाल रखा है। वे स्वयं ही इस काम के लिए आगे बढ़े थे।’

‘तो तुमने हाथ झाड़ लिए?’ शुल्ज ने सिगार केस आगे बढ़ाते हुए पूछा।

‘हां, मैंने तो हाथ झाड़ ही लिए हैं।’ और उसने सिगार की उपेक्षा करते हुए कमरे में इधर-उधर देखा।

बोतल और दो गिलास मेज पर रखते हुए शुल्ज बोला - ‘पालोजी की तो पांचों उंगलियां घी में है।’

‘मेरे लिए कुछ नहीं है और वह तो पागलों की दुनिय में रहता है।’ ड्यूक बोला।

शुल्ज ने गिलास भर कर ड्यूक के सामने बढ़ा दिया और बोला -‘ठीक है, अगर तुम्हारी समझ में यही आता है तो...। अच्छा तुम्हारे मन में क्या है?’

ड्यूक आराम से कुर्सी पर बैठ गया और बोला - ‘यह बैलमैन किससे डर रहा है?’

‘बैलमैन? शायद किसी ने उसे डरा दिया है। मैं समझता था शायद तुम्हें पता होगा?’

शुल्ज ने होंठों पर उंगली फिराई। उसकी आंखें भावहीन हो गईं। अगर तुमने मुझसे फूल मांगे होते तो मैं तुम्हारी सहायता करता।’ वह प्यार से बोला।

ड्यूक मुस्कुराया और बोला - ‘मुझे तुम्हारे फूलों का सब पता है। मुझे पागल मत समझो। मुझे यह सब पसन्द नहीं है।’

शुल्ज चुप रहा।

कुछ क्षण रुककर ड्यूक ने पूछा -‘यह कहीं स्पेड तो नहीं है?’

‘स्पेड? पता नहीं हैरी। मैंने तो यह नाम कभी सुना ही नहीं है। मैं तो यह भी नहीं जानता कि बैलमैन क्यों परेशान है?’ शुल्ज ने आंखें बन्द करते हुए कहा।

‘तुमने स्पेड का नाम भी नहीं सुना। मैंने सुना है। किसने नहीं सुना उसका नाम? पर खैर इसका मतलब यह नहीं है।’ शुल्ज बोला।

‘मेरा विचार है यह मामला स्पेड से ही जुड़ा है। शायद मैं गलती पर हो सकता हूं।’ ड्यूक बोला।

शुल्ज आगे झुका और विस्की पीने लगा, ड्यूक को वह कुबड़ा जैसा लग रहा था।

सहसा शुल्ज बोला -'यह बिल्कुल गलत है। यह मामला तो मेरा है। मैंने यह पांच वर्ष पूर्व खरीदा था। तुम बीच में क्यों पड़ रहे हो?'

ड्यूक बोला - 'भइया, अपना तो दिमाग ही ऐसा है। दसा गलत दिशा में सोचता है। मेरी मां भी परेशान रहा करती थीं'

'तुम बैलमैन के बारे में गलती पर हो। वह किसी से भी डरा हुआ नहीं है। कल रात वह बिल्कुल ठीक ठाक था।' शुल्ज ने कहा।

विस्की समाप्त करते हुए ड्यूक बोला -'मैं खुद जाकर देखूंगा। वह मेरे हाथ में चेजपारी का मामला देना चाहता है। वह सोचता है मेरे होते हुए वह सुरक्षित रहेगा।'

अभी शुल्ज पी ही रहा था कि ड्यूक फिर बोला - 'एक छोटे बदमाश ने मुझे बताया है कि मामले में हाथ डालना ठीक नहीं होगा। और यह छोटी मछली बड़ी प्यारी आवाज वाली और दक्षिणी लहजे में बात करने वाली थी।'

ड्यूक ने सोचा था कि यह बात सुनकर शुल्ज को धक्का लगेगा। परन्तु ड्यूक ने देखा कि शुल्ज पर कोई असर नहीं पड़ा था।

व्हिस्की का घूंट भर कर शुल्ज बोला - कौन हो सकती है यह औरत?'

ड्यूक जमी नजरों से उसे देखता हुआ बोला - 'यह लड़की अपनी ही है।'

'मैं बैलमैन के बारे में भूल चुका हूं। तुमने मामले को बड़ी अच्छी तरह उठाया है। तुम जरा छुट्टी लेकर दफा हो जाओ और आनन्द मनाओ। मुझे भी थोड़ी खुशी होगी।'

ड्यूक आगे झुकते हुए बोला - 'सुनो पाल, बैलमैन को कौन डरा रहा है? हमने काफी दिन इकट्ठे काम किया है।'

शुल्ज खाली नजरों से बोला - 'मैं बताऊं, उसे कोई परेशानी नहीं है। मैं झूठ नहीं बोल रहा।'

ड्यूक उठ खड़ा हुआ - 'ठीक है। ठीक है, मुझे यकीन है तुम मुझसे झूठ नहीं बोलोगे। मैं ही गिद्धों को भगाऊंगा।' और वह कमरे से बाहर निकल गया। दरवाजा बन्द हो गया।

क्लेन नीचे खड़ा था। 'हैरी। क्या ड्रिंक के लिए समय है?'

ड्यूक ने सामने लगी घड़ी की तरफ देखा-साढ़े छः हो चुके थे।

'मैं जरा घर जाऊंगा। तुम्हें आज रात बैलमैन में मिलूंगा।'

'जरा सावधान रहना हैरी। मैंने तुम्हें बड़ा अच्छा मौका दिया है।'

'अरी। तुम्हारा अहसान तो मैं छाती पर लिखवा कर घूमूंगा।' क्लेन की पीठ थपथपा कर वह कमरे से बाहर हो गया।

शाम के सूरज की रोशनी सीधी उसकी आंखों में पड़ी। टैक्सी की प्रतीक्षा करते-करते उसने सोचा, कितनी भागमभाग का जीवन है। सारा दिन सिगरेट, शराब, क्रेप खेलना और ना जाने क्या-क्या बकवास। हालांकि माली हालत तो कोई बुरी नहीं थी परन्तु दफ्तर में बैठने तक का तो समय नहीं था।

हाथ हिलाते ही एक टैक्सी पास आकर रुक गई। उसने उसे नीचे शहर का पता दिया और अन्दर घुस गया।

उसे लगा वह थका हुआ और प्यासा है। उसने हैट उतार कर रख दिया और पीछे की सीट पर आंखें बन्द करके आराम करने लगा।

उसने सोचा, काश क्लेन की बात ना मानी होती। उसे क्लेन की छोकरी में कोई रुचि नहीं थी। परन्तु फिर भी वह उसकी भावनाओं को ठेस नहीं पहुंचाना चाहता था।

उसके मित्रों को जितनी भी महिला मित्र थीं, उसे बोर करती थीं। तभी उसके मित्रों की संख्या नगण्य थी। सभी की शादी हो चुकी थी और सभी से उसने मुंह मोड़ लिया था।

पीटर क्लेन का वह मित्र था। पिछले पांच सालों से वे साथ-साथ काम कर रहे थे। परन्तु जब ड्यूक का पुलिस से लफड़ा हो गया तो क्लेन को काफी चिंता हो गई। ड्यूक ने उसको जरा भी दोष नहीं दिया। वजह जानता था क्लेन काफी सावधान रहने वाला आदमी था और उन दोनों का साथ जमता भी नहीं था। अतः दोनों ने व्यापार अलग-अलग कर लिया और अपने-अपने रास्ते चल पड़े। परन्तु ड्यूक क्लेन से सम्पर्क बनाए रखता था। उसके मन में पीटर क्लेन के लिए कहीं ना कहीं आदर का भाव छुपा हुआ था।

अब क्लेन के दो पैट्रोल पम्प सफलतापूर्वक चल रहे थे। वह पोशाक पर इतना खर्च करता था कि बेन्टोन विले में सर्वोत्तम वस्त्रधारी के नाम से प्रसिद्ध था। वह पुराने खतरे भरे दिन भूल कर जीवन में स्थापित हो चुका था। ड्यूक ने सोचा, शायद अब वह शादी की बातें सोच रहा हो।

ड्यूक तो एक स्थान पर टिकने से रहा। इसका उसे यकीन था। वह जुए के इस चक्कर में इतना गहरा धंसा था कि निकलना मुश्किल था। पत्नी तो इस तरह के लोगों के लिए भारी अड़चन साबित होती।

यह बताना बड़ा मुश्किल था कि कैसे उसका नाम एक हत्यारे के रूप में प्रसिद्ध हो गया। उसने दस साल पहले एक आदमी की हत्या की थी और इस शहर के लिए इतना ही काफी था।

वास्तव में उसे इस युद्ध में धकेला गया था। प्रश्न यह था कि कौन ज्यादा तेज है। एक सैकेन्ड के फर्क से वह जीत गया था। अब तो सब कुछ भूल चुका था वह। तब वह बहुत पीता था और जिसे उसने मारा था वह कई सालों तक भूल बनकर उसका पीछा करता रहा था।

यह सोचकर खुशी होती थी कि बैलमैन उसके साथ काम करना चाहता था। बैलमैन अपने सारे पैसे, लड़कियों और नाइट क्लबों की सुरक्षा उसे सौंपना चाहता था। हालांकि यह बड़ा अजीब लगता था।

टैक्सी में हिचकोले खाते-खाते वह शुल्ज के बारे में सोचता रहा। इसे जरूर कुछ पता था, इस बात से तो वह आश्वस्त था ही। कम-से-कम शुल्ज को यह तो पता ही था कि वह लड़की कौन थी जिसने फोन किया था। वह स्पेड के बारे में भी काफी सतर्क था। स्पेड बेन्टोन विले में माल काट रहा था। इसी को रास्ते से हटाना था। उसे टैक्सी की खिड़की से स्पेड के नीले-पीले पूलरूमों में रोशनी दिखाई दे रही थी। पूरे शहर में स्पेड की स्वचालित मशीनें लगी थीं। बड़ा चतुर आदमी था। स्वयम् छिप कर रहता था। मुश्किल होने पर कोरिस सामने आता था। हो सकता है वह बैलमैन को रास्ते से हटाना चाहता हो। मतलब यह हुआ कि पूरे बेन्टोन विले के व्यापार पर कब्जा।

इधर-उधर देखने के बाद ड्राइवर बोला -'बास, हमारा पीछ हो रहा है।'

ड्यूक ने शीशे में देखा। सौ गज पीछे एक काली ट्राअर कार चली आ रही थी। ड्राइवर के सामने अपारदर्शक शीशा, लगा था ताकि उसे पहचाना ना जा सके।

'मेरा विचार सही है साहब। परन्तु मुझे उससे पीछा छुड़ाने को मत बोलना। मेरी हिम्मत नहीं है।'

'मुख्य सड़क से हटकर गलियों के चक्कर लगाओ।'

ड्यूक बोला।

ड्राइवर ने अगले मोड़ से ही कार एक संकरी गली में मोड़ दी। रास्ता शहर से बाहर जाने का था। थोड़ी देर में ही ट्राअर भी पीछे-पीछे आ गयी।

ड्यूक की आंखें सतर्क हो गई। उसने कोट की जेब में हाथ डालकर पिस्तौल हाथ में ले ली।

'तुम ऐसा ही करते रहो ड्राइवर। मैं इसे एक दो मौके और दूंगा।'

ड्राइवर को पसीना आ गया। वह हताश स्वर में बोला -'बास। कोई गोली वोली मत चलाना। मैं अभी-अभी गाड़ी खरीदी है।'

ड्यूक हंस पड़ा। 'तुम बड़ी फिल्में देखते हो। यह कोई शिकागे है क्या?'

'इसी बात से मुझे कुछ-कुछ तसल्ली होती है।' कहकर उसने कार दूसरी गली में मोड़ दी। ट्राअर पीछे-पीछे थी।

ड्यूक ने जेब से पांच डालर निकाले और ड्राइवर को देते हुए कहा -'अगले मोड़ से मोड़ लो। और जब यह कार आंखों से ओझल हो जाए तो बताना, मैं कूद जाऊंगा।'

उसका चेहरा चमक उठा।

वे कार में चक्कर लगाते रहे। सहसा जब ट्राअर पिछली गली में मुड़ ही रही थी कि वह कूद गया। ट्राअर उसके पास से गुजरी परन्तु वह ड्राइवर को नहीं देख पाया। परन्तु कार का नम्बर उसने पढ़ लिया।

वह तेजी से गली में चल पड़ा। और एक दो गलियां पार करने के बाद वह मुख्य सड़क पर आ पहुंचा।

उसने एक दवाई की दुकान में घुस कर टेलीफोन बूथ में स्वयं को बन्द कर लिया। यहां से उसने पुलिस रिकार्ड रूम में फोन किया।

'मैं हैरी ड्यूक हूं। क्या ओ. मैले है?'

'हां। बोलो हैरी। क्या मुसीबत आन पड़ी है प्यारे?'

उसने अपना हैट उतार कर एक तरफ कर दिया। 'वह तो बाद में आएगी। तुम फोन मिलाओ और एल.नगानी से बात कराओ।'

ओ.मैले ने उसे धन्यवाद दिया।

'सुनो। जब मुशिकल हो तो घबराया मत करो। मैं एक कार ढूंढना चाहता हूं। क्या तुम जल्दी से कोशिश कर सकते हो?' और उसने कार का नम्बर उसे सुना दिया।

'कितनी जल्दी है तुम्हें?' ओ.मैले ने आतुरता पूर्वक पूछा।

'तुम जल्दी करो। मैं प्रतीक्षा कर रहा हूं।'

ड्यूक ने ओ.मैले की परेशानी भरी आवाज सुन ली।

'अरे क्या मेरी बातों से परेशान हो?' उसने पूछा।

'तुम यहीं रहो। मैं तुम्हारे लिए यह काम करूंगा।

परंतु देखो, रोज-रोज तंग मत करना यार।'

'अच्छा। आलसी चूहे अब जल्दी करो।'

काफी देर शांति छाई रही तब ओ.मैले की आवाज गूंजी।

'यह वडभर् स्पेड की कार है। परन्तु मामला क्या है?'

'कोई खास नहीं। एक सुन्दरी कार चला रही थी तभी मैंने सोचा, पता करना चाहिए।'

'तुम मूर्ख समझते हो मुझे? एक लड़की के लिए तुम मुझे फोन करोगे?' ओ.मैले चीखा।

'अरे प्यारे लड़की बड़ी गजब की है।' और ड्यूक ने फोन पटक दिया।

* * *

क्लेन अभी टाई बांध भी नहीं पाया था कि पुराने फोर्ड इन्जन की आवाज पास आकर रुक गई। क्लेयर ने इन्जन बन्द कर दिया और बाहर निकली।

उसने कोट उठाया और बालों में उंगलियां फिराता-फिराता दरवाजे की तरफ भागा।

दरवाजे के पास आकर वह रुक गया। वह क्लेयर को चकित कर देना चाहता था। वह उसे दिखाना चाहता था कि वह बहुत आतुर था।

क्लेन के लिए क्लेयर बहुत महत्त्व रखती थी। वह सुन्दर थी। परन्तु क्लेन के लिए सुन्दर लड़कियां कोई महत्त्व नहीं रखती थीं क्योंकि वह सदा लड़कियों से घिरा रहता था। क्लेयर की चतुरता से वह बहुत प्रभावित था। क्लैयर पूरे फेअर व्यू और बेन्टोन विले में सबसे अलग किस्म की लड़की थी।

फोर्ड की मरम्मत के सिलसिले में वे काफी बार पैट्रोल पम्पर पर मिले थे। वह वहां के खाते चैक किया करता था। क्लेयर बेकार घूमती रहती थी और वह उससे बातें करने बाहर आ जाया करता था।

पहली बार ही क्लेयर काफी मित्रतापूर्ण लगी थी। और जब वह चली गई तो उसका फोन नम्बर उसकी जेब में था।

इसके बाद वे लगातार मिलते रहे। वह अकेली थी और फेअर व्यू में काफी परेशान थी। दोनों में खूब घूमा और मजे किए।

हर शाम काम के बाद क्लेयर उसके पास आ जाती और वे दोनों मजे करते।

जब वह सीढ़ियों से ऊपर चढ़ रही थी तो उसे उसकी एक झलक मिल गई। उसे देखते ही उसके मुंह से सीटी की आवाज निकल गई। क्लेयर ने उसे देखा और मुस्कुरा उठी।

'मुझे देर तो नहीं हुई ना?' पास आते-आते उसने पूछा।

'नहीं। पूरे आठ बजे हैं। कैसी हो तुम?' पास आते ही क्लेन बोला।

क्लेन ने उसे आगे बढ़कर चूम लिए। क्लेयर ने धीरे-धीरे उसकी टाई ठीक की और बोली - मैं कुछ थक गई हूं क्लेन।'

'हां, मैं अभी लाया...मैं तैयार ही हूं।' वह बोला।

अलग होकर वह सामने बिखरे हुए कमरे में एक आरामकुर्सी पर जा बैठी और बोली - 'साम यह शाम मेरे साथ गुजारना चाहता था और उसे तुम्हारे बारे में सब पता लग गया है।'

क्लेन ने काफी सारी वस्तुएं अपनी जेब में डालीं और बोला -'अच्छा। तुम्हें बुरा लगा?'

'नहीं। मैं खुश हूं। साम भी अच्छा था मेरे साथ। परन्तु पता नहीं तुम्हारे बगैर रहना नामुमकिन क्यों है?'

'अब तुमने मुझे पा लिया है प्रिय।'

'हां। अकेले रहना बड़ा भयंकर अनुभव है। खास कर एक युवती के लिए। अब और अकेले नहीं...पीटर।'

'अगर तुम अक्लमंद लड़की हो तो शादी कर लो मुझसे। फिर कभी अकेली नहीं रहोगी।' वह शीशे में अपना चेहरा देखते हुए बोला। और फिर थोड़ी देर में उसके पास की कुर्सी पर जाकर बैठ गया।

'नहीं पीटर। आज रात नहीं। दरअसल मैं इतनी अकेली रही हूं कि मैं कुछ समझ नहीं पाती...।'

पीटर ने प्यार से उसकी जुल्फों पर हाथ फेरा। 'कोई बात नहीं परन्तु तुम्हारी जिन्दगी में जब तक कोई और न आ जाए मुझे ऐतराज नहीं। तुम जानती हो मैं कितना जलता हूं....।'

'ऐसी बातें मत करो। कोई नहीं आएगा। मुझे तुम जैसे लोग ही पसन्द है। मुझे वे लोग अच्छे नहीं लगते जिनमें हीन भावना हो। मैं सुन्दर हूं ना...। बड़ी-बड़ी आंखें और सुन्दर ड्रैस।'

पीटर हंसकर बोला -'अच्छा। किसने कहा तुम सुन्दर भी हो।'

'तुम्हें सुन्दर नहीं लगती?'

'में हूं मोटर आदि के व्यापार में प्रिय। मैं उन चीजों पर राय नहीं देता जो मैंने देखी ही न हों।'

'मिस्टर क्लेन तुम बातें बना रहे हो।'

'मिस्टर क्लेन तुम बातें बना रहे हो।'

'नहीं-नहीं, मैं तो सच्चाई...।'

'तो मुझे तो अब खिड़की के पास ही खड़ा होना होगा। अगर तुमने जरा भी हकरत की तो मैंने शोर मचा देना है।'

'मुझे खुशी होगी तुम्होर लिए लोगों से पिट कर। पर क्लेयर मुझे यकीन है तुम जरूर मुझसे शादी करोगी।'

'परन्तु पीटर अभी ऐसी बातें मत करो। क्या तुम मुझे बहुत ज्यादा चाहते हो?'

कुछ क्षण वह कुछ निराश सा लगा परन्तु फौरन ही उसने मूड बदलकर कहा - 'क्लेयर, मुझे अफसोस है परन्तु आज शाम तुम कर क्या रही हो?'

'मैं आज बहुत थकी हूं। मैं आज फेअर व्यू के स्तंभ पर कुछ लिखने को कुछ लेख देखती रही। पीटर क्या तुम्हें पिन्डर एन्ड के बारे में कुछ पता है?'

'हां, यह शहर से बाहर वही जगह है ना? वहां कुछ बंगले हैं और ढेर-सारी गरीबी...?'

'हां। यह शहर का कलंक है। मुझे बड़ा दुःख होता है उन गरीबों के लिए। वहां टोबेको रोड पर कितने खतरनाक लोग रहते हैं। पिछली बार शहर नियोक्ता ने कारपोरेशन की मीटिंग में इस स्थान को हटा देने की योजना मान ली थी परन्तु एक साल हो गया और अब वह योजना समाप्त की जा रही है।'

'अच्छा। तो फिर वहां के लोग खुश होंगे।'

'हां। उनकी देखभाल की जाएगी। सारा प्रबन्ध कर लिया गया था परन्तु अब पता नहीं क्यों कारपोरेशन पीछे हट रही है।'

सिगरेट क्लेयर को आफर करते हुए वह बोला - 'सारे अफसर ऐसे ही हैं।'

'मैं क्लेरियन में एक धड़कता हुआ लेख लिखना चाहती थी परन्तु जब से साम को कोरिस ने धमकाया है वह बेन्टोनविले पर कोई भी लेख छापने नहीं देता।'

'मुझे याद है, कोरिस ने तो बिल्डिंग तक जला डालने की धमकी दी थी।' वह बोला।

क्लेयर ने कन्धे झटके-'क्या वह ऐसा करता-बस धमकी ही तो थी।'

'तुम यहीं गलती पर हो। कोरिस बड़ा ताकतवर बदमाश है। यहां वह कुछ भी कर सकता है।'

'यह कितनी अपमानजनक बात है। पुलिस क्यों नहीं खत्म कर डालती उसे।'

'तुम और मैं दोनों यह जानते हैं क्लेयर कि यह राजनीतिज्ञ कितने हरामी हैं, इन्हीं की वजह से तो...।'

'क्या तुम्हारे विचार में ऐसा ही कोई आदमी स्पेड भी है?' क्लेयर ने पूछा।

'स्पेड? तुम्हारा मतलब है वह इस गैंग का लीडर है। हो सकता है, परन्तु मुझे इस शहर की गंदी बस्तियों के बारे में ज्यादा पता नहीं है।'

'परन्तु तुम्हें जानना चाहिए, पीटर अगर हर आदमी जोर लगाकर समय पर चुनाव करवाने में सहायता करे तो पुलिस इसे समाप्त कर सकती है।'

'वे हमें परेशान कर सकते हैं क्लेयर। दरअसल उनका इस शहर पर एक प्रकार से आधिपत्य है।' वह बोला।

'ओह! मुझे पता है...परन्तु मैं तो तुमसे पूछ रही थी। अच्छा तुम टिमसन को जानते हो?'

'नहीं। क्यों....? कौन है यह?'

'यह आदमी बेन्टोनविले का रहने वाला हे और फेअर व्यू में जमीन खरीदना चाहता है।' वह बोली।

पीटर हंस पड़ा। 'अरे क्या रखा है यहां। यह बात मैं मान ही नहीं सकता...मुझे यकीन नहीं है। क्या वह पिंडर एन्ड खरीदना चाहता है?'

'वह इतना मूर्ख नहीं है। और वह खरीद भी नहीं पाएगा।' क्लेन की तरफ देखकर वह बोली।

'अच्छा, बताओ बात क्या है?' उसने पूछा।

अगर मैं तुम्हारा फोन इस्तेमाल करूं तो तुम्हें ऐतराज तो नहीं होगा?' क्लेयर ने पूछा।

पीटर आश्चर्य पूर्ण मुस्कान से बोला - 'अब इस छोटे से शरारती दिमाग में क्या?'

'पता नहीं। परन्तु मैं पता लगाकर रहूंगी। यह एक चांस हो सकता है कि टिमसन पिन्डर एन्ड पर जमीन खरीदने भी इन्हीं दिनों आया है जब कि वहां की योजना खटाई में पड़ चुकी है।' और क्लेयर ने फोन करना शुरू कर दिया।

'तुम किसे फोन कर रही हो?'

'मैं शहर के सर्वेंअर मिस्टर हिल से बात करूंगी।'

फोन मिलते ही उसने हिल से पूछा कि क्या यह सच है कि पिन्डर एन्ड की जमीन बेची जा रही है?

'बेची जा रही है? कौन कहता है? हिल चीखा।

'मुझे इसकी पक्की सूचना है। मुझे पता करके पक्का बताओ।' क्लेयर ने कहा।

'मैं प्रेस को कुछ नहीं बताने वाला।' हिल चीखा।

'तो तुम इससे इन्कार नहीं कर रहे।' क्लेयर ने धमकाया।

'मुझे कुछ नहीं कहना।' और हिल ने फोन पटक दिया।

'वह क्यों बताएगा...। पिन्डर एन्ड टिमसन ने खरीद लिया है।' वह फोन रखते हुए बोली।

'मैं नहीं मानता। भला उस गंदगी में कोई क्या करेगा?' पीटर बोला।

'मैं नहीं मानती तुम्हारी बात।' और फोन उठाकर उसने उसने साम को इसकी सूचना दी और साम ने भी इस पर यकीन नहीं किया।

'अच्छा, अब पिन्डर एन्ड को मेरे लिए छोड़ दो। मैं कल हिल से मिलकर तुम्हें बताऊंगा। अब मेरा खाना खराब मत करो।'

'देखो। आज रात के लिए मैं तो मजबूर हूं। अब तुम मेरे साथ कैसा व्यवहार करने जा रहे हो?' वह बोली।

'अरे, मैं तो तुम्हें बताना ही भूल गया। आज रात तो हम चैज पारी जा रहे हैं। वहां तुम खतरनाक चरित्र हैरी ड्यूक से मिल सकोगी। मैंने बात कर ली थी। मैंने उसे भी भोजन पर बुलाया है।'

'ओह! आज राज मैं सिर्फ तुम्हारे लिए जीना चाहती थी। तुम्हारे मित्रों के साथ समय गुजारना मुझे कबूल नहीं।' वह परेशान स्वर में बोली।

'तुम हैरी ड्यूक से अच्छा व्यवहार मत करना। मैं भी यही चाहता हूं।'

'पीटर, क्या उसका कार्यक्रम बदल नहीं सकता? मैं आज तीसरे आदमी के बीच में गवारा नहीं कर सकती।'

'ठीक है प्रिय, मैं उसे टाल दूंगा। परन्तु वह काफी समय से तुमसे मिलना चाहता था।'

'घबराओ मत पीटर। तुम्हें क्या पता था कि मैं क्या सोचती हूं। मैंने ड्यूक के बारे में बड़ी कहानियां सुनी हैं। मैं उससे मिलना चाहती हूं, अन्ततः वह एक अच्छा जुआरी है।'

‘जो सुना करो, सारे यकीन मत कर लिया करो। मैं उसे काफी समय से जानता हूं। वह थोड़ा जंगली जरूर है पर आदमी अच्छा है।’ वह हंस पड़ा।

‘नहीं, वह जुआरी है, गोली चलाता है और एक बुरा नागरिक है।’

‘ओफ। क्या पागलपन है! वह जुआरी है परन्तु ऐसे हजारों लोग हैं।’

‘अगर और लोग भी ऐसे ही गंदी आदतों वाले हैं तो ड्यूक महान तो नहीं हो सकता।’

शान्ति छाई रही।

‘अच्छा क्लेयर, मैं उसे कह दूंगा कि तुम उसे नहीं मिलोगी।’

‘मुझे दुःख है पीटर। परन्तु मुझे मूर्ख बनाया जा रहा है। या फिर मैं हूं ही मूर्ख। कैसे खुद ही उल्टे-सीधे निर्णय कर डालती हूं।’

‘तुम क्या सोचती हो?’ पीटर ने खोजपूर्ण निगाहों से उसे देखा।

‘मैं अब सोचती हूं कि मुझे हैरी ड्यूक से मिलना चाहिए। अगर वह मुझे अच्छा न लगा और अगर मैंने पाया कि वह आदमी ठीक नहीं है तो मैं तुम्हें भी छोड़ दूंगा।’ वह मुस्कुराई परन्तु उसकी आंखों में गम्भीरता थी।

पीटर ने सोच लिया, आज की शाम तो मिट्टी में मिल गई समझो। वह उठा और हैट की तरफ बढ़ा - ‘आओ प्रिय। हम लोग बहुत बातें करते हैं। आराम कम लेते हैं। जीवन कितना खोखला है। जीवन में सब-कुछ सहना पड़ता है। अन्यथा तो हम कहीं भी नहीं पहुंच पायेंगे।’

‘यह दर्शन बकवास है पीटर। परन्तु तुम घबराओ मत। हम इसी विषय पर ना तो बातें करेंगे, न बाल की खाल निकालेंगे और न ही घबरायेंगे। तभी हमरी शाम सुहानी होगी मिस्टर ड्यूक के साथ भी।’ वह शांत स्वर में बोली।

कार का दरवाजा खोलते हुए पीटर बोला -‘प्रिय, अपनी इस प्रकृति को थोड़ा-सा बदलो।’

‘क्या मेरी प्रकृति बहुत गंदी है?’ क्लेयर ने चाबी घुमाते हुए कहा।

‘हां।’

‘तो मैं बदल जाऊंगी। समझ लो, अब मैं ड्यूक को एक शब्द भी नहीं कहूंगी।’

‘मेरा भी यही विचार है। ड्यूक वैसे भी पूरा जंगली किस्म का जन्तु है। जरा देखना, कहीं तुम्हारी उसकी ठन न जाए।’

‘मैं अब कल्पना कर सकती हूं। हम सब एक-दूसरे को काट रहे हैं, घृणा कर रहे हैं। कितनी एकांत शाम है।’ वह घृणापूर्ण स्वर में बोली।

‘मिस क्लेयर रसेल, अगर तुमने ऐसी बकवास करनी है तो मैं तुम्हें वापिस घर ले जाऊंगा। तुम्हें सीधा करके रख दूंगा। समझीं?’

‘सीधी तो मुझे ड्यूक भी कर ही देगा।’

‘तुम जानो और तुम्हारा काम...।’

ट्रेफिक में कार को धकेलते हुए वह बोली -‘तुम ही मुझे सीधा कर लो...।’

पीटर ने निराशा में हाथ मलने शुरू कर दिए।

* * *

20

हैरी ड्यूक ने उन्हें काउन्टर पर खड़े-खड़े दूर से आते हुए देखा। हालांकि उसने क्लेयर को एक कोण से ही देखा था। परन्तु देखते ही उसके गले में कुछ अटकता सा महसूस हुआ।

पास आने तक उसने जबरदस्ती अपनी निगाहें क्लेयर से हटाए रखीं। वह पीटर को ही देखता रहा। क्लेयर से निगाहें मिलते ही वह कहीं ओर देखने लगा।

'हम आन पहुंचे हैरी। यह हैं मिस क्लेयर। आशा है तुम दोनों एक-दूसरे को पसन्द करोगे।'

क्लेयर ड्यूक को देखती रह गई। उसे आशा नहीं थी कि हैरी ड्यूक ऐसा आदमी होगा। उसे गलती पर पश्चाताप होने लगा। अनजाने में ही उसने अपना हाथ ड्यूक की तरफ बढ़ा दिया।

'हैलो! मैं काफी समय से तुम लोगों की प्रतीक्षा में था।'

जीवन में प्रथम बार उसे शर्म और अजनबीपन महसूस हुआ। पीटर उसकी तरफ देखकर हंस रहा था। इससे वह और परेशानी महसूस करने लगी। उसे पीटर पर कुछ-कुछ क्रोध आ रहा था।

'यह पीटर तुम्हारे बारे में बड़ा बोलता रहता है परंतु मैं..मैं नहीं जानती थी कि तुम ऐसे होगे। मेरा मतलब है...।'

और आगे शब्द न मिलने पर वह पीटर की तरफ देखने लगी।

'यह लड़की तुम्हारे रूप-रंग से बुरी तरह प्रभावित हो उठी है।' पीटर हंसकर बोला।

'नहीं...नहीं। मैंने तुम्हारे बारे में न जाने क्या-क्या सोचा था। अब पता लगा...। मैं तो तुम्हें धन्धेबाज...और न जाने क्या-क्या समझती थी।'

हैरी ड्यूक ने मुस्कुराकर आश्चर्यपूर्ण ढंग से उसकी तरफ देखा। 'मैं जानता हूं तुम्हें आश्चर्य हुआ है। इस पीटर ने मुझे तुमसे पहले क्यों नहीं मिलवाया। कुछ भी हो तुम, अनिंद्य सुन्दरी हो। कैसे बनाए रखती हो इतनी सुन्दरता?'

पीटर ने वारमैन की तरफ से मुड़ते हुए कहा -

'हैरी, लड़की थोड़ी पागल है परन्तु बहुत ही प्यारी...।'

'अच्छा। हां भई मेरे लिए ड्रिंक्स। और तुम लोग क्या लोगे बोलो भई?'

ड्रिंक्स आने के बाद पीटर बोला - 'बड़ी प्यारी जगह है। मैं यहां पहले नहीं आया।'

'हां। बैलमैन इस धन्धे में बरसों से है। ऊपर उसने एक जुआघर बनाया है। और तुम क्लेयर, क्या खेलना पसंद करोगी?' ड्यूक बोला।

'नहीं। मैं कभी नहीं खेलती।' पीते हुए क्लेयर बोली।

'देखो, हर व्यक्ति जीवन में जुआ ही तो खेलता है।'

यह और बात है कि जुआ चाहे पैसे का न हो।'

'अच्छा...। पता नहीं।' क्लेयर दूसरी तरफ देख रही थी।

'हां। हम जुआ खुशी खरीदने के लिए खेलते हैं। वे लोग अपनी ऊंची स्थिति बनाए रखने के लिए खेलते हैं। यकीन करो क्लेयर।' ड्यूक बोला।

'हैरी का अपना एक दर्शन है। तुम बात को ज्यादा गम्भीरता से मत लेना।'

'तुम जिन लोगों की बात कर रहे हो उस पर जुआ लादा गया है। वे ऊपर खेल रहे आदमियों की तरह नहीं है, जो खुद ही अपना पैसा दांव पर लगाते हैं।'

'तुम जुए की वकालत मत करो...मैं कब कहता हूं।'

ड्यूक बोला।

'यह बात नहीं है।' वह बोली।

'तुम क्लेयर को नहीं जानते। इसके लेख नहीं पढ़ते क्लोरियन में क्या?' पीटर ने ड्रिंक करते हुए कहा।

'क्लेरियन अखबार को क्या हो रहा है?' ड्यूक ने सहसा पूछा।

'यह अखबार शहर की तरह ही थका हुआ और सोया हुआ अखबार है।' परेशान स्वर में वह बोली।

'एक जाग्रत अखबार को शहर लिए काफी कुछ करना चाहिए। मैं चाहता हूं कि क्लेरियन को मैं खरीद लूं।' ड्यूक बोला।

क्लेयर को क्रोध आ गया - 'यह तो पहले ही जुआरियों के हाथों में है। तभी तो कोई लड़ाई लड़ता ही नहीं...।'

ड्यूक हंस पड़ा। 'तुम मुझे समझ नहीं सकीं क्लेयर। मैं बेन्टोनविले का उतना ही शुभचिंतक हूं जितनी तुम। पीटर तुम्हें बता देगा।'

'ड्यूक ठीक कह रहा है। यह बेचारा तो स्वाभाविक जुआरी है। यह कभी नहीं चाहता कि सभी लोग जुआ खेलें।' पीटर बोला।

'पर मैं पूछती हूं तुम जब जुए को गलत समझते हो तो खेलते ही क्यों हो?'

'तुम इसे मजाक समझती हो। इसे छोड़ना आसान नहीं। काफी शातिर लोग इसमें शामिल है। पहले छोटे-छोटे बदमाशों से नेता को अलग करना पड़ेगा। तभी तो यह काम हो पाएगा। एक-एक से निपटना पड़ेगा क्लेयर।' ड्यूक बोला।

'मेरा यकीन है, अगर तुम लोगों से प्रार्थना करो तो लोग मान जाएंगे। अगर तुम राजनीतिज्ञों से मुक्ति पा लो तो शहर की सफाई हो जाएगी। मारकाट से तुम्हारी मुश्किल बढ़ेगी, कम नहीं होगी।' क्लेयर आत्मविश्वास से बोली।

'मैं सहमत नहीं हूं। सारे पिछले चुनावों में उन्होंने जी-जान से बाजी जीती थी और आगे भी...। खैर छोड़ो। खाने का समय हुआ ही चाहता है।'

'क्या तुम टिमसन नाम के आदमी को जानते हो?' क्लेयर ने पूछा।

'अब छोड़ो भी क्लेयर।' पीटर बोला।

'तुम शांत रहो पीटर।' ड्यूक बोला।

'ओहो। मैं तो समझता था तुम दोनों नफरत करते हो एक-दूसरे से।' पीटर निराशपूर्ण स्वर में चीखा।

'अब नहीं करते, है ना क्लेयर? क्लेयर तुम मुझे कुछ भी कहकार पुकार सकती हो।' ड्यूक बोला। उसके बले में कुछ फंस रहा था।

क्लेयर ने ड्यूक का हाथ अपने हाथ में ले लिया।

'तुम टिमसन के बारे में पूछती हो? वह बैलमैन का मैनेजर है। क्यों? उससे मिलना चाहेगी?' ड्यूक नम्रता से बोला।

'तो वही पिन्डर एण्ड खरीद रहा होगा। मतलब यह हुआ कि पिन्डर एण्ड बैलमैन के लिए खरीदा जाएगा।'

'परन्तु तुम जानती ही नहीं कि खरीद तो हो चुकी होगी।' पीटर बोला।

ड्यूक ने बारमैन को आर्डर देते-देते पूछा - 'यह पिन्डर एण्ड का मामला है क्या? मुझे भी तो बताओ।'

क्लेयर ने उसे संक्षिप्त रूप से सब-कुछ समझाया।

ड्यूक अन्त में बोला - 'तुम फेअर व्यू की इस जमीन के बारे में सब कुछ जानती तो हो। यहां कोई सोने-चांदी की खानें तो मिलने से रहीं।'

'मैं नहीं जानती। परन्तु जानना चाहती हूं कि यह सौदा हुआ क्यों?'

'तुम्हें क्या पता टिमसन ने खरीदी या नहीं।' पीटर बोला।

'क्लेयर, तुम मेरा एक काम करो। अगर तुम्हें जरा भी भनक पड़े तो मुझे फोन कर देना। मैं इस मामले में पड़ना चाहूंगा।' ड्यूक पीटर की बात पर ध्यान ने देते हुए बोला।

'ठीक है। तुम क्या समझते हो। क्या हो रहा होगा?'

'अभी कुछ पता नहीं है। परन्तु एक बात है। खैर यह लो मेरा नम्बर, मैं यहीं मिलूंगा।'

क्लेयर ने कागज पर्स में डालकर कहा - 'मुझे याद रहेगा।'

पीटर ने मिश्रित भावना से कहा - 'तो यह बात है, तुमने अपना फोन नम्बर मेरे सामने ही उसे दे दिया। तुम उसे मुझसे छीनना चाहते हो।'

क्लेयर का मुंह लाल हो गया।

'यह एक गन्दा मजाक है पीटर।' क्रोधपूर्ण नजरों से ड्यूक बोला।

क्लेयर ने कुर्सी खिसकाई और उठ खड़ी हुई। वह उठी और औरतों के मरे की तरफ बढ़ गई। वह सोच रही थी ये मुझे बच्ची समझते हैं।

पीटर पीछे देखता रहा।

'तुम चारों खाने चित्त हो गये प्यारे।' ड्यूक बोला। बालों में उंगलियां फिराते परेशान पीटर बोला - 'इसे हुआ क्या है? मैंने तो ऐसा कभी नहीं देखा। शायद तुमसे परिचय करवाकर मैंने गलती की है।' वह क्रोधपूर्ण स्वर में बोला।

'बको मत। वह बेचारी थकी हुई है। ऐसे भद्दे मजाक वह बर्दाश्त नहीं कर पाती। बड़ी मासूम और महसूस करने वाली लड़की है। उसका ख्याल रखो...समझे।' क्रोध से ड्यूक बोला।

'मैं उस लम्बे अर्से से जानता हूं। तुम्हारे बीच में आते ही मुश्किल आन पड़ी है।' पीटर बोलता गया।

'घबराओ मत। मैं जाता हूं। उससे प्यार से बात करो।

उसे कहना, मुझे किसी ने बुला भेजा है। सब ठीक हो जाएगा।' ड्यूक बोला।

पीटर उठ खड़ा हुआ।

'देखो हैरी! बैठो और सब भूल जाओ। जो मैंने कहा वह गलत था। मुझे माफ कर देना।'

'मुझे तो जाना ही था। मुझे याद आ गया कि मुझे बैलमैन से मिलना है। कल मिलेंगे। ध्यान रखना।' और वह चल पड़ा।

इससे पहले कि पीटर कुछ बोलता, वह सीढ़ियां उतर गया। नीचे जाकर एक गंजे मोटे आदमी से ड्यूक बोला -

'बैलमैन को बोलो, उसकी मां उसे याद कर रही है।'

वह मोटा गंजा ऊपर सीढ़ियां चढ़ा, पीछे-पीछे ड्यूक भी सीढ़ियां चढ़ गया। दरवाजे के पास जाकर बोला - 'कोई गड़बड़ मत करना और हां, क्या नाम बताऊं कि कौन आया है?'

ड्यूक ने उसका कालर पकड़कर दीवार पर उसका सिर दे मारा - 'जाओ जल्दी करो हरामी।'

* * *

ड्यूक ने लात मारकर दरवाजा खोला। सामने बैलमैन तेजी से कुछ लिखता-लिखता रुका। उसे देखते ही उछलकर खड़ा हो गया।

हाथ आगे बढ़ाते हुए बैलमैन बोला - 'तुम्हें तो में याद ही कर रहा था कि तुम आ गये।'

ड्यूक ने उसके बढ़े हुए हाथ की अनदेखी कर दी। और पैर से कुर्सी खींचकर सामने बैठ गया।

बैलमैन ने हाथ पीछे करके एक मुस्कान फेंकी। वह बैठ गया। वह मोटा और सुन्दर आदमी था। उसका कद ड्यूक से छोटा था।

'ड्यूक, मैं तुम्हारे बारे में काफी समय से सोच रहा था। क्या तम नहीं समझते कि अब हमारा मिलकर काम करने का समय आन पहुंचा है।'

'अच्छा! पता नहीं। तुम्हारा धन्धा तो खासा चल रहा है। तुम्हें मेरी क्या जरूरत है?' ड्यूक हैट उतारते हुए बोला।

बैलमैन ने घंटी बजाई - 'कुछ पीने को मंगाते हैं।'

एक मोटा भद्दा आदमी अंदर आया। उसका बायां हाथ जेब में था। एक बच्चा भी जानता था कि उसके हाथ में पिस्तौल थी।

बैलमैन तेजी से बोला - 'स्काच भेजो।'

'तुम्हारा जिले में के उच्चतम जुआरियों में नाम है। मैं बाहर लिखकर लगाना चाहता हूं कि जिले का सर्वोच्च जुआरी अंदर है। तुम यह धन्धा सम्भाल लो। लोग पागल हो जाएंगे। तुम्हारा बड़ा नाम है। तुम एकदम स्वतंत्र रहोगे चाहे जो करो...मंजूर कर लो।'

ड्यूक ने सिगार निकालकर जला ली और बोला, 'कहते जाओ।'

मोटा भद्दा आदमी स्कॉच रखकर लौट गया।

बैलमैन ने ड्रिंक तैयार करके एक गिलास ड्यूक की तरफ बढ़ा दिया।

'तुमसे मेरा धन्धा चमक उठेगा। बोलो क्या लोगे...?'

'कल रात केल्स आया था। वह बता रहा था कि तुमने 500 डालर देने की पेशकश की है। मुझे तो हंसी आ गई थी।'

'मैंने तो कहा था कि हम तय कर लेंगे। ड्यूक, महत्त्वपूर्ण बात यह है कि क्या तुम आओगे?'

'जी नहीं।' ड्यूक बोला।

'चलो हम आधा-आधा कर लेंगे। तुम्हारे आने से 1200 डालर की आदमनी तो हो ही जाएगी। 600 डालर प्रति सप्ताह बुरा तो नहीं है।' बैलमैन बोला।

'यहां बहुत झंझट है।' ड्यूक बोला। और फिर स्पेड को शायद यह अच्छा भी न लगे।

बैलमैन का रंग उड़ गया - 'स्पेड? तुम स्पेड की बात करते हो।'

'चलो, मैं स्पेड की बात नहीं करता। तुम करते हो। परन्तु यह तो बताओ कि तुम स्पेड से डरते क्यों हो?'

'तुम बड़े होशियार बनते हो। मैंने स्पेड से क्या लेना है। मुझे उसका डर नहीं है। तुम अपनी बात करो। तुम्हें सौदा मंजूर है या नहीं?'

अभी ड्यूक इन्कार करने ही वाला था कि एक छोटे कद का काला सूट पहने आदमी अंदर दाखिल हुआ। ड्यूक ने उसकी बन्दूक देख ली। यह इतनी जल्दी हुआ कि बैलमैन समझ भी नहीं पाया और मामला समाप्त हो गया।

अभी ड्यूक इन्कार करने ही वाला था कि एक छोटे कद का काला सूट पहने आदमी अंदर दाखिल हुआ। ड्यूक ने उसकी बन्दूक देख ली। यह इतनी जल्दी हुआ कि बैलमैन समझ भी नहीं पाया और मामला समाप्त हो गया।

उसने आते ही गोली चलानी शुरू कर दी। ड्यूक ने शराब उसके मुंह पर फेंक दी। शराब उसकी आंखों में घुस गई। गोली सीधे बैलमैन के डेस्क पर जा लगी। सामने का प्लास्टर उड़ गया। दरवाजा खोलकर वह भाग खड़ा हुआ।

ड्यूक ने अपनी पिस्तौल होलस्टर में रख ली और गिलास फिर से भरकर कहा - 'बड़ी जल्दी में लगता था। तुम्हारा मित्र था क्या?'

बैलमैन तो जैसे बेहोश ही हो चला था। वह धीमे स्वर में बोला - 'नहीं, मैं तो इसे जानता तक नहीं।'

'शायद तुम्हारी हत्या करने आया था। तुम्हारा क्या विचार है?' मजे लेता हुआ ड्यूक बोला।

केल्स दरवाजा खोलकर अन्दर आया। बैलमैन को जीवित देखकर उसे आश्चर्य हुआ।

'तुमने देखा उसे?' ड्यूक ने पूछा।

'कौन था? पता नहीं।' केल्स बोला।

उधर बैलमैन धड़ाधड़ विस्की पीए जा रहा था।

'कोई खतरनाक आदमी जान पड़ता है। हो सकता है किसी ने व्यापार में बदला लेने के लिए भेजा हो।'

ड्यूक जो केल्स की तरफ गौर से देखा रहा था बोला - 'तुमने उसकी कार का नम्बर देखा?'

केल्स ने उसे एक कागज पर नम्बर लिखकर दिया। आश्चर्यपूर्ण नेत्रों से ड्यूक ने पढ़ा। यह वही नम्बर था जो उसका पीछा करने वाली कार पर लिखा था।

'यह तो स्पेड की कार का नम्बर है। जब मैं आ रहा था तो यही कार मेरा पीछा कर रही थी। परन्तु मैंने तो चकमा दे दिया। परन्तु नम्बर यही था।'

'स्पेड? पर वह ऐसी पागलों वाली हरकत क्यों करेगा?' बैलमैन बोला।

केल्स ने परेशानी महसूस की और बोला - 'अब तुम मुझे क्या करने को कहते हो?'

'पता लगाओ कि वह यहां क्यों आया है? मैं इन हरामियों को इतना पैसा क्या इसलिए देता हूं कि ये सोते रहें?' बैलमैन चीखा।

'ठीक है। तुम यहीं रहो।' और वह चल पड़ा। उसने जाते हुए ड्यूक को बुलाया।

'मेरा ख्याल है यह सुरक्षित नहीं है।' ड्यूक हंस पड़ा।

केल्स चला गया।

'तुमने मेरी जान बचाई और कुत्तों की तरह मरने नहीं दिया।' बैलमैन आभार प्रगट करने लगा।

'तुम्हारे पीछे वे लोग पड़े हैं। अच्छा, मैं तुम्हारी मौत पर आ जाऊँगा।' और वह चल पड़ा।

'रुको, देखो तुम सोचो, तुम क्या छोड़कर जा रहे हो।' बैलमैन बोला।

'बैलमैन मैं तुम्हें पसंद नहीं करता। मैं अपनी सुरक्षा करने में यकीन करता हूं दूसरों की नहीं.... समझे।' वह मुस्कुराया।

हाल में केल्स खड़ा था।

'जरा बता देना, जब यह मर जाएं पुष्पांजलि तो चढ़ानी ही होगी इस पर।' वह हंसा।

'तो तुमने उसका प्रस्ताव अस्वीकार कर दिया?' केल्स बोला।

'यह कुछ बताएगा नहीं। मैं जानना चाहता हूं कि मैं कहां तक पहुंचा हूं।' ड्यूक बोला।

'यही मेरा विचार है।'

दोनों की नजरें मिलीं।

'शायद स्पेड ही इसके पीछे है। परंतु क्यों?' ड्यूक ने पूछा।

'हो सकता है। स्पेड बैलमैन के पीछे पड़ा है। शायद वह इसे पसन्द नहीं करता या कुछ और।' केल्स बोला।

'हो सकता है परन्तु मैंने यह सोचा नहीं था।' और वह अन्धेरी लम्बी गली में चल पड़ा।

* * *

शुल्ज हैट पहन ही न रहा था कि फोन की घंटी बजी। उसने बड़े चाव से फोन अपनी तरफ खींच लिया।

'कौन है?'

....

कब?

....

'आज रात। क्या मर गया वह?'

....

'किसने मारा?'

....

'ठीक है लगे रहो.... और मुझे जब तक न मिलो। अच्छा, अभी मेरे घर पर आ जाओ।' और उसने फोन रख दिया।

कुछ देर वह विचारमग्न बैठा फिर लाइटें बुझाकर दफ्तर से बाहर आ गया।

नीचे लोग क्रैप खेल रहे थे। वह पास से गुजरकर गली में आ गया। एक लम्बी काली कार आकर रुकी और वह पीछे की सीट पर बैठ गया। ड्राइवर झुके कन्धों वाला पी कैप पहने हुए था। उसने मुड़कर भी नहीं देखा। कार चल पड़ी।

'जोय घर चलो....।' सिगार पीते-पीते वह बोला।

वह तरह-तरह की योजनाएं बनाता रहा, सिगार पीता रहा। पर जब तक क्यूबिट उसे सारा मामला न बता दे कुछ भी निर्णय सम्भव नहीं था।

कार उसके छोटे से घर के सामने रुकी। उतरने से पूर्व ही उसे गार्डेन से फूलों की महक आने लगी।

उसका यकीन था कि हरेक को कोई न कोई शौक पालना चाहिए। इससे आदमी बोर नहीं होता। वह एक उद्यान विशेषज्ञ था। घर में ही उसने एक अच्छा उद्यान और एक कांच घर बना रखा था। कुछ अति दुर्लभ पौधे उसके पास थे। वह एक से एक सुन्दर पुष्पों का उत्पादन भी करता था और पड़ोसियों को इससे बड़ी जलन थी।

वह कार से उतरा और बोला - 'जोय, कैसी सुन्दर खुशबू है। है ना?'

लड़का हंसा। वह रोज उसकी बकवास सुनता था। दरअसल उसे फूलों से कोई लगाव नहीं था।

'कार यहीं छोड़ दो। शायद रात को मुझे जरूरत पड़े।' और आगे बढ़कर उसने दरवाजे पर लगा ताला खोला। बड़े कमरे में रोशनी हो रही थी।

सामने हाल में लौरेली काली सिल्क की पोशाक पहने अधलेटी पड़ी थी। उसे देखते ही वह मुस्कुराई।

शुल्ज ने उसे देखा।

वह मोटी हो रही थी। सारा शरीर भरा-भरा था परन्तु ज्यादा चर्बी मध्य भाग में ही जमी थी। वह ज्यादा लम्बी नहीं थी। उसका चेहरा पान के आकार का था। रंग क्रीम रंग का था इसीलिए लिपिस्टिक उस पर खूब फबती थी। काफी जवान लगती थी। शुल्ज को उसकी उम्र का अंदाजा नहीं था। शायद बीस से ज्यादा न हो। उसने सोचा, तीस तक जाते-जाते यह आकर्षण खो बैठेगी।

लड़की ने मुस्कराकर उसे देखा, उसके दांत चमक उठे।

'आओ मालिक आओ... आज देर से आने के लिए तुम्हें माफ नहीं किया जाएगा। जानते हो, मैं कितनी प्यासी हूं।'

शुल्ज ने दरवाजा बन्द कर दिया। पास आकर उसके घने बालों में हाथ फिराता बोला - 'सुनहरी, मेरे पास सुन्दरता की पूजा के अलावा और भी बड़े काम हैं। तुम बस इसी तरह सुन्दर बनकर बैठी रहो, यही अपनी तमन्ना है। प्यास व्यास की बात छोड़ो।'

हाथ पीछे करके वह बोली - 'तुम खुश नहीं लगते मालिक। क्या कुछ गड़बड़ है?'

उसने लड़की को अपने से सटा लिया। परन्तु स्वयम् पर नियंत्रण रखकर उसका मुंह चूमते हुए वह बोला - 'क्या गड़बड़ हो सकती है?' और सहसा उसकी कठोर उंगलियां लड़की की ठोड़ी को आक्रोशपूर्वक पीसने लगी। और उसने दोबारा उसके होठों को बुरी तरह चूसना शुरू कर दिया। उसने लड़की का सारा चेहरा काट-काटकर, चूम-चूमकर घायल कर डाला।

सहसा लकड़ी चरमराने जैसी आवाज पीछे से आई। वह ठिठककर उससे दूर होकर उधर देखने लगा।

जोय अंदर आकर पथरीली आंखों से उसे देख रहा था।

वह कमरे के मध्य में आ गया और बोला - 'जोय, जाओ ड्रिंक्स लाओ - क्यूबिट आता ही होगा।'

'वह ड्रिंक लेगा?'

'ज्यादा बातें नहीं। जाओ ड्रिंक्स लाओ।' उसने हुक्म दिया।

लौरैली फिर लेट गई थी।

'मालिक, रात बड़ी भयानक है। तुमने मुझे काफी घायल कर दिया है।' वह अपनी ठोड़ी व गाल सहला रही थी।

'सच्चे प्रेमी एक-दूसरे को घायल करते ही रहते हैं। मैंने कहीं पढ़ा था कि जब .....।' वह फूलदान के फूलों को देखने लगा।

चुप्पी छाई रही। सहसा लौरैली बोली -

सहसा दरवाजे की घंटी बजी। जोय बोला - 'मैं जाता हूं शायद क्यूबिट आया होगा।'

'तुम यहीं रहोगी।' शुल्ज बोला।

लौरैली ने अपनी पोशाक टांगों पर डाल ली और उठ खड़ी हुई।

लौरैली ने दरवाजा खोला।

सामने चेजपारी से आया एक छोटा, मोटा-सा आदमी खड़ा था।

'हैलो। शुल्ज साहब हैं अंदर?' वह बोला।

'आइए, अंदर आइए। अपने बूट झाड़कर अन्दर आना और अपने हाथों पर नियंत्रण रखना। समझे।' वह बोली।

क्यूबिट हंसा - 'मैं बारूद से नहीं खेलता।'

और वह अंदर घुस गया।

पिछली बार उसने लौरैली के साथ गुण्डागर्दी की कोशिश की थी तो उसकी एक आंख जाते-जाते बची थी।

'जल्दी जाओ, शुल्ज प्रतीक्षा कर रहा है। वह पीछे से बोली।

'मैं आ गया बॉस।' वह शुल्ज के पास जाते ही सर झुकाकर बोला।

लौरेली भी अन्दर जाकर डाइनिंग टेबल पर बैठ गई।

क्यूबिट ने उसकी टांगों को देखकर कहा -'हाय, यह हमेशा मुझे काटती है। शुल्ज। क्या करूं?'

'ड्रिंक लो क्यूबिट।' उसे क्यूबिट की हरकत से मजा आ रहा था।

क्यूबिट ने आगे बढ़कर एक गिलास ड्रिंक तैयार किया। और बोला - 'अरे, तुम दोनों नहीं पीओगे?'

'अभी नहीं। हां तो बैलमैन बच गया?'

'हां। वहां ड्यूक बैठा था....।'

'तुमने पहले क्यों नहीं बताया? वह क्या करने गया था वहां?'

'पता नहीं।'

'जब वे बातें कर रहे थे तो लौरेली शांत भाव से सुन रही थी। काफी आतुर थी। जोय दीवार से लगा क्यूबिट की तरफ देख रहा था। वह बड़ा बोर हो रहा था।

'आगे बोली.....।' शुल्ज बेताबी से बोला।

जब मैंने कोरिस को बताया कि ड्यूक बैलमैन के साथ बैठा है तो वह सीधा अंदर घुस गया। एक दो गोलियों की आवाज आई और सहसा कोरिस भागता हुआ बाहर आया। उसकी आंखों व चेहरे पर शराब गिरी हुई थी। वह भागा और कार चलाकर निकल भागा।'

'बैलमैन?'

'वह ठीक-ठाक है। ड्यूक ने कोरिस का निशाना खराब कर दिया था। उन्होंने कोरिस की कार का नम्बर नोट कर लिया है। अब वे जानते हैं कि यह किसकी शरारत है।'

'जरा सोचने दो।' शुल्ज बोला।

शान्ति छा गई।

सब एक-दूसरे को देख रहे थे। केवल शुल्ज की आंखें बन्द थीं।

तीनों लोग सांस तक धीरे-धीरे से रहे थे।

सहसा शुल्ज ने आंखें खोलीं और जेब से नोटों की गड्डी निकालकर क्यूबिट को थमाते हुए बोला - 'लो अपना मिशन जारी रखो।'

'अच्छा बात.....।' वह हंसा।

'जाओ बातें कम... काम ज्यादा। और जैसे ही काम हो जाए फोन पर बता देना।' शुल्ज बोला।

'गुडनाइट बॉस।' कहकर क्यूबिट चल पड़ा।

'ठहरो, जोय तुम्हें छोड़ आएगा।' शुल्ज ने जोय की तरफ देखा।

'जोय। अगर कुछ हो गया हो तो खबर लेकर आना और अगर जरूरत पड़े तो रुक जाना।'

'परन्तु काफी देर हो चुकी है श्रीमान!'

'कोई बात नहीं। शुल्ज बोला।

दोनों कमरे से बाहर हो गये।

जब तक कार की आवाज खामोशी में तब्दील नहीं हो गई तब तक शुल्ज शांत सुनता रहा, फिर वह लौरैली की तरफ मुड़ा।

लौरैली ने उसे इस तरह खामोश कभी नहीं देखा था। वह बहुत डर चुकी थी। वह उठी और बोली - 'मालिक, मैं सोने जाती हूं। तुम तो अभी बैठोगे?'

'तो हैरी ड्यूक बैलमैन को मिलने गया था।' शराब पीते-पीते वह बोला।

लौरैली दरवाजे की ओर बढ़ी।

'सुनो, मैं तुमसे गुस्सा हूं बहुत ज्यादा।' वह बोला।

'मैंने क्या किया है भला?' वह डरते-डरते बोली।

शराब का गिलास मेज पर रखकर वह बोला - 'यहां आओ, मुझे तुम्हारी जरूरत महसूस हो रही है।'

लौरैली हिली तक नहीं। उसने दरवाजे का हैन्डल जरा-सा घुमाया। यह भाग जाना चाहती थी।

शुल्ज हंस पड़ा, एक भयानक नहीं।

'ठीक है जहां हो, वहीं रहो। मैं तुमसे बात करना चाहता हूं। तुमने हैरी ड्यूक को फोन किया था?' वह बोला।

लड़की घबरा गई। 'मैंने फोन? तुम कह क्या रहे हो?' वह बोली।

'बड़ा प्यारा झूठ बोलती हो जानेमन। पर मुझे तो खुद ड्यूक ने बताया था।' वह हंसते-हंसते बोला।

'मैं भला उसे फोन क्यों करूंगी और किसलिए?'

'तुमने सारी गड़बड़ कर डाली है। अब ड्यूक को भी इस मामले में रुचि हो गई है। यह बुरी बात है। और वह चूकने वाला आदमी है नहीं। ड्यूक ऐसा आदमी है कि तुम्हारी जैसी औरतें तो जान दे दें उस पर। तुम्हें ऐसा करना नहीं चाहिए था। कसूर मेरा ही है। मुझे तुम्हें बैलमैन के बारे में कुछ बताना ही नहीं चाहिए था। परन्तु मैंने तुम पर यकीन कर लिया.....। परन्तु तुमने उसे बताया क्यों? अब मैं उसका क्या करूं।' वह गुस्से से विफर उठा।

'पता नहीं क्या बकते जा रहे हो? मुझे तो यह भी याद नहीं कि तुमने बैलमैन के बारे में कहा क्या था? तुम डराते हो मुझे?'

वह बच्चों जैसी आवाज में बोली।

शुल्ज का दिल चाहा कि उसे बालों से पकड़कर दीवार पर उसका सर दे मारो। परन्तु वह आश्वस्त हो लेना चाहता था।

'ओह! तो अब मैं जो कहता हूं वह भी तुम्हें याद नहीं रहता।' वह आराम से बैठते हुए बोला।

'आज तुम्हारा मूड मुझे पसन्द नहीं है मालिक। मैं चली सोने।' और उसने दरवाजा खोल दिया।

'हां। क्यों नहीं, तुम खूब सोओगी मेरी कबूतरी।'

और उसने गिलास फेंककर दे मारा।

गिलास की चमक लड़की को दिखाई दी और तभी आंखों के बीच गिलास जा लगा। वह झुकी और जोर की चीख उसके गले से निकली।

धीरे-धीरे वह बेहोश होकर लुढ़क गई।

शुल्ज उठा और पास आकर खड़ा हो गया।

थोड़ी ही देर में उसे कुछ-कुछ होश आया। उसने देखा, शुल्ज पास ही खड़ा है। उसने चीखकर शुल्ज से दूर जाने की कोशिश की।

नीचे झुककर उसने लड़की की गर्दन पकड़कर ऊपर उठा लिया और तब तक झटके देता रहा जब तक उसके दांत बाहर न निकल आए।

'तुमने फोन क्यों किया? बोलो।' वह चीखा।

'मैं नहीं चाहती थी कि वह बीच में पड़े...।' वह फुसफुसाई - 'मुझे जाने दो। तुम मुझे क्यों मार रहे हो?'

'मूर्ख लड़की। उसे दूर रखने का यही तरीका है? तुमने तो उसे और भी बीच में घुसेड़ दिया है। तुमने मेरे लिए मुसीबत पैदा कर दी है।' वह उसकी गर्दन दबाता गया।

'नहीं...नहीं...मैं कुछ नहीं जानती। मुझे छोड़ दो। मैंने तो इसलिए फोन किया था कि तुमने कहा था कि तुम उसे मार डालोगे...बस...। मुझे छोड़ दो।' वह दया की भीख मांग रही थी।

गुस्से से तमतमा कर उसने एक मुक्का लड़की की गर्दन के पीछे जड़ दिया। वह बेहोश होकर फर्श पर जा गिरी।

गुस्से से कांपता वह पास ही खड़ा रहा। उसे लात जमाते-जमाते पीछे हट गया। उसने रूमाल निकाला और अपना चेहरा साफ किया।

उसने पीछे हट कर फिर शराब डाल ली और कुछ सोचने लगा।

लड़की उसके साथ गत छः मास से रह रही थी। उसे काफी आनन्द देती थी। अब इसकी याद आया करेगी। परन्तु इस मूर्ख ने किया भी क्या? इससे छुटकारा पाना होगा। हालांकि बड़ी बुरी बात थी। परन्तु उसने सोचा, अंतिम लक्ष्य पाने के लिए काफी कुर्बानियां देनी होंगी। और लौरेली तो एक शुरुआत भर है।

जोय के आने से पूर्व ही इससे मुक्ति पानी होगी। पता नहीं दोनों में कोई सम्बन्ध हो? और जोय का भी क्या यकीन? परन्तु पता नहीं लड़की धोखा दे रही है या नहीं?

वह रसोई में गया और एक छोटी रस्सी ले आया। उसने उससे एक लूप बनाया। उसे यह सब पसन्द नहीं था। परन्तु चारा क्या था? लड़की तूफान खड़ा कर सकती थी।

लड़की सीधी लेटी थी। वह घुटनों के बल पास बैठ गया। उसका शरीर पसीने से भीग गया। उसने स्वयं पर नियन्त्रण पाने की कोशिश की। आखिर तो लड़की उसे पसन्द थी। उसने सोचा, शायद वह लड़की को सफाई का मौका दिए बगैर ही समाप्त करने जा रहा था।

उसने लूप गर्दन में फंसाया और उसे कसने लगा। उसके दोनों घुटने लड़की के कन्धों पर थे।

तभी खिड़की पर बैठे हैरी ड्यूक ने गला साफ करते हुए कहा -'सुनो पाल! जो कर रहे हो, सावधानी से करो। अगर इसकी गर्दन का आकार बदलवाना है तो किसी प्लस्टिक सर्जन से बदलवाओ।' झुके-झुके ही शुल्ज ने उसे देखा। उसकी गोल आंखों में रक्त उतर आया।

* * *

लगभग 20 मिनट के बाद क्लेयर औरतों के कमरे से बाहर आई।

पीटर सोच रहा था, कहीं वह उससे बिना मिले ही तो नहीं चली गई।

वेटर परेशान होकर चक्कर लगा रहा था। उसने देख, एक-एक करके सभी जाते जा रहे थे। अतः पीटर ने डिनर रद्द करवा दिया।

'श्रीमान! वह श्रीमती जी लौटेंगी क्या?' वेटर ने पूछा।

'हां। जैसे ही वह आए, कपया भोजन ले आना। देर मत करना। हमें जल्दी जाना पड़ सकता है।'

वेटर बिना कुछ कहे चला गया।

तभी क्लेयर लौट आई। वह खुश नहीं थी। पीटर ने सोचा आज की शाम तो गई काम से।

मुस्कुराकर वह बोला -'हैरी सदा कुछ ना कुछ भूल जाता है। उसे किसी से मिलना था। वह तो चला गया।'

'अच्छा।' और वह दूर देखने लगी।

तभी वेटर ने भोजन लाकर रख दिया।

'हम क्या पीने को लें क्लेयर?' उसने पूछा।

'कुछ नहीं।' हिचकिचाते हुए वह बोली। 'मुझे सिर में दर्द है।'

वेटर सोच रहा था, औरतें ज्यादातर मुसीबत की मारी ही होती हैं।

'चलो हम कुछ सफेद शराब मंगाते हैं। इससे तुम्हारा सर दर्द भी कम हो जाएगा।' वह बोला।

'मैं 156 का प्रस्ताव रखता हूं, अच्छी चीज है।' वेटर आशापूर्ण निगाहों से बोला।

'जी नहीं। मुझे कुछ नहीं चाहिए...। धन्यवाद!' वह बोली।

पीटर ने उसके थके-हारे निराश चेहरे की तरफ देखा।

'ठीक है जानी, खाना खाओ। मैं जानता हूं तुम्हें कैसा लग रहा है।'

'सच? पीटर मैं नहीं समझती कि तुम...।'

उसने छुरी व चम्मच नीचे रख दिए और बोला - 'क्या बात है क्लेयर? क्या मैंने तुम्हें दुःख पहुंचाया?'

'ओह! पीटर। मुझे खेद है। मैं इतनी थक चुकी हूं कि सोच नहीं पा रही कि क्या करूं?' वह रुआंसी हो गई।

'परन्तु क्लेयर...।' वह बोला।

एक झटके से वह उठी और रेस्तरां से बाहर निकल गई।

32

पीटर अचम्भित होकर उसके पीछे-पीछे देखता रहा। शर्म से वह पानी-पानी हो चुका था क्योंकि सभी लोग उसकी तरफ देख-देख कर मजाक कर रहे थे।

'क्या खाने में कोई कमी है।?' वेटर ने आहत स्वर में पूछा।

'मैं जा रहा हूं। मेरा मित्र शायद बीमार है।' वह उठ खड़ा हुआ और उसने कुछ पैसे वेटर के हाथ ठूंस दिए।

बाहर आकर उसने देखा, दूर कार में पिछली सीट पर क्लेयर बैठकर सुबक रही है। वह पास में जाकर खड़ा हो गया। उसका मन हुआ कि क्लेयर को बांहों में लेकर प्यार करे, सांत्वना दे परन्तु इस डर से कि कहीं मामला और ही ना बिगड़ जाए वह शांत सिगरेट पीता रहा।

'अब मैं ठीक हूं पीटर।' वह स्थिर स्वर में बोली।

पास बैठते हुए उसने पूछा -'बात क्या है प्रिय?'

'मुझे बड़ी हताशा हो रही थी...मैं नहीं जानती, क्यों?'

'तुम थक गई हो। घर चलो। एक अच्छी नींद से तुम ठीक हो जाओगी।'

'नहीं, हम कहीं दूर चलें पीटर। खिड़की खोल दो। हवा मेरे चेहरे पर आने दो। बड़ी गर्मी है।' उसने रूमाल से मुंह पोंछा।

खिड़की खोलते हुए वह बोला - 'कहां चलें?'

'कहीं भी चलो, पर चलो...।'

ऐसा क्यों था वह समझ नहीं पाया। कार फेअर व्यू की तरफ दौड़ रही थी और खिड़की से आती हवा से उसके बाल लहरा रहे थे।

पीटर ने उसे सदा आत्मविश्वास और खुशी से भरपूर पाया था परन्तु आज ना जाने उसे क्या हो गया था।

'मुझे बहुत दुःख है पीटर। मैं नर्वस हो गई थी और मेरे दिमाग में गर्मी चढ़ गई थी। मुझे माफ कर दोगे ना तुम्हें बहुत बुरा लग रहा होगा।'

एक हाथ से उसे पास खींचते हुए वह बोला - 'नहीं, ठीक है। मुझे भी कभी-कभी ऐसा लगता है। यह सिर्फ तुम्हारे ही साथ नहीं है।'

'मेरे साथ तो पहली बार हुआ है। खैर। अब मैं जब अपने काम पर जाऊंगी तो क्या होगा?'

'तुम बुत ज्यादा काम करती हो। सुनो क्लेयर, तुम अक्लमंदी का काम क्यों नहीं करतीं। यह सब छोड़ो। हम शादी कर लें।' उसने कार एक तरफ खड़ी कर दी और उसके ठंडे होंठों पर चुम्बन अंकित कर दिया। परन्तु क्लेयर के लिए इस चुम्बन का कोई अर्थ नहीं था।

उसे बालों में उंगलियां फिराते-फिराते वह बोला -'प्रिय, मैं तुम्हें कितना पर करता हूं! सोचो, मैं तुम्हें कितनी खुशियां दूंगा! मैं सब कुछ तुम्हारी इच्छा से करूंगा।'

क्लेयर ने धीरे--धीरे उसे अलग करके कहा - 'आज मैं मूड में नहीं हूं डार्लिंग। आज रहने दो। तुम बस चले चलो।'

'तुम चाहती क्या हो? मूड, मूड...क्या मतलब है तुम्हारा? मैं तुम्हें कोई धोखा नहीं दे रहा। शादी का प्रस्ताव है। एक ही बात सच हो सकती है या तो तुम प्यार करती हो या नहीं।' उसे गुस्सा आ गया था।

सहसा क्लेयर उससे बुरी तरह लिपट गई।

'पीटर चुप करो। तुम्हारा गुस्सा मैं नहीं सह सकती। तुम समझे, मैं कितनी अनिश्चय की स्थिति में हूं पीटर प्लीज।'

क्रोध से उसने क्लेयर को अपने से जुदा किया।

'मुझे यह सब पसन्द नहीं है। मैं प्रतीक्षा करते-करते पागल हो चुका हूं। अगर तुम मुझे प्यार नहीं करती हो तो आज के बाद हम नहीं मिलेंगे।'

'मैं तुम्हें सच्चा प्यार करती हूं। मैं जानती हूं तुम बहुत ही प्रिय, दयालु आदमी हो परन्तु यह मत कहो कि हम कभी नहीं मिलेंगे।'

'अगर यह बात है तो शादी से इन्कार क्यों करती हो?'

'ऐसे मत देखो पीटर। अगले पल हम अजनबी हो जाएंगे। पीटर, मैं तुम्हें इतना प्यार करती हूं कि तुम्हें तकलीफ देने की बात सोच भी नहीं सकती। मैं कितने ऊहापोह में फंसी हूं।'

वे दोनों एक दूसरे से सटे खड़े रहे। सामने के घरों में प्रकाश नहीं था। लोग सो चुके थे।

'ठीक है क्लेयर, फिलहाल हम इस विषय पर बातें नहीं करेंगे। हम इकट्ठे रहना चाहते हैं। मैं तुम्हें अब परेशान नहीं करूंगा। हम दक्षिण की तरफ थोड़ा-सा सामान लेकर इसी कार से ले चलते हैं। मैं तुम्हारी खुशी का ख्याल रखूंगा।' वह अनुनय भरे स्वर में बोला।

वह उसके और भी पास आ गई और बोली - 'शायद एक दिन हम चलेंगे। परन्तु तुम पहले यह बताओ तुम हैरी ड्यूक को कब से जानते हो?'

ओह! तो यह हैरी ड्यूक हमारे बीच आ घुसा है। उसे याद आया जब वह हैरी से पहली बार मिली थी तो कितनी शांत थी। जब उसने उसके टेलीफोन नम्बर को लेकर उसे छेड़ा था तो वह कितनी परेशान लगती थी। उसे हैरी के चले जाने पर उसकी निराशा भी याद आई। हैरी ड्यूक के सामने अपने को तुच्छ पाकर उसका दिल डूबने लगा।

उसने सोचा, हैरी और क्लेयर एक दूसरे से कितने मिलते जुलते हैं।

'तुम्हें हैरी पसंद है ना?' वह बोला।

'पता नहीं...मेरी तो उससे कोई बात भी नहीं हुई।'

वह धीरे-धीरे बोली।

'उससे मिलकर तुम्हें खुशी हुई ना?'

'हां, वह कुछ अलग किस्म का जीव है। परन्तु उसके जीवन में तो बहुत सारी लड़कियां होंगी?'

पीटर ने सिगरेट जला ली।

'किसी विशेष लड़की से तो उसकी दोस्ती नहीं है। परन्तु लड़कियां मरती हैं उस पर। लड़कियों को धोखा देना उसकी आदत में शामिल है। मुझे तो उन लड़कियों पर तरस आता है।'

'और तुम सोचते हो मैं भी उन लड़कियों में से ही एक हूं।' वह बोली।

'नहीं...परन्तु क्यों? मैंने यह कब कहा?' उसका चेहरा पसीने से नहा उठा।

वह सीधी-सीधी हंसी हंसी और बोली - 'पीटर, तुम से ज्यादा मैं तुम्हें जानती हूं। तुम घबराओ मत। हम एक दूसरे के लिए नहीं है। मैंने हैरी जैसे बहुत पुरुष देखे हैं। जर्नलिस्ट,

जुआरी, शराबी और व्यापारी। मुझे इन धन के गुलामों से नफरत है। एक समय था जब मैं हैरी ड्यूक के लिए मर मिटती परन्तु अब नहीं। मैं फेअर व्यू शहर की तरह हूं जो अपनी छोटी-सी खुशी अपने में समेट कर जीना चाहता है'

पीटर ने उसे पास खींच लिया - 'परन्तु हैरी ऐसा नहीं है। जितना मैं तुम्हें चाहता हूं वह भी तुम्हें चाह सकता है। वह जंगली जर है परन्तु जब वह किसी चीज से प्यार करता है तो ऐसा नहीं लगता।'

'तुम घबराते हो कि वह तुमसे मुझे छीन लेगा।' क्लेअर की आंखों में भय व्याप्त था।

'पता नहीं, परन्तु मुझे पता लगाना पड़ेगा।' पीटर बोला।

वह कांप उठी और बोली - 'पीटर, अब घर चलें...मुझे दुःख है कि तुम्हारी शाम आज बर्बाद हो गई।'

'मेरी शाम बर्बाद नहीं हुई। तुमने मुझे बताया कि तुम मुझे, केवल मुझे प्यार करती हो। मैं खुश हूं।' कार स्टार्ट करते हुए पीटर बोला।

'तुम विश्वास करते हो ना?'

'यकीनन। परन्तु तुमने थोड़ी मुश्किल भी तो पैदा कर दी है।'

'तुम्हें बुरा लगा?'

'नहीं। सोचो, जीवन कितना रसहीन हो जाएगा अगर हर वस्तु बिना प्रयत्न मिल जाए। अब मैं तब तक कुछ नहीं कहूंगा जब तक तुम विवाह के लिए तैयार नहीं हो जातीं।'

क्लेयर के छोटे से बंगले पर पहुंच कर पीटर बोला - 'बोलो - घर चला जाऊं और कल रात फिर कार लेकर आ जाऊं?'

'नहीं पीटर, तुम अन्दर चलो...।'

क्लेयर की आवाज में कुछ था कि पीटर का रक्त झनझनाने लगा।

'काफी देर हो चुकी है। कल पूरा दिन काम करना होगा। मैं कल आ जाऊंगा।'

'मेरा मतलब था आज यहीं रह जाते तो...?' वह मोहक स्वर में बोली।

पीटर ने क्लेयर का हाथ पकड़ लिया। 'तुम सच में यही चाहती हो?' उसका दिल धड़क रहा था।

'सच पीटर, तुम कितने सब्र वाले हो। मैंने क्या दिया तुम्हें अब तक?' वह उससे लिपट गई।

कुछ देर तक तो यह दृश्य बड़ा आनन्दमय रहा परन्तु सब्र शब्द का प्रयोग करते ही सब कुछ बिखर गया।

'नहीं क्लेयर, तुम आराम करो। तुम मुझे अत्यन्त प्रिय हो। मैं तुम्हें प्यार करता हूं। मैं प्रतीक्षा करूंगा तुम्हारी।'

वह धीरे से कार से निकली - 'विदा पीटर! मैं तुम्हारे लिए मुश्किलें पैदा नहीं कर सकती पीटर। तुम हमेशा सही निर्णय लेते हो, पीटर मेरे प्रिय मित्र।'

वह छोटे से रास्ते से होकर चल पड़ी और गायब हो गई। उसने दरवाजा खुलने की आवाज सुनी और फिर उसने सुना, दरवाजा अन्दर से बन्द हो गया।

* * *

शुल्ज से आंखें ना हटाते हुए ड्यूक कमरे में घुस गया। उसने पीछे हाथ मार कर खिड़की बन्द कर दी।

शुल्ज को तो जैसे लकवा मार गया। वह लौरेली पर उसी तरह झुका हुआ स्थिर बैठा रहा। उसकी आंखें सीधे ड्यूक पर जमी थीं।

ड्यूक ने अपना कोट खोल कर शुल्ज को बन्दूक के दर्शन करवा दिये। उसकी आंखें सीधा शुल्ज पर थीं। वह जानता था, वह कभी भी छलांग लगा सकता था।

'मैं तुम्हारे आड़े नहीं आना चाहता परन्तु यह सीन देखकर कोई भी सोच सकता है कि तुम लड़की की हत्या करने वाले हो।'

शुल्ज तटस्थ था।

'जरा हटो। अब छोड़ो भी बेचारी को।' नम्र स्वर में ड्यूक बोला।

शुल्ज ने गहरी सांस लेकर रस्सी छोड़ दी। वह धीरे से खड़ा हो गया और बोला - 'हैलो हैरी! तुमने तो मुझे आश्चर्य-चकित कर डाला।'

'मुझे दुःख है मित्र। अगली बार मैं घन्टी बजाकर ही अंदर आऊंगा।' वह अभी भी लगातार उधर ही देख रहा था।

शुल्ज पीछे हटा और शराब भरने लगा। उसने तेजी से शराब पी। और पसीना पोंछा। और चुपचाप आरामकुर्सी में धंस गया। वह ड्यूक की तरफ अपनी गोल-गोल आंखों से देख रहा था।

ड्यूक आगे बढ़ते हुए बोला - 'देखो लौंडे। गलत काम बन्द कर दो। मेरा मतलब है कोई गोली वोली चलाने की कोशिश मत करना। मेरा तर्जुबा तुमसे कहीं ज्यादा है अगर तुम मारे गये तो मेरी गलती नहीं होगी।'

'मैं जीवन से प्यार करता हूं...मैं कुछ नहीं करूंगा।'

'मैं सोचता हूं, तुम तो पागल हो चुके थे। इस बेचारी ने तुम्हारा क्या बिगाड़ा था जो इसे मार डालना चाहते थे तुम?' ड्यूक ने पूछा।

शुल्ज चुप बैठा रहा।

तभी लड़की ने करवट बदली।

लड़की के पास बैठते हुए ड्यूक बोला - 'जरा मैं इस गरीब की नेकटाई खोल दूं ताकि होश में आ सकें। बेचारी मौत से बाल-बाल बची है।'

'मैं इसे मार थोड़े ही रहा था, मैं तो डरा रहा था।' शुल्ज अजीब आवाज में बोला।

'तुम क्या कर रहे थे, मैं तुम्हें अच्छी तरह पहचानता हूं। बेहतर होगा यह बकवास स्वयं तक सीमित रखो।' वह अभी भी उसकी तरफ लगातार देखे जा रहा था।

ड्यूक ने रस्सी निकालकर फेंक दी। वह अभी लड़की को सहारा देकर उठा ही रहा था कि शुल्ज ने झटके से अपनी जेब से पिस्टल निकालने को हाथ जेब में डाला ही था कि ड्यूक ने .38 आटोमेटिक बाहर निकाल ली।

'मेरी प्रेक्टिस तुमसे बहुत ज्यादा है। दोनों हाथ पीछे करके पिस्टल जमीन पर फेंक दी।

'इसे ठोकर मार कर मेरी ओर फेंको। बताओ, तुम पागल हो चुके हो या जीवन से प्यार खो बैठे हो?'

ड्यूक ने शुल्ज की पिस्टल उठा ली। और अपनी जेब में डाल ली।

'दुःख की बात है तुम हर जगह अपनी टांग फंसाते फिर रहे हो। तुम पछताओगे हैरी। अभी तुमने पहली बाजी ही जीती है। अभी बहुत-बाजियां हैं।' शुल्ज क्रोध में चीखा।

ड्यूक लौरैली को ध्यान से देख रहा था।

'मैंने इसे पहले कहां देखा है। देखी लगती है, है ना?

अच्छा हुआ मैं समय से पहुंच गया। अरे मूर्ख, इतनी सुंदर औरत की बर्बादी कर रहे थे तुम? तुम्हारे लिए तो और बहुत से काम हैं मूर्ख।'

लौरैली हिली और उसने आंखें खोलीं और उसका हाथ गर्दन के पीछे चला गया जहां दर्द हो रहा था।

'घबराओ मत। यहां सब मित्र हैं। तुम सुरक्षित हो।' हैरी ने उसे प्यार से कहा।

शुल्ज को देखते ही लौरैली की आंखों में खून उतर आया। उसने उठते ही शुल्ज पर गोलियों की बौछार शुरू कर दी।

'यह हरामी तो कहता है कि तुम्हें डरा रहा था बस और कुछ नहीं।' ड्यूक बोला।

'अगर मेरे पास बन्दूक हो तो इस मोटे के पेट में छेद कर देती। इसने मुझे गिलास दे मारा। मुझे मौका ही नहीं मिला। तुम्हें इसका नतीजा भुगतना पड़ेगा हरामी कुत्ते। मुझसे झगड़ा मोल लेकर अब तेरी खैर नहीं है।' और वह उसे नोचने खसोटने लगी।

सहसा शुल्ज का हाथ लड़की के गाल पर पड़ा। वह पीछे जा गिरी और लगी रोने धोने।

तभी दरवाजा खुला और जोय अन्दर आ गया। ड्यूक को देखते ही उसका रंग उड़ गया और हाथ स्वतः ही ऊपर उठ गये।

धीरे-धीरे जोय ने हाथ नीचे किए और सामने देखा कि शुल्ज मेढ़क बना बैठा था।

लौरैली ने आग हिलाने का लोहे का कांटा उठा लिया। और शुल्ज की तरफ दौड़ी। उसके चेहरे पर विजय की खुशी थी। वह जैसे ही ड्यूक के पास से गुजरी, ड्यूक ने उसकी टांग पर टांग मारकर उसे गिरा दिया।

ड्यूक ने जोय को इशारा किया। उसने कांटा उठा लिया। लौरैली क्रोध से चीखने लगी।

'हमें अब यह मारपीट बन्द करनी होगी, किसी को चोट लग सकती है।' उसने आगे बढ़कर लड़की को उठा लिया और पकड़कर पीछे कर दिया। वह एक और हमले की तैयारी कर रही थी। उसने लौरैली को पकड़कर अपने पास बिठा लिया।

'अब ठीक से व्यवहार करो नहीं तो तुम्हारे लिए कठिनाई पैदा हो जाएगी, समझीं?'

एक क्षण उत्तेजित होकर वह बैठ गई।

'अच्छा शुल्ज साहब। अब मैं चलूं। तुम्हारी सुरक्षा के लिए मैं इस कन्या को साथ लिए जाता हूं।'

'ठहरो...यह मुझे छोड़कर नहीं जाना चाहती।' वह सतर्क स्वर में बोला।

'अच्छा? तो लड़की तुम क्या कहती हो?'

इससे पूर्व कि लड़की कुछ कहती वह बोला - 'पहले मुझे इसके साथ एकांत में बात करने दो। यह तो बेचारी बच्ची है।'

'हां। हमारे यहां ऐसे ही बच्चे होते हैं। उसे अकेला छोड़ना खतरनाक होगा। तुम फिर इसके गले में टाई बांधना शुरू कर दोगे।' वह बोला।

'मोटे सूअर, अब मैं तुमसे मिलूंगी...? तुम मूर्ख हो क्या?' लौरेली ने चीखकर कहा।

'इसमें कोई गलती नहीं है पाल। तुम मेरे साथ चलोगी लड़की या स्वयं कहीं जाना चाहेगी?' ड्यूक ने लड़की से पूछा।

क्रोधित आंखों से होंठ चबाते हुए वह बोली - 'मैं तुम्हारे साथ ही चलूंगी।'

'अच्छा। तुम तो बड़ा सही फैसला करती हो। और पाल, अब मैं वही करूंगा जो इसने कहा है। इसे लेकर जाऊंगा।' ड्यूक बोला।

'पागल मत बनो लौरेली। तुम मुश्किलों को बुलावा दे रही हो। तुम यहीं रुको। मैं तुम्हारी सहायता करूंगा...पागल मत बनो।' बेताब शुल्ज बोला।

'तुम जाओ भाड़ में हरामजादे। और अब हम किसकी प्रतीक्षा कर रहे हैं ड्यूक, चलो चलें।' वह चीखी।

ड्यूक धीरे-धीरे पीछे हटकर घूमता हुआ पीछे की ओर दरवाजे की तरफ बढ़ा। वह शुल्ज पर और जोय पर लगातार निगाह रखना चाहता था।

शुल्ज एकदम नियन्त्रण खो बैठा। एकदम उठकर वह आगे बढ़कर चीखा - 'मूर्ख लड़की, तुम पागल हो गई हो। मैं इस ड्यूक को जानता हूं। यह तुम्हें पैसे देकर मजा मारने के लिए नहीं ले जा रहा। यह तुमसे सब कुछ उगलवाएगा और फिर निजात पा लेगा। तुम खत्म हो जाओगी...मेरी बात मानो...।'

ड्यूक ने स्पष्ट स्वर में कहा - 'अपने रक्तचाप पर नियन्त्रण रखो प्यारे। मैं लड़की को ले जा रहा हूं। पीछा करने की जरूरत नहीं है। तुम इस तक नहीं पहुंच सकते। मैं कल सुबह आकर तुमसे बातें करूंगा। तब तक विदा...।'

वह लौरेली की तरफ देखकर बोला - 'सुनो, मैं तुम्हें कब्र से भी ढूंढ निकालूंगा और बर्बाद करके रहूंगा।'

वह हंस पड़ी - 'तुम अब मुझे डरा नहीं सकते। मेरी सुरक्षा करने वालों को देखो।' और ड्यूक का हाथ थामे वह बाहर निकल गई।

बाहर निकलते ही ड्यूक ने भागना शुरू कर दिया, वह बोला - 'दौड़ो बेबी, कहीं वह हमें गोली का निशाना ना बना डाले।'

दौड़ते-दौड़ते लौरेली बोली - 'जरा रुकना। मेरी ड्रेस टाइट है।'

ड्यूक ने उसे पकड़कर खींचा और भागता रहा। गोली उनके सिर के ऊपर से निकल गई और लैम्प पोस्ट पर जा लगी।

गोली की आवाज सुनते ही लौरेली हिरनी की तरह भागने लगी। वह ड्यूक से भी आगे निकल गई। यह देखकर ड्यूक हंसने लगा।

गोली फिर चली और उन दोनों के बीच से निकल गई। लौरेली दस कदम तक कूदती चली गई।

कार में घुसते-घुसते ड्यूक बोला -'साला ऐसी शूटिंग कर सकता है यह, मैंने सोचा भी नहीं था।' और कार 60-80-100 की स्पीड पर उड़ चली।

'मुझे बड़ा मजा आया। मैं जरा-सा झटका सतर्क होने के लिए चाहता था। वह मुझे मिल गया।'

लौरैली क्रोधपूर्वक अपने कपड़े देख रही थी। उसने देखा उसके दोनों घुटने नंगे हो चुके थे।

'मैं शर्त लगाकर कहता हूं - बेन्टोनविले में यह पहली शूटिंग होगी। पाल हमें यहां रहने नहीं देगा।' ड्यूक तेजी से गाड़ी चलाता हुआ बोला।

लौरैली सांसों पर नियन्त्रण करती हुई बोली -'तो तुम ही हो हैरी ड्यूक।'

'जी हां, श्रीमती ड्यूक का एकमात्र पुत्र। मैंने तुम्हें पहले कहां देखा है?'

'मुझे याद है। मेरा नाम लौरैली है। केवल लौरैली, लौरैली मांटगुमरी नहीं, ना ही लौरैली स्पेवेक। बस लौरैली।'

'अच्छा। परन्तु क्यों? हालांकि मुझे क्या लेना देना है?'

'बहुत से कारण हैं। एक यह कि मेरे मां बाप नहीं हैं।'

'बड़ी मजेदार बात है। तुम लगता है अन्डे से निकली हो।'

'कुछ भी समझो परन्तु बात कुछ ऐसी ही लगती है।'

'अच्छा। क्या तुम एक कप काफी और चिकन सैन्डविच पसंद करोगी?'

'अभी?'

'इसी क्षण।'

ड्यूक ने एक पूरी रात खुलने वाले ड्रग स्टोर के सामने कार रोक दी।

'मुझे खुशी होगी। परन्तु सुनो, अगर मैं सैन्डविच की जगह रीवीटा ले लूं तो तुम्हें बुरा तो नहीं लगेगा। मुझे अपनी पिगर पर भी तो ध्यान देना पड़ता है।

'बात तो ठीक है। परन्तु तुम्हारी फिगर संवारने वालों की तो लाइन लग जाएगी।'

सारा रेस्तरां खाली था। नौकर कोने में बैठा ऊंघ रहा था। ड्यूक को देखकर वह उठ बैठा। लौरैली को साथ देखकर वह खुश हो गया और बोला -'मिस्टर ड्यूक, आप देर से आए हैं। परन्तु बताइए मैं क्या सेवा कर सकता हूं आपकी?'

लौरैली ने टमाटरों के साथ रीवीटा और काफी का आर्डर दिया। ड्यूक ने क्लब सैन्डविच मंगवाई।

अपनी फटी पोशाक देखकर लौरैली बड़बड़ा कर बोली - 'ड्यूक देखो, सारी फट गई है। अब मैं ऐसे तो कहीं जा नहीं पाऊंगी।'

'तुम औरतें ही ऐसा सोचती रहती हो। मर्द तो तुम्हें एक वस्त्र में भी पसन्द नहीं करते।' और फिर बोला - 'अरे जोस, तुम एक सिल्क की पोशाक श्रीमती जी को बेच सकते हो क्या?'

सैन्डविच रखते हुए वह बोला -'अरे साहब, इन्हें तो हम कुछ भी बेच देंगे।'

'इसे केवल सिल्क की पोशक भर चाहिए, समे...।'

'क्या नाप है आपका महोदया?' जोस ने पूछा।

लौरैली ने नाप बताया और वह पूरा डिब्बा ही उठा लाया और बोला -'महोदया, स्वयं ही छांट लीजिए।'

'ठीक है जोस, तुम जाओ, मैं इसकी मदद करूंगा।'

जोस मुस्कुराकर दूर चला गया।

खाते-खाते लौरैली पोशाक छांटती रही। उसकी गर्दन में खाते-खाते दर्द हो रहा था।

'तुम्हारी आत्म कथा लिखी या सुनी जा सकती है।'

ड्यूक बोला।

'मैं आज कोई बात सोचना नहीं चाहती ड्यूक। मैं यह सब कल सोचूंगी। आज रात मैं पूरी औरत बनकर जीना चाहती हूं।'

काफी हिलाते हुए कुछ सोचते वह बोला - 'ठीक है...कल सोचेंगे परन्तु क्या मैंने तुम्हें पाल के दफ्तर में नहीं देखा? तुम अगर मेरी सहायता नहीं करोगी तो क्या फायदा होगा?' वह विनयपूर्ण स्वर में बोल रहा था।

'कई बार। परन्तु तुम अति व्यस्त होते थे अन्यथा मुझे याद रखते।'

'मेरा नियम है, मैं दूसरों की मित्रों की ओर ध्यान कम देता हूं। परन्तु तुम पाल के समीप कैसे जा पहुंची?'

लौरैली का चेहरा धुंधला गया - 'आज के लिए इतना काफी है। अब हमारा स्टेशन बन्द हो गया। मुझे कहीं सुला दो प्लीज।'

'तुम्हारे पा सना पैसा है ना कपड़े। बस यही शरीर है जिसका ध्यान भी रखना है तुम्हें...। बड़ी मुश्किल है।'

'मैं शरीर का ध्यान रख लूंगी। तुम अन्य वस्तुओं का ध्यान करो।' वह मुस्कुराई।

ड्यूक ने उसे धन्यवाद दिया।

घड़ी दो से ज्यादा का समय बता रही थी।

'सुनो। क्या तुमने मुझे आज शाम फोन पर कहा था कि बैलमैन अकेला छोड़ दो?' उसने लड़की से प्यार से पूछा।

'मैंने? हो सकता है। मैं बहुत से लोगों को फोन करती रहती हूं।' उसका चेहरा फक्क हो गया।

'मुझे बैलमैन में रुचि है। यह मत सोचना मैं उसे पसंद करता हूं। बस इतना बताओ कि तुम्हें उसके बारे में क्या मालूम है?'

कपड़ों को उलटते पलटते वह बोली -'काफी कुछ।'

'बताओ, आत्म-विश्वास से निडर होकर जैसे पिता को बच्चे बताते हैं।' ड्यूक बोला।

'मैंने तो कभी बाप को देखा तक नहीं। अब तुम्हारा क्या करूं?'

'तुम्हें मेरा कुछ नहीं करना। मैं तुम्हारे लिए करूंगा।'

अपने फटे वस्त्रों पर हाथ फेरते हुए वह बोली-'मैं यकीन करती हूं।'

वह काफी पीने लगा। नौकर लौरैली को रुचिपूर्वक देख रहा था।

'क्या देख रहे हो चूहे। दूर हो जाओ, नहीं तो तुम्हारी आंखें निकाल लूंगी।' वह चिल्लाई।

डरकर नौकर पीछे हटा और शिरे का जार नीचे जा गिरा।

'कितनी सुन्दर प्रकृति की बच्ची हो तुम?' ड्यूक हंस पड़ा और बोला - 'जोस, शीरा अपने सिर पर मल लो। सुन्दर लगोगे।'

ड्रेस बदलक लौरैली बोली -'अब मुझे आराम करवा दो। मेरे सिर में बहुत दर्द है। तुम्हें तरस भी नहीं आता?'

'जरूर। पर समझ में नहीं आता तुम्हें कहां ले जाऊं? अपने घर ले जाऊं तो नई मुश्किल पैदा हो सकती हैं...मैं नहीं चाहता तुम...।' वह बोला।

'तुम घबराओ मत। मैं ऐसी नहीं हूं कि तुम्हें परेशानी हो।' वह बोली।

'तुम तो क्या कहोगी? मैं तो अपनी बात करता हूं, कहीं मैं...?'

लौरैली ने क्रोध से उसे देखा -'तुम्हारी तमन्ना मैं जानती हूं। तुम अगर मुझे अपने काबिल नहीं समझते तो...'

'ऐसी बात नहीं है। मैं सोचता हूं कि तुम मेरे लिए कितनी बुरी साबित हो सकती हो?'

लौरैली को बड़ा अचम्भा हुआ। वह नहीं समझ सकी कि क्या कहे?

'मैं सोचता हूं, पाल तुम्हें ढूंढ रहा होगा और तुम्हें बिना सुरक्षा के छोड़ा नहीं जा सकता। मैं तुम्हें अपने मित्र पीटर क्लेन की छत्रछाया में सौंपना चाहूंगा।'

'कब तब मेरी रक्षा का भार उठाओगे? मुझे अकेली जाने दो। धीरे-धीरे आदत पड़ जाएगी।'

ड्यूक ने सिर हिलाया और फोन की तरफ बढ़ गया।

इधर लौरैली ने एक कप काफी और मंगाई। जोस को देखकर वह मुस्कुराई। बेचा बड़ा हताश लग रहा था। एक जार शीरा गिर जाने का मतलब था पूरा दिन सफाई।

'सब तय हो गया। जल्दी काफी पीओ और चलो।' ड्यूक लौटकर बोला।

गर्दन छूते हुए वह बोली -'कल तक तो गर्दन सूज जाएगी। मोटे सूअर ने तो...।'

'अब चिढ़ना छोड़ो। हो सकता है तुम्हारी किसी गलती ने उसे उकसाया हो।' वह बोला।

वह उठ बैठी और बोली - 'सारा प्रबन्ध तुम्हें करना पड़ेगा। मेरे पास कानी कौड़ी भी नहीं है।'

पैसे निकालते हुए वह बोला - 'जब भी लड़की मिलती है मेरी जेब हल्की होने लग पड़ती है। आज भी यही होना था...।'

दोनों कार में पीटर क्लेन के घर की तरफ चल दिए।

क्लेन थका हुआ था। परन्तु अभी तक उसने कपड़े नहीं उतारे थे।

'अन्दर आ जाओ।'उसने लौरैली की तरफ देखते हुए कहा।

'ये हैं मिस्टर पीटर क्लेन। ओर क्लेयन ये हैं मिस लौरैली, केवल लौरैली। इनकी कोई जाति या पितृ नाम नहीं हैं क्योंकि बेचारी अन्डे से निकली थी।'

पीटर मुस्कुराया परन्तु लौरैली कुछ परेशान हो गई।

'बात यह है पीटर कि लड़की तो सोएगी तुम्हारे बिस्तर पर और हम दोनों कुर्सियों पर।' ड्यूक बोला।'मुझे इसके बिस्तर पर नहीं सोना। मैं तो फर्श पर ही ठीक हूं।'

ड्यूक ने बांह से पकड़ कर लौरेली को बैडरूम में धक्का दे दिया और दरवाजा बन्द कर लिया। 'कल मिलेंगे और बातें करेंगे।'

पीटर परेशान होकर कुर्सी पर जा बैठा -तुम शायद जानते हो तुम क्या कर रहे हो? आशा है तुम सही रास्ते पर हो।'

ड्यूक दूसरी कुर्सी पर बैठ गया और बोला -'कल तुम्हें सब बता दूंगा। तुम मुझे कुछ देर होने दो। आज बड़ा थका देने वाला दिन था।'

'तुम एक अजनबी लड़की को लाकर मेरे बिस्तर पर सुला देते हो। कुछ बताते नहीं...। मैं क्या हूं कोई पत्थर या पागल?' वह बहुत चिंतित था।

'तुम अच्छे आदमी हो। मैं तुम्हें प्यार करता हूं पीटर।' ड्यूक बोला।

'कुछ तो बताओ...।' पीटर चिल्लाया।

'क्या जानना चाहते हो? लड़की कौन है? मुझे नहीं पता। मुझे रास्ते में मिली। इसे घर व पैसा चाहिए। मुझे शांति। यहां ले आया। अब सोने दो।' और ड्यूक ने आंखें बन्द कर लीं।

'तुमने क्लेयर के बारे में क्या सोचा?' पीटर ने पूछा।

'अच्छी है। तुम्हारे जैसे मूर्ख के लिए तो कुछ भारी पड़ेगी। अगर तुमने सावधानी न बरती तो मैं छीन लूंगा।'

वह हंसा।

'मैं सावधान हूं।' वह होंठ भींचकर बोला। ड्यूक आवाज सुनकर सतर्क हो गया।

'लगता है तुम नाराज हो। तुम मजाक नहीं समझते?' ड्यूक बोला।

'मुझे पता है तभी तो मैं सावधान हूं।' पीटर बोला।

'बड़ा पागल है...।' और ड्यूक सो गया।

और यहीं रात की कहानी समाप्त हो गई।

* * *

हताश थकी क्लेयर अखबार के दफ्तर अगले दिन आ गई। वह सीधी अपने कमरे में गई। हैट उतारा और पाउडर पर से चेहरा हल्के से छूकर बैठ गई।

उसकी डाक सामने थी। सारा सामान में पर करीने से लगा था। उसने डाक को एक तरफ कर दिया और खिड़की से बाहर देखने लगी। बाहर गर्द छाई थी। शहर वीरान था। फेअर व्यू को बारिश की सख्त जरूरत थी।

उसे फिर से हैरी ड्यूक याद आ गया। सारी रात वह दोनों में तुलना करती रही थी। पीटर या हैरी ड्यूक, हैरी ड्यूक या पीटर। परन्तु हर तरह से ड्यूक उसे बेहतर लगता था। उसके चौड़े कन्धे, सफाई से कटी मूंछें....।

वह जानती थी हैरी का हाथ बढ़ते ही वह रुक नहीं सकेगी। हैरी भी यह बात जानता था। दोनों प्रथम मिलन में ही पागल हो उठे। एक क्षण पहले थे अजनबी थी। परन्तु जैसे ही हैरी ने उसका हाथ पकड़ा था, हैरी की ताकत उसकी कमजोरी बन कर उसमें घुस गयी थी। लगता था जैसे लम्बे समय से वे एक दूसरे को जानते थे।

पहले भी उसे कई बार प्यार हो चुका था। परन्तु अबकी बार की बात ही और थी। वह जानती थी शायद उसे ड्यूक से प्यार नहीं था। परन्तु इतना तो सच था कि हैरी के अलावा कोई भी मर्द उसके लिए इतना महत्वपूर्ण कभी नहीं था।

उसे बड़ा अजीब और भ्रम पूर्ण लग रहा था सब कुछ। पीटर बड़ा प्यारा लड़का था। ठीक वैसा जो अपने प्रिय मित्र को अपनी एकमात्र टाफी तक देता है। उसे चोट पहुंचाना अच्छा नहीं था। परन्तु अगर हैरी उसे चाहता है तो वह केवल मजबूर थी। वह दूर चली जाए तो सारा झंझट समाप्त हो सकता था। जब उसने फेयर व्यू छोड़ कर जाने की बात सोची तो उसे यह सब सम्भव नहीं लगा। फिर से सब कुछ तलाशना बड़ा मुश्किल था।

उसे यकीन था, हैरी उसकी सदा मदद करता रहेगा। उसके प्रति वफादार रहेगा। उसे मित्रों की कद करनी आती थी। वह कठोर था, थोड़ा जंगली था परन्तु जब किसी को पसन्द करता था, प्यार करता था, तब नहीं। परन्तु नहीं उसे स्वयं कभी नहीं बुलाएगा। उसे पीटर की मित्रता का ख्याल था।

मेज की घन्टी बजी जिसका अर्थ था साम ट्रैन्च उसे बुला रहा था। वह उठी और आइने में शक्ल देखकर फौरन चल पड़ी।

साम कुर्सी पर बैठा फोन मिल रहा था और पाईप पी रहा था।

'सुप्रभात साम।' वह कुर्सी पर बैठती हुई बोली।

साम ने तेज निगाहों से उसे देखा - 'ओह। बड़ी चुकी सी लग रही हो। क्या हो गया है। तुम खुद को सम्भालो। कुछ दिन छुट्टी ले डालो।'

'मैं ठीक हूं। बोलो क्या मुसीबत आन पड़ी?' वह तेज स्वर में बोली।

'तुम ठीक कहती थी। टिमसन ने पिन्डर एन्ड खरीद लिया है। मैंने कल रात हिल से बात की। वह थोड़ा समझाने-बुझाने के बाद मान ही गया।' चश्मा साफ करते - करते वह बोला।

'टिमसन? परन्तु वह तो किसी और के लिए काम कर रहा था।'

'हां, किसी सिन्डीकेट के लिए। उसका नाम बेन्टोनविले लैन्ड या ऐसा ही कुछ नाम है। इसके पीछे बैलमैन ही है। मुझे सब पता है। काफी पैसा दिया है इन लोगों ने। कितनी जल्दी की है? टिमसन तो दो-तीन दिन ही शहर में था।'

'अब क्या करने वाले हैं इस भूमि का ये लोग?' उसने पूछा।

'पता नहीं।' साम ने एक नक्शा फैला दिया।

'यह है पिन्डर ऐन्ड। यह फेअर व्यू के दक्षिण में है। शहर के मध्य से कुछ ही मील दूर शायद दो मील। फैक्टरी जिले से चार मील। सारी जमीन कल्लर है। कुल दस बंगले हैं। वहां। ना बिजली, ना पानी, ना सीवर। बढ़िया खरीद परन्तु मैं अगर टिमसन की जगह होता तो कहीं बेहतर जगह पैसा लगता।'

वह खिड़की की तरफ बढ़ गई। नीचे व्यस्त सड़क थी।

'परन्तु साम सोचो, उन्होंने इसे क्यों खरीदा?' वह बोली।

'तुम्हारी कल्पना ही फिर काम में आ रही है, तुमने क्या कहानी पकाई थी? वही ठीक लगती है।' बूढ़ा पाइप झाड़ते हुए बोला।

'मैंने ठीक सोचा था।' वह पास आ गई।

'अब तुम क्या करने वाली हो? कुछ तो तुमने सोचा ही होगा?' वह पूछने लगा।

क्लेयर मुस्कुराई - 'नहीं। मैं तुम्हें क्यों बताऊं?'

'अब परेशान मत करो बच्ची। आजकल वैसे ही कम मुश्किलें हैं क्या?'

'मैं पूरी कोशिश करूंगी।' और वह कमरे से बाहर हो गई।

वह सीधी बनी के कमरे में घुस गई। वह हैट पहन कर कहीं जा रहा था। वह बोला - 'अरे पिन्डर ऐन्ड की कहानी सुनी तुमने? कितने खतरनाक आदमी ने खरीदा है उसे। मुझे मिल जाए तो उसका खून पी जाऊंगा मैं।'

'तुम कहां जा रहे हो?' उसने पूछा।

'मैं उस जगह का मुआयना करने जा रहा हूं। तुम चलेगी?'

'नहीं। मुझे फोन करने हैं। एल., जरा गौर से देखना। देखो मिट्टी पर गौर करना। देखना आजकल कहीं खुदाई तो नहीं होती रही वहां?'

'क्या मतलब?' वह परेशान हो उठा।

'मैं जानती हूं, जमीन जिसने खरीदी है वह पानी में तो पैसा फेंकेगा नहीं। या तो तेल है वहां या सोना चांदी...। वह बोली।

'सुनो सुन्दरी, सपने मत देखो। जमीन पर खुदाई तो जाने कब से होती रही है। कभी कुछ भी नहीं मिला वहां।'

पैद पटकते हुए वह बोली - 'तो फिर वह क्यों खरीद रहे हैं उस अनउपजाऊ भूमि को?'

बर्नीस ने सर खुजाया। 'हो सकता है वहां कुछ छुपाया गया हो।'

'अच्छा अब जाओ और गौर से देखो। और जरा सावधानी से पता लगाना कि जो किराएदार हैं, उन्हें जगह छोड़ देने का नोटिस मिला है या नहीं।'

बर्नीस चला गया।

वह दफ्तर में आ गई और बैग से हैरी ड्यूक का टेलीफोन नम्बर ढूंढ़ने लगी।

फोन के समीप जाते-जाते उसका दिल धड़कने लगा। यह क्या हो गया है मुझे? हैरी ने अपना टेलीफोन नम्बर उसे दिया था, यही सोचकर वह आत्मविभोर हो रही थी।

वह घन्टी की आवाज सुन रही थी। उसने उस कमरे की कल्पना की जहां फोन लगा होगा। परन्तु उसकी कल्पना ने साथ नहीं दिया।

कुछ देर के बाद झटके से किसी ने रिसीवर उठाया और बड़े अजीब तरीके से कहा - 'हैलो।'

'वह यहां नहीं है।' और फोन रख दिया गया।

वह बीमार-सी फोन की तरफ देखती रही। उसे समझ आ गया कि हैरी ड्यूक के लिए वह कितनी दीवानी है।

* * *

पीटर क्लेन ने आंखें खोलकर इधर-उधर देखा। उसका सिर दर्द कर रहा था। उसने उबासी ली और उठ खड़ा हुआ।

हैरी ड्यूक ने भी अंगड़ाई ली और खड़ा हो गया।

'एक आदमी औरत के लिए क्या नहीं कर सकता? हमने उस पर कृपा दिखाकर उसे तो बिस्तर पर सुलाया और खुद...।' हैरी बोला।

'अच्छा यह तुम्हारा निर्णय था।' पीटर बोला।

'अच्छा। पुत्र पीटर अब मैं चला.....। मुझे अब औरत की जरूरत महसूस हो रही हैं, कहीं मैं....।' हैरी मुस्कुराकर बोला।

'अच्छा, चलो टॉस करो पहले कौन नहाने जाएगा?' पीटर ने सिक्का उछालते हुए कहा।

ड्यूक हार गया और बोला - 'चलो जल्दी करो, तुम जाओ पहले मैं कुछ नाशता लाता हूं। पता नहीं बच्ची उठी कि नहीं।' उसने अपना सिर दरवाजे में घुसाकर कहा - 'उठो जल्दी से। मैं नाशता लेने जा रहा हूं। तुम सबसे बाद में बाथरूम जाओगी।'

कोई उत्तर नहीं आया।

'बड़ी सोती है। यही औरतों का गुण मुझे पसंद नहीं है। मैं चाहता हूं कम सोया करें औरतें।' वह पीटर को कह रहा था।

'क्यों कम सोएं?' कच्छा उतारते हुए पीटर बोला।

'तो चोरों को कौन भगाएगा। मैं तो खुद जोरदार नींद लेता हूं।'

'जाओ, उसे हिलाकर जगा दो।' पीटर बोला - 'हो सकता है कुछ बना लेती हो नाशता वगैरह।'

'अब तुमने काम की बात की।' वह आगे बढ़ा और लाइट जला दी।

'उठो आलसन। कुछ नाशता बना दो।'

एक पल रुककर वह आगे बढ़ा।

सामने पलंग पर टिमसन फैला पड़ा था। उसका सिर लटका पड़ा था और हाथ बंधे थे। उसके गले पर बड़ा-सा घाव था जो रोशनी में चमक रहा था। चादरें रक्तरंजित थीं। खून गलीचे तक फैला पड़ा था।

ड्यूक ने गहरी सांस ली। उसकी हालत खराब हो चली थी। वह

सावधानी से आगे बढ़ा और टिमसन के माथे को छूने लगा। माथा बर्फ की तरह ठंडा था। वह समझ गया, उसको मरे काफी देर ही चुकी थी।

सावधानीपूर्वक वह सारे कमरे में घूमने लगा। परन्तु कोई खास चीज नहीं पा सका। लौरैली का कहीं पता नहीं था। उसे इसका आश्चर्य नहीं था। टिमसन का वहां इस रूप में मिलना बड़ा ही खतरनाक और अजीब हादसा था।

45

वह बड़ी लगन व आशा से हथियार ढूंढ़ता रहा परन्तु बेकार हथियार का ना मिलना ज्यादा खतरनाक था। इसका अर्थ था कत्ल का मतलब था पुलिस।

वह फिर दरवाजे की ओर बढ़ा। उसने जूतों व कपड़ों का खून के लिए मुआयना किया परन्तु सब साफ था। उसने रोशनी बुझा दी और लौट आया। उसने दरवाजा इतनी सावधानी से बन्द किया कि जैसे अंडे के खोल का बना दरवाजा हो।

'अरे। उसे उठाते क्यों नहीं? डरते क्यों हो उससे?' पीटर चीखा।

पीटर शावर के नीचे नहा रहा था।

'मैं आ रहा हूं।' ड्यूक ने धीरे-धीरे कपड़े उतारते हुए कहा।

पीटर ने तौलिए से पोंछना शुरू कर दिया। 'अरे मुझे तो बिस्की की गन्ध आ रही है, तो तुमने पी भी ली?'

'मुझे आश्चर्य हो रहा था कि ना जाने कौन है? मुझे भी गन्ध आ रही है।' कमीज उतारते हुए ड्यूक बोला।

'क्या बात है तुम ठीक तो है?' पीटर ने पूछा।

ड्यूक ने अपना सिर ठंडे पानी के नीचे देते हुए कहा - 'मैं तुम्हें दो मिनट बाद बताता हूं।' और सारा शरीर मल-मलकर नहाना शुरू कर दिया। इधर पीटर शेव कर रहा था।

'हमारे घर में एक लाश है पीटर, जिसके गले पर शानदार घाव है।' ड्यूक द्रवित स्वर में बोला।

पीटर का हाथ हिल गया और उसका गाल कटते-कटते बचा 'दोस्तों के बीच लाश का क्या काम है।' वह बुरी तरह डर गया था।

'मैं तुम्हें मूर्ख नहीं बना रहा। परन्तु तुम्हारी तरह मैं डरपोक नहीं हूं।' ड्यूक शेव करता हुआ बोला।

घबराकर पीटर बोला - 'तुम कह क्या रहे हो?'

'खेद है पीटर। मुझे भी काफी घबराहट हुई थी। अब तुमसे क्या छिपाऊं, तुम टिमसन को जानते हो? उसका गला कटा पड़ा है।'

'टिमसन .... गला कटा हुआ?' पीटर ने जल्दी से ड्रेसिंग गाऊन उठा लिया। वह घबराकर बोला - 'तुमने तो अन्दर लड़की को सुलाया था। टिमसन कहां से आया?'

'ज्यादा परेशान मत होओ। यह कोई मजाक नहीं है। सवाल यह है कि हम करें तो क्या करें?' ड्यूक बोला।

पीटर बाहर निकलकर बैडरूम में घुस गया और स्विच आन कर दिया। अभी ड्यूक कपड़े पहन ही रहा था कि सफेद चेहरा लिए पीटर लौट आया।

'यह मत कहना कि मैंने तुम्हें बताया नहीं था। दूसरे कमरे में कुछ विस्की है।' ड्यक बोला।

'मुझे लगता है मैं बरसों से बीमार हूं।' पीटर बोला।

'घबराने वाली कोई बात ही नहीं है पीटर।' ड्यूक ने प्यार से कहा।

पीटर घबराकर बैठ गया और विस्की पीने लगा 'ओफ! किसकी करामात है यह? और लड़की कहां गई?'

'यही तो पुलिस पूछेगी..... अच्छा तुम काफी बनाओ। मैं तब तक कुछ सोचता हूं।' ड्यूक बोला।

'काफी? अरे मेरा तो दम घुट रहा है।'

'उठो, काफी बना लो। मैं जरूर कुछ करूंगा।' ड्यूक ने कहा।

शराब पीकर पीटकर को कुछ बेहतर महसूस हुआ। उसने काफी के लिए बिजली का हीटर चालू कर दिया। उधर ड्यूक का दिमाग तेजी से दौड़ रहा था।

पीटर के काफी लाते ही वह बोला - 'हमें फौरन पुलिस को बुलाना होगा। परन्तु उससे पहले अपनी कहानी तय कर लेनी होगी कि हमें कहना क्या है?'

'इसमें हम दोनों फंसने वाले हैं या तुम वैसे ही हम शब्द का प्रयोग कर रहे हो?' पीटर ने पूछा।

ड्यूक हंसा - 'प्यारे, तुम तो गर्दन तक फंसे हुए हो।'

'मुझे यही डर था, परन्तु अब मैं करूं क्या....?' पीटर घबरा गया।

'शायद मैं तुम्हें बता पाता....। मुझे कहानी का एक हिस्सा ही मालूम है।' और उसने इत्मीनान से काफी पीनी शुरू कर दी।

'तुम मतलब की बात करो..... मामला गम्भीर है।' पीटर क्रोधित स्वर में बोला।

'ठीक है, तुम परेशान मत होओ। मैं कुछ करता हूं। तुम भी आंखें खोलकर चलो। हो सकताहै कुछ हो जो मेरी निगाह से चूक जाए। सुनो, कहानी केल्स के मुझसे मिलने आने से शुरू होती है। केल्स ने मुझे कहा कि बैलमैन तुमसे मिलकर तुम्हें अपने साथ रखना चाहता है। उसे खतरा था। वह मेरी प्रसिद्धि का लाभ उठाना चाहता था। उसने काफी पैसा देने का प्रस्ताव किया परन्तु मैंने इन्कार कर दिया। तभी एक औरत का फोन आया, यह वही थी जो कल रात यहां आई थी।'

'कौन है वह?' पीटर ने पूछा।

'मैंने शुल्ज को इसका गला घोंटते पकड़ लिया था। मेरा ख्याल है वह शुल्ज की मित्र रही होगी। इसके बारे में ज्यादा पता लगाया जा सकता है। इसी कोण पर ध्यान देना होगा। उसने मुझे कहा था कि बैलमैन की अकेला छोड़ दो। मैं तुम्हें मरा देखना पसन्द नहीं करती। मैं इससे परेशान नहीं हुआ। मैंने बैलमैन से बात की थी। मैंने शुल्ज से भी मिलना उचित समझा -

'शुल्ज एक जुआघर चलाता है। इसका एक कमरा मेरे पास किराए पर है जहां मैं काम करता हूं। मैं उसे ज्यादा तो नहीं जानता पर वह काफी स्मार्ट है। वह मिलनसार है। शहर की हर बात का ज्ञान है उसे और जब यह शहर समृद्धि की ओर बढ़ा तो वही सबसे पहले यहां आया। मुझे पता नहीं था कि फोन लौरैली ने किया था और यह लौरैली को जानता था। मैं उसे बताता ही नहीं अगर मुझे पता होता। शुल्ज से केवल इतना पता लगा कि बैलमैन स्पेड से डरता है। अजीब बात है परन्तु यह सच है कि यहां हर बात के साथ स्पेड जुड़ा है। मुझे इसी का पता लगाना है। बात मजेदार है परन्तु मेरा यकीन है, शुल्ज को काफी कुछ पता है और उसने मुझे काफी कुछ झूठ बताया है -

'जब मैं बैलमैन से बात करता हूं तो एक बदमाश अन्दर आकर गोली चला देता परन्तु मैं उसके मुंह पर शराब का गिलास फेंक देता हूं। उसका निशाना चूक जाता है। और इसी वजह से बैलमैन आज भी जिन्दा है -

'मुझे बैलमैन का प्रस्ताव लुभावना नहीं लगता। मैं जानता हूं वह कितना कंजूस है। शायद शुल्ज से बात करने से कोई फायदा हो सके। मैं चोरी से शुल्ज की खिड़की से झांकता हूं। वहां अजीब दृश्य है। वह लौरेली का गला घोटने पर तुला है। मैं उसे इस मूर्खतापूर्ण कृत्य से रोकता हूं। मुझे शक हो जाता है कि लौरेली ने ही फोन किया होगा मुझे। मैं उसे मदद के ख्याल से साथ ले आता हूं। शुल्ज को यह पसन्द नहीं है। वह हमारी हत्या की भरपूर कोशिश करता है -

'मैं उसे तुम्हारे यहां ले आता हूं। लड़की कुछ बताती नहीं क्योंकि शुल्ज ने उसे चेतावनी दे रखी है। अब तुम्हें जो कुछ पता है वही मुझे पता है।'

पीटर ने आंखें टेढ़ी करके पूछा - 'परन्तु यह टिमसन बीच में कहां से आन टपका।'

'कल रात तक यह कहीं नहीं था। तुम्हारी महबूबा ने ही इसका नाम लिया था। यह 'चेज पारी' चलाता था। मैं इसे ज्यादा महत्व नहीं देता था। अब यह यहां कैसे आ गया, खुदा जाने।'

'लगता है, लौरेली ने ही इसका हत्या कर दी हो। टिमसन लड़की को वापिस लेने आया होगा और इसने ...।' पीटर बोला।

'परन्तु टिमसन क्यों? इसे तो शुल्ज से कोई मतलब नहीं है। हो सकता है जोय ने इसका गला काट डाला हो।'

'जोय! यह जोय कौन है?' पीटर ने परेशान स्वयं में पूछा।

'यह बेचारा शुल्ज की कार चलाता है।'

'हमें ख्याल पुलाव पकाने से बेहतर है, पुलिस को बता देना चाहिए।' पीटर उत्तेजित हो उठा था।

'हम बताएंगे। परन्तु क्या शुल्ज और लौरेली को बीच में लाना जरूरी होगा?' ड्यूक ने पूछा।

'उन्हें तो बीच में लाना ही होगा अन्यथा पुलिस पूछेगी कि मैं अपने बिस्तर पर क्यों नहीं सोया?'

ड्यूक फोन के पास जाते हुए बोला - 'अगर पाल से बात कर लें तो शायद सब पता लग जाए....।'

पीटर ने कुछ सोचते हुए सिगरेट जला ली।

ड्यूक ने उसे ध्यान से देखा और फिर शुल्ज को फोन करने लगा।

'मैं हैरी बोल रहा हूं। पाल है क्या?'

कुछ क्षण चुप्पी के बाद कड़वे स्वर में शुल्ज बोला - 'क्या बात है?'

'तुम्हें पता है कि लौरेली कहां है?'

'तुम्हें क्या हो गया है?'

'मूर्ख मत बनो। बात काफी गम्भीर है। मैं उसे पीटर के घर लाया था। अब वह गायब हो चुकी है।'

‘तुम क्या कह रहे हो? शायद पिछली रात तुमने काफी शराब पी ली थी।’ शुल्ज हंस रहा था।

ड्यूक का चेहरा कठोर हो गया। वह कठोर स्वर में बोला - ‘तो मैंने काफी शराब पी ली थी। तुम्हें कैसे पता लगा? फोन में खुशबू आ रही है क्या?’

‘या तो तुम पगला गये हो या पूरी तरह नशे में हो। लौरैली तो कहीं गई ही नहीं। सारी रात मेरे साथ सोई। अभी भी यहां है। जोय को भेजूं, वह बता देगा तुम्हें।’ शुल्ज बोला।

‘एक मिनट। मैं जोय से नहीं लौरैली से बात करना चाहूंगा।’ विस्मित स्वर में ड्यूक बोला।

‘शायद वह तुमसे बात न करना चाहे। मैं पूछता हूं।’

उधर फोन से आवाज उभरी - ‘हैरी लाइन पर है, तुमसे बात करना चाहता है।’

फिर लौरैली की फोन पर आवाज उभरी - ‘हां, बोलो।’ आवाज बड़ी बेगानी सी थी।

‘क्या कहती हो? शुल्ज कहता है पूरी रात तुम उसके साथ थीं। तुम इस बात को मानती हो?’

‘सच तो है। तुम क्या कहते हो, मैं कहीं और थी?’

‘तुम डूब चुकी हो। कल रात यह मोटा तुम्हारा गला रस्सी से बांध रहा था। मैं अगर न रोकता तो आज तुम्हें मरे हुए एक दिन हो चुका होता। तुम्हें मेरे साथ धोखा करना था? तुम्हें इसकी कीमत चुकानी होगी। कल रात तुम थीं कहां?’

वह शुल्ज की तरफ मुड़ी और बोली - ‘लगता है यहां पागल हो चुका है, तुम्हीं बात करो।’

परन्तु शुल्ज ने फोन रख दिया। उसने पीटर की तरफ ठंडी आंखों से देखा।

‘वह लौटर शुल्ज के चंगुल में फंस चुकी है। वह कहती है वह सारी रात उसके साथ थी। अब जोय उनका गवाह है। जरा जल्दी कुछ सोचो और देखो, कहीं पुलिस ना आ जाए।’

पीटर का रंग उड़ गया था।

‘अगर हम टिमसन के बारे में कुछ सही जवाब न दे पाए तो मामला हमें ही घेर लगा।’ वह बोला।

‘अब क्या करें?’ घबराकर पीटर ने पूछा।

‘एक क्षण प्रतीक्षा करो।’ कहकर ड्यूक बेडरूम में चला गया।

कुछ ही मिनटों के बाद वह लौटकर बोला - ‘यह मामला आत्महत्या का बन जाएगा। हमें केवल एक ब्लेड पास में रखना होगा।’

‘और नहीं। अगर उन्हें जरा भी शक हो गया और किसी और तथ्य का पता लग गया तो हम कहीं के नहीं रहेंगे।’

‘जब तक वे पता लगाएंगे तब तक मैं उस आदमी को पकड़ लूंगा जिसने टिमसन को मारा है। वह बाथरूम में गया और रेजर उठा लाया। और बेडरूम में घुस गया।

पीटर शराब पीता जा रहा था।

ड्यूक ने दरवाजा बन्द कर दिया।

'अब सारा सीन ठीक लग रहा है। सुनो पीटर, यह कहानी अब तुम्हारी होगी। तुम, मैं और क्लेयर कल रात मिले। तुमने क्लेयर को घर छोड़ा और मेरे यहां आ गये। हम लोग पी-पाकर घूमने निकले। हमें रास्ते में टिमसन मिला जो शराब के नशे में धुत्त था। उसे पास स्काच की बोतल थी और हमने उसे बोतल समाप्त करने में उसकी मदद की। टिमसन चूंकि नशे में था हम उसे यहां ले आए। वह आकर तुम्हारे बैडरूम में सो गया। सुबह तुम्हारा रेजर गायब था। हमने उसे जब ढूंढ़ा तो टिमसन.....। अब पुलिस पता लगाए कि उसने ऐसा क्यों किया?'

'तुम तो पागलों वाली बातें करते हो। तुम्हें पता नहीं है कि टिमसन शाम को कई लोगों से मिला होगा।' पीटर बोला।

'परन्तु हमें तो वह काफी रात को मिला था ना। मैं कहता हूं, वह सुबह 3.4 के बीच हमें मिला था। अगर तुम जरा होश में रहो तो हम पुलिस को

धोखा दे सकते है।'

'तुम तो पागल हो।'

ड्यूक, तुमसे मिले ही सदा मैं मुश्किल में फंसता हूं।'

'अब चुप करो। हम मुश्किल में हैं और हमें इससे निजात पानी ही है।'

टेलीफोन की घंटी बजी। पीटर आगे बढ़ा।

'ओ पीटर। क्या मैं कहीं हैरी ड्यूक से मिल सकती हूं?' क्लेयर की आवाज थी।

पीटर ने फोन की तरफ क्रोध से देखा। सहसा उसकी नसों में जलन दौड़नी शुरू हो गई। कटुता को दबाते हुए वह बोला - 'क्या करना है हैरी ड्यूक का तुमने?'

'गुस्सा मत होओ पीटर। बात टिमसन के बारे में है।'

'टिमसन? क्या हुआ उसे?'

'तुम्हें याद होगा, ड्यूक ने मुझे कहा था कि टिमसन के बारे में पता लगा कि वह जमीन खरीद रहा है या नहीं। मैं बताना चाहती थी कि उसने पिन्डर एन्ड खरीद लिया है।'

'एक क्षण रुको प्रिय....।' और ड्यूक की तरफ मुड़कर वह बोला, 'वह कहती है टिमसन ने पिन्डर एन्ड खरीद लिया है।'

'यही बात है.... क्या मैं उससे बात कर सकता हूं?' ड्यूक ने पूछा।

पीटर ने फोन उसके हाथ में थमा दिया और खड़ा हो गया।

'जरूर! देश आजाद है जो चाहे करो।' वह क्रोधित स्वर में बोला।

'मैं ड्यूक हूं।' उसे लगा जैसे क्लेयर में गहरी सांस ली हो और उसके गले में जैसे कुछ अटक गया हो।

'मैं.... मैं ड्यूक तुमसे बात करना चाहती थी।'

'हां, तुम कह रही हो कि टिमसन ने पिन्डर एन्ड खरीद लिया है।'

'हां। कल ही सौदा हुआ था। वह यह सौदा एक अनाम अनजानी संस्था वेन्टोनविले कारपोरेशन के नाम से कर रहा है।'

'धन्यवाद। हो सकता है मुझे कुछ और पता लगे।'

'टिमसन ने कोई अच्छा काम तो किया नहीं। कल रात हम उससे टकराए थे। हमने साथ-साथ पी। वह पीटर के बेडरूम में सो गया था। आज सुबह वह मरा पड़ा था। उसने अपना गला काट लिया है।'

पीटर ने अपनी उंगलियां मरोड़ते हुए कहा - 'वह एक बात का यकीन नहीं करेगी।'

ड्यूक ने उसे शांत रहने का इशारा किया।

'वह मर गया? आत्महत्या कर ली उसने?' क्लेयर चीखीं।

'हां। वह कुछ निराश था रात को। परन्तु हमें यह अहसास नहीं था कि वह.....। हमें भी अभी पता लगा है। हम अभी पुलिस को बुला रहे हैं।'

'मैं आती हूं....। लगता है पीटर इसमें फंस चुका है।' वह सपाट स्वर में बोली।

'नहीं। हम दोनों फंस गये हैं। परन्तु कुछ बदनामी के अलावा इससे ज्यादा फर्क नहीं पड़ेगा। पीटर को कोई कुछ नहीं कह सकता।'

'नहीं। फिर भी मैं आ रही हूं।'

ड्यूक ने फोन वापिस रखते हुए कहा - 'लगता है तुम्हारे फंसने पर वह ज्यादा चिन्तित है।'

'अब कुछ नहीं हो सकता। मेरा विचार है पुलिस को फोन कर ही दूं।' पीटर बोला।

ड्यूक ने फोन उठा लिया - 'इससे पहले कि तुम कुछ करो, मैं पुलिस से बात करता हैं। तुम जरा तमीज से और शांति से बात करना। वे तुमसे इधर-उधर की बातें पूछकर सच उगलवाने की कोशिश करेंगे।'

'ठीक कहते हो तुम।' और वह खड़ा-खड़ा ड्यूक को फोन करता देखता रहा।

* * *

कुछ घन्टों के बाद ही साम ट्रेन्च के दफ्तर में खूब बहस हो रही थी। उम्र में बड़ा होने के कारण साम अध्यक्षता कर रहा था। क्लेयर उसके पास बैठी थी। वह परेशानी से सिगरेट पीते पीटर की तरफ लगातार देखती जा रही थी। हैरी बुझी सिगार मुंह में दबाए सामने बैठा था।

ड्यूक खुशी से बोला - 'फेयर व्यू जाग रहा है। पता नहीं तुम अपना पेपर, दैनिक पेपर में क्यों नहीं बदल देते। यहां एक दैनिक अखबार की बहुत जरूरत है।'

'पहले बताओ पुलिस ने क्या किया?' क्लेयर ने कहा।

'कोई खास नहीं। उन्हें हमारी बात जंची नहीं। परन्तु मैं उन्हें बताया कि इस मामले में यह पहली हत्या या आत्महत्या है। और कुछ भी पता नहीं लगा रहा।' ड्यूक बोला।

'तुम्हारा मतलब है उन्होंने तुम्हारी आत्महत्या की कहानी पर यकीन कर लिया है।'

'हां, क्यों नहीं? आत्महत्या नहीं थी क्या यह?' ड्यूक बोला।

'देखो, बात को उलझाओ मत क्लेयरा।' पीटर बोला।

'मैं मान लेती हूं यह एक आत्महत्या का मामला था।'

'देखो, चाहे उसने आत्महत्या की, उसकी हत्या हुई या कुछ और....। वह अब मर चुका है।' ड्यूक बोला।

51

'परन्तु यह सब कुछ हो क्यों रहा है? अगर टिमसन फेअर व्यू से आता होता तो बात समझ में आती थी परन्तु ऐसा तो है नहीं। ना ही वह फेअर व्यू में भरा। अब हम क्यों सोचें इसके बारे में....।'

'परन्तु वह पीटर के घर में उसके बिस्तर में मरा पाया गया है।' क्लेयर बोली।

साम ने रुचिपूर्वक पीटर की तरफ देखा और बोला - 'तुम्हीं वह युवा हो ना जिसके पीछे यह कन्या दीवानी है।'

'प्लीज साम। यह बात इस मामले से बाहर है।'

'नहीं। इसे भी पता लगना चाहिए। इसका व्यवहार तुमसे बड़ा मधुर था।'

पीटर फिर बोला - 'मिस्टर ट्रेन्च, मैं क्लेयर से विवाह करना चाहता हूं। केवल यही निर्णय नहीं कर पा रही।'

'अगर यह बात है तो तुम घबराओ मत। यह तो तुम मानते ही हो कि लड़का इसकी रुचि का होना चाहिए?' ट्रेन्च बोला।

ड्यूक ने मुस्कराकर क्लेयर को देखा। वह परेशान लग रही थी।'

'साम तुम चुप रहो...।' वह क्रोध से बोली।

'बूढ़े आदमी से बात करने का यही तरीका है तुम्हारा। अगर लौंडे, बात सफेद हो जाएं तो मतलब है जो चाहे फुटबाल की तरह लातें जमाना शुरू कर दें।' साम गुस्से से बोला।

'बात यह है कि भला टिमसन ने पिन्डर एन्ड क्यों खरीदा ?' ड्यूक बोला।

'आज हमारा एक आदमी वहां गया था। यहां कुछ नहीं है, केवल कुछ टूटे-फूटे बंगले हैं। और उनको भी खाली करने का नोटिस मिला हुआ है। क्लेयर ने बात आगे बढ़ाते हुए कहा।

'यह कोई अच्छी बात नहीं है। हैरी मैं बताता हूं....।' पीटर बोला।

एक क्षण ड्यूक का चेहरा कठोर हो गया और वह तेज स्वर में बोला - 'अगर तुम अपन भला चाहते हो तो चुपचाप बैठ जाओ।'

'ओफ्फो। हम इस बहस से कहीं नहीं पहुंचने वाले। हम इस तथ्य को कैसे नकार सकते हैं कि टिमसन की हत्या हुई है और हमने उसे आत्महत्या के रूप में दर्शाया है।' पीटर बोला।

'ओफ पीटर। मैं जानती थी कुछ गड़बड़ जरूर है। तुमने क्यों....?' वह क्रोध में थी।

'तुम बोला.... यही कहना चाहती हो ना कि क्यों पीटर मेरे पल्ले पड़ गया और फंस गया। अगर वह मेरे साथ ना होता तो आज इस पचड़े में ना फंसा होता।'

'बको मत हैरी....।' पीटर ने धमकाया।

'पर यह सच है। मैंने पीटर को कहा था कि तुमसे अलग रहे। तुम्हें तो बस कत्ल, ... जुआ, हिंसा, बस.... यही पसन्द है।' क्लेयर गुस्से से बोली।

'मैंने पीटर को नहीं फंसाया। टिमसन न जाने कहां से बीच में आन फंसा। हम दोनों को तो पता ही नहीं चला।' ड्यूक धैर्यपूर्वक बोला।

क्लेयर ने पीटर को क्रोधपूर्वक देखा और बोली - 'तुमने झूठ क्यों बोला पुलिस से?'

'मैंने सोचा, सच पर वे लोग यकीन नहीं करेंगे। और फिर हैरी ने भी यही कहा था....।' पीटर बोला।

'यही तो यह चाहता था कि तुम फंस जाओ और उधर कहता है कि मैंने तुम्हें नहीं फंसाया।' क्लेयर तेज-तेज बोल रही थी।

'तुम कह क्या रही हो? यह कोई बच्चा है? ड्यूक ने तेज नजरों से क्लेयर को देखा।

पीटर ने प्यार से क्लेयर के हाथ पर हाथ रखते हुए कहा - 'प्रिय, अब हमारी मदद करो। जो होना था हो गया। अब इस झमेले से बाहर तो निकलना ही पड़ेगा न?'

क्लेयर हिचकिचाई, फिर बोली - 'अच्छा, बोलो क्या करना होगा?'

'जब तुम्हारा झगड़ा समाप्त हो जाए तो सोच लेना। तुमने खून किया है और उसके बारे में तुम क्या करने वाले हो?' साम ने पूछा।

'तुम अपनी मुर्गी यहां मत पकाओ, न तो हमने खून किया है और न ही हमें पता है कि खूनी है कौन? यह आत्महत्या का भी केस नहीं है क्योंकि कोई भी हथियार नहीं था पास में। पहला शक उस लड़की लौरेली पर जाता है। उसे मैं शुल्ज के यहां से उठाकर लाया था। सुबह बैडरूम में लड़की की जगह मृत टिमसन पाया हमने। अब दूसरी बात है कि बैलमैन यहां कहां फिर होता है। टिमसन उसी का मैनेजर है। मेरा ख्याल है बैलमैन के इशारे पर ही टिमसन ने पिन्डर एन्ड खरीदा था। और बैलमैन नहीं चाहता था कि स्पेड को उस सौदे का पता लगे। क्योंकि वह जानता था कि अगर स्पेड को पता लग गया तो वह उसे समाप्त कर देगा। तो दूसरा शक हमें बैलमैन पर होता है। परन्तु टिमसन पीटर के यहां क्यों आया? कैसे वह उसके बैडरूम में आया और लौरेली का क्या हुआ। क्या लौरेली ने कत्ल देखा? पीटर के कमरे से खिड़की द्वारा आना और जाना सम्भव हुआ। बस यही हैं वह मुद्दे जिन्हें हमने हल करना है।' हैरी ने समझाया।

साम ने अपना पैन हाथ में ले लिया और बोला - 'यह तो मुझे पहली बार पता लग रहा है। मुझे भी इसमें लपेट लिया जाएगा....। परन्तु मैं अब इसमें कूदना चाहता हूं।'

'सुनो पापाजी, तुम अलग ही रहो तो अच्छा है। हमें इस मुश्किल को हल करना है। तुम्हारी आत्मकथा नहीं सुननी।' ड्यूक ने बुरी तरह मुंह बनाते हुए कहा।

साम को गुस्सा आ गया - 'तुम बड़े कठोर आदमी हो परन्तु फिर भी मैं तुम्हारे पसंद करता हूं। मुझे तुम जैसे ही एक आदमी की याद आती है जो मेरे साथ ट्रिब्यून में काम करता था। वह भी तुम जैसा ही था।'

ड्यूक हंस पड़ा। 'बोला लोमड़, तुम कहते क्या हो?'

'पिन्डर एन्ड के अधिकार पत्र किसके नाम से हैं?' साम ने पूछा।

ड्यूक की आंखों में चमक आ गई। वह बोला - 'यह तो हमने सोचा ही नहीं। टिमसन की हत्या के पीछे उद्देश्य है। इसी बेचारे के नाम पर पिन्डर एन्ड का अधिकार पत्र होगा। पुलिस को उसके पास कुछ नहीं मिला। जिसने उसे मारा ये कागज उसी के पास होंगे। अब लगता है हम कहीं न कहीं पहुंचने वाले है।'

'मैं नहीं समझता कि हम उसे कहीं ढूंढ़ पाएंगे।' पीटर बोला।

'नहीं। परन्तु हम बैलमैन से पूछ सकते हैं। कुछ न कुछ तो पता लग ही जाएगा।'

ड्यूक बोला।

'एक मिनट सुनो। जल्दी मत करो। हो सकता है बैलमैन को कुछ पता ना हो कि वे अधिकार पत्र कहां गये? हो सकता है पुलिस के हाथ पड़ गए हो। यह बात फैला देना अच्छा होगा ना।' साम ने कहा।

'तुमने तो कमाल कर दिया पापाजी। क्या तुम हमेशा अपना दिमाग इतना ही तेज चलाते हो?' ड्यूक बोला।

'मैं बड़ी-बड़ी खबरें हजम कर जाता हूं और फिर मेरी उम्र जानते हो।' नाक खुजाते हुए साम बोला।

'चलो बताओ कि अब क्या करें हम लोग?'

'हां। तो अगर मुझे आगे रखना चाहते हो तो मैं बड़ी सावधानी बरतना चाहूंगा। बेकार का हल्ला-गुल्ल एकदम नहीं। मैं लौरैली, बैलमैन, स्पेड सबके बारे में पूरा पता लगाऊंगा। अधिकार पत्र किसके नाम हैं? किसके पास हैं, पता लगाना होगा। तभी कुछ होगा। सारी सूचनाएं क्लेरियन के सम्पादक के सामने रख कर अनुरोध करूंगा कि सारे टुकड़े वह स्वयं ही जोड़े।' प्रसन्नता पूर्वक साम बोला।

हैरी ड्यूक ने कहा - 'विचार बुरा नहीं है। परन्तु पीटर हम लोग शुरूआत कर सकते हैं। परन्तु छोड़ो, मैं खुद ही कुछ करता हूं।'

पीटर परेशान स्वर में बोला - 'देखो, मैं तुम्हारे संग हूं परन्तु शाम से पहले मैं कुछ नहीं कर पाऊंगा, मुझे काम पर भी तो जाना है।'

हैरी ने सोचा, एक औरत के इसके जीवन में आ जाने से कितना फर्क पड़ गया है। यह कोई खतरा मोल लेना ही नहीं चाहता।

'तुम मत घबराओ। ऐसे मामले तो मैं सोये-सोये सुलझा लेता हूं।' हैरी बोला।

साम ने हैरी की ओर आदरपूर्ण नजरों से देखा और सोचा, काश मेरा भी ऐसा ही दृढ़, तेज और औरतों से विमुख बैठा होता। वह बोला - 'तुम लोग बाहर बैठकर बहस करो। मुझे अखबार के लिए कुछ लिखना है।'

जैसे ही वह बाहर जाने को हुए, साम बोला - 'मुझे मामले से बाहर मत रखना। सारा श्रेय मैं ही अर्जित करूंगा....।' ड्यूक बोला - 'अरे। यह तो बहुत छोटी-सी बात है।'

एक क्षण चुप्पी के बाद पीटर ने हैरी से कहा - 'अच्छा हो हम लोग लौट चलें। मैं तुम्हें लिफ्ट दे दूंगा।'

'मैं तो पिन्डर एन्ड चला...।' शायद कुछ सूत्र मिल जाए।' ड्यूक बोला।

'ठीक है, मैं भी तुम्हारे पास आ पहुंचूंगा। और सुनो क्लेयर, घबराना नहीं। हम इस दल-दल से निकल जाएंगे। आज रात मैं तुम्हें बाहर ले चलूंगा।' पीटर ने क्लेयर का हाथ पकड़ लिया।

उसने ड्यूक की तरफ बिना हिचकिचाए देखा। और क्लेयर को एक तरफ ले चला और बोला - 'जानेमन। विदा.... घबराहट छोड़ो।' और उसने क्लेयर के माथे पर प्यारा-सा चुम्बन दाग दिया।

‘तुम सावधान रहना पीटर।’ क्लेयर उसे सीढ़ियां उतरते देखती रही।

‘मुझे खेद है क्लेयर कि तुम मुझसे खफा हो। मैं तो तुम्हारा मित्र बनना चाहता हूं’ ड्यूक ने कहा।

‘मैं इस बारे में बात नहीं करना चाहती...।’ वह बड़ी निराशा और कमजोरी महसूस कर रही थी।

‘इससे तो हम कहीं नहीं पहुंचेंगे....। और पीटर तो मेरा एकमात्र मित्र है। मैं उसके लिए कुछ भी कर सकता हूं।’ ड्यूक बोला।

‘तो फिर तुमने उसे अकेले क्यों जाने दिया। मैं जानती हूं तुम जो सोच रहे हो। परन्तु वह तुम जैसा नहीं है। कायर नहीं है। उसे अपने काम की भी तो परवाह है। वह कड़वे स्वर में चीखी।

‘मैंने कब कहा वह कायर है। पर अपनी रक्षा वह स्वयं नहीं कर सकता। वह मूर्ख नहीं है।’ उसने सिगार उठा कर दूर फेंक दी।

‘यह तुम्हें शोभा देता है? उसे अकेला भेज दिया तुमने? उसकी मुश्किल में फंसाना चाहते हो तुम? तुम्हारे साथ तो शुरू से ही मुश्किलों का पिटारा चलता है परन्तु वह तुम्हारी दुनिया का आदमी नहीं है। तुम कितने कठोर हो। तुम्हें तो परवाह तक नहीं है कि क्या हो गया है? तुमने उसे मुसीबत में फंसाया। मैं तुमसे घृणा करती हूं।’

वह उठा और उसने क्लेयर का हाथ अपने हाथ में ले लिया - ‘प्रिय, तुम तो बच्चों से भी गई बीती हो। तुम नहीं जानतीं कि टिमसन मुझे नहीं, पीटर को मिलने आया था। परन्तु तुम ऐसा नहीं सोचोगी।’

क्लेयर की आंखें जल उठीं। उसने ड्यूक को पीछे धक्का दे दिया।

‘मुझसे बात मत करो।’ वह मुड़ी और भड़ाक से दरवाजा बन्द कर दिया।

* * *

पिन्डर एन्ड शहर की बाहरी जगह थी। जगह बड़ी वीरान और कूड़े कबाड़े से भरी थी।

ड्यूक ने यह स्थान कभी देखा तक नहीं था। वह रास्ते भर चारों ओर

सावधानीपूर्वक देखता आया। उसके दिलोदिमाग पर क्लेयर छाई हुई थी। वह कठोरतापूर्वक मुस्कराया। आसानी से प्राप्त हो जाने वाली औरतों से वह बोर हो गया था। बेन्टोनविले में औरतें या तो बिगड़ी हुई थीं या चरित्रहीन थीं। वह उनकी सारी हरकतों से भली-भांति वाकिफ था। सारा खेल एक रस था और पहले से ही तयशुदा।

क्लेयर की बात ही और थी। उसने अपनी नाक खुजाते हुए सोचा। अच्छाई इसी में है कि क्लेयर को भुला दिया जाए क्योंकि क्लेयर पर उसका कोई हक नहीं था।

सामने पिन्डर एन्ड की कच्ची सड़क थी। उसने कार उधर ही मोड़ दी।

सड़क के दोनों ओर सूर्य से जली पीली घास फैली थी। पहियों से खूब धूल उड़ रही थी। धूल उसके नाम में घुस रही थी, कपड़ों पर पड़ रही थी। सामने धूल ही धूल, गन्दगी ही गन्दगी फैली थी।

55

सड़क इतनी गंदी थीं कि पूरी गाड़ी चरमरा रही थी। सामने पहाड़ी पर ले जाकर उसने गाड़ी खड़ी कर दी। और बाहर आकर सांस लेने लगा।

सामने बाईं ओर दूर-दूर तक फेअर व्यू फैला हुआ था। शहर की बड़ी-बड़ी बिल्डिंगें, कारखानों की चिमनियां और मुख्य-मुख्य सड़कें नजर आ रही थीं। उन्हीं के बीच क्लेरियन अखबार की गन्दी सी इमारत भी दिख रही थी। उसने सोचा, इसी इमारत में क्लेयर होगी। मेरे बारे में सोचती हुई क्या उसने मुझे भुला दिया होगा?

उसके सामने अनउपजाऊ भूमि के चारों ओर बाड़ लगी हुई थी। उसी में दूर कोने में इमारतों का झुरमुट था।

उसने कार सड़क के किनारे छोड़ दी। बाड़ पार करके वह अन्दर घुस गया। बड़ी गर्मी थी। उसे पसीना आ रहा था। उसके कपड़े और जूते धूल से अटे पड़े थे।

रास्ते का तीसरा हिस्सा पैदल चलने के बाद उसे लकड़ी के कुछ तख्ते लगे नजर आए। छ: मकान थे वहां-पांच बंगले और एक दो मंजिला इमारत थी। सारी इमारतें मौसम की मार से अपना रंग, रूप और जवानी खोकर बदरंग बूढ़े-सी खड़ी थीं।

वह जानता था इन इमारतों के दरवाजों में से कई बेताब निगाहें उसे निहार रही होंगी। वह उनकी बेताब नजरों से और परेशानी महसूस कर रहा था।

औरतों दरवाजों से झांक रही थीं। बच्चे पीछे खड़े उत्सुकता से निहार रहे थे उसे।

आदमी लोग टूटे दरवाजों और खिड़कियों के झरोखों से उसे देख रहे थे। जैसे कि उन्होंने उस पर पहला वार करना हो। वहां गन्दे असामाजिक, और संदेहास्पद लोग रहते थे, ऐसा लग रहा था।

उस दो मंजिला इमारत के पोर्च पर एक आदमी बैठा था जिसने उसकी ओर ध्यान ही नहीं दिया। वह गन्दी-फटी हुई काली कमीज पहने था। उसने सिर पर पुराना हैट पहना हुआ था। उसकी उम्र का अन्दाजा लगाना मुश्किल था। वह 40-60 के बीच कुछ भी हो सकता था। वह शरीर की बनावट से बड़ा भयंकर व खतरनाक लगता था।

वह पोर्च की छाया में बैठा लकड़ी छील रहा था।

ड्यूक ने एक और आदमी की तरफ देखा और सोचा यही बड़ा होगा। वह पुराने टूटे-फूटे गेट की तरफ बढ़ा और कुंडा खोल लिया।

वह मिट्टी के चौड़े रास्ते पर आगे बढ़ा। सारी नजरें उस पर लगी थीं, वह कुछ परेशानी महसूस कर रहा था।

उस बड़े आदमी ने कोई हलचल नहीं की। वह लकड़ी छीलता रहा।

'नमस्कार। क्या यहां के सबसे बड़े आदमी आप ही हैं?'

'मान लो मैं ही हूं। तुम्हें क्या मतलब है?' वह बिना नजर उठाए ही बोला।

'कैसे बड़े हो? यह तो इस पर निर्भर करेगा। शायद हम दोनों कोई काम की बात कर सकें।' ड्यूक ने उसका हैट पीछे हटा दिया।

'सुनो मिस्टर। तुम समय बर्बाद कर रहे हो। मैंने पिछले कई सप्ताह से कई बदमाशों को पिन्डर एन्ड से दफा किया है। हम लोग यहां शांति से रहना चाहते हैं। पिन्डर एन्ड हमारी जनजाति का ही था और रहेगा।' वह बड़े ठंडे स्वर में बोला।

'मेरा नाम हैरी ड्यूक है। शायद तुमने मेरा नाम सुना हो।'

'बेन्टोनिवलें वाला हैरी....? क्या चाहते हो तुम यहां?' वह रुचिपूर्वक बोला।

'मैं भी और लोगों की तरफ पिन्डर ऐन्ड में रुचि रखता हूं परन्तु वैसी रुचि नहीं। मैंने सुना है कि तुम लोगों को खाली जगह करने के नोटिस मिल चुके हैं'। आवाज धीमी करते हुए हैरी ने कहा।

'तुम ठीक कहते हो। अब बोलो तुम्हारा क्या मतलब है?'

'क्या तुम लोग यह स्थान छोड़ दोगे?'

उस आदमी ने सर खुजलाया और विचार पूर्वक स्वर में बोला - 'अब चूंकि जमीन खरीद ली गई है तो जाना ही पड़ेगा। पहले तो हम किराया अदा करते थे और निश्चिन्त होकर रहते थे।'

'इसका अधिकार पत्र अभी तय नहीं हुआ। तुम यहीं चिपके रहो। वह आदमी बोला।

'कुछ भी नहीं। जिस टिमसन नाम के आदमी ने इसे खरीदा था उसकी हत्या हो गई है। मैं उसके कातिल के बारे में जानना चाहता हूं। अगर तुम यहीं जमे रहो और जगह खाली ना करो तो वे तुम्हारे खिलाफ कार्यवाही करेंगे। और जब तुम नहीं हिलोगे तो असली मालिक सामने आ जाएगा और उसी ने टिमसन को मारा होगा।'

'इस बात पर विचारना होगा। तुम अन्दर आ जाओ।' वह आदमी उठते हुए बोला।

ड्यूक पीछे-पीछे पुराने? सीलन भरे अन्धेरे कमरे में घुस गया। वहां इतना अन्धेरा था और वह अन्दाजे से पीछे-पीछे जा रहा था।

'मेरा नाम केसी है।' बूढ़े ने एक मिट्टी का जग और दो मग उठाते हुए कहा। 'ऐपल जैक पसन्द है तुम्हें?' केसी ने पूछा।

'हां। तुम लोग बड़ी कठिन परिस्थितियों में रहते हो।' ड्यूक बैठते हुए बोला।

'पांच साल पूर्व सब कुछ ठीक था। हमारे फार्म थे। हम अच्छा-खासा कमा लिया करते थे। अब फेअर व्यू में मुसीबतें आ गई हैं। हमें यह जगह छोड़नी पड़ रही है। परन्तु बच्चे और औरतें यहां से जाना नहीं चाहते।' वह द्रवित स्वर में बोला।

ड्यूक को ऐपल जैक बड़ी कठोर शराब लगी परन्तु वह सम्भल गया और बोला - 'मैं चाहता हूं तुम लोग डटे रहो। मैं कानूनन तुम्हारी मदद करूंगा। पैसा भी मैं खर्च करूंगा। कोई पिन्डर एन्ड के पीछे पड़ा है। दूसरी पार्टी भी इसे चाहती है। देखो कत्ल हो गया है। मैं कत्ल का पता लगाना चाहता हूं। तुम कुछ अन्दाजा लगा सकते हो?'

कैसी हंस पड़ा। 'कैसी जगह है यह देखो तो... यहां तो हम ही नहीं रहना चाहते...।'

'मुझे यहां का ज्यादा ज्ञान नहीं है। परन्तु प्रथम दृष्टि से तो यह रेगिस्तान सी लगती है। शायद कुछ विशेष यहां हो और यही मैं जानना चाहता हूं। शायद कोई खान हो यहां .... क्यों?'

केसी हंसा - 'यहां कुछ नहीं है... यह तो कूड़ाघर ही है।'

'ठीक है। परन्तु इसे खरीदने का कुछ ना कुछ तो अर्थ होगा ही। बस तुम लोग यहीं चिपके रहो। क्या तुम मेरे लिए इतना करोगे?' शराब समाप्त करते हुए अनुरोध पूर्वक ड्यूक ने पूछा।

'परन्तु हमें जगह छोड़ देने के आर्डर मिल चुके हैं।' उनका क्या करें?' दाढ़ी खुजाते हुए वह बोला।

'मैं अच्छे वकील का प्रबन्ध करूंगा, तुम बस जमे रहो।'

'ठीक है। मैंने तुम्हारे बारे में काफी कुछ सुना है। तुम आन के आदमी हो, विश्वसनीय हो। तुम हमारा साथ दो, हम तुम्हारा साथ देंगे।' वह आशापूर्ण स्वर में बोला।

'मुझे वह आर्डर दिखाओ....।' ड्यूक उठते हुए बोला।

'तुम यहीं ठहरो। मैं फौरन आता हूं।' वह बाहर निकल गया।

ड्यूक ने सोचा, वेन्टोनविले में केवल वर्मन ही यह केस लड़ने के काबिल है।

वर्मन को मामला सौंप कर मैं जरा बैलमैन की खबर लूंगा। फिर स्पेड को भी ढूंढ़ना है। बड़ा रहस्यमय प्राणी है यह स्पेड। वह सिगार पर सिगार पीता गया।

लगता है केसी सहायता करेगा। यह लगता तो लड़ाकू है। अगर यह यहां के सारे लोगों को यहीं जमे रहने पर राजी कर ले तो इसका कोई क्या कर सकता है? चाहे शुल्ज हो, स्पेड हो या बैलमैन?

यहां खान तो है नहीं। फिर है क्या? अगर यही पता लग जाए तो सारा मामला सुलझ जाएगा।

यह मकान कितना पुराना है। लकड़ी तक चरमराकर, टूटती जा रही है। मैं तो यहां कभी ना रहूं।

अर्धप्रकाशित कमरे में बैठे-बैठे उसे कुछ परेशानी सी महसूस होने लगी, पता नहीं क्यों? वह ऐसी कम रोशनी और खामोशी आवाजों आ आदी नहीं था।

वह हवा की, चिढ़ियों की, लकड़ी चरमराने की आवाजें सुनता रहा। ऊपर के कमरे में कोई खांसा। यह खांसी ऐसी थी जैसे खांसने वाला नहीं चाहता था कि कोई खांसी को सुने।

ड्यूक उठ खड़ा हुआ। उसे कुछ भी सुनाई नहीं दे रहा था। बस घर में क्रीक-क्रीक की आवाज आ रही थी, जैसे कोई कीड़ा लकड़ी काट रहा हो। फिर धीरे-धीरे सम्भल-सम्भल कर जैसे ऊपर के कमरे में कोई चल रहा था।

वह एक तरफ हटकर खड़ा होकर कुछ सुनने लगा। ऊपर कोई अत्यन्त सावधानी से चल रहा था।

रास्ते पर गहन अन्धेरा था। हाल में टूटी खिड़की पर भी बोर्ड लगा था ताकि कोई रोशनी अन्दर ना आ पाए।

ड्यूक के कानों से पसीना चू पड़ा। घर गर्म और सीलन भरा था। दूर कहीं बच्चों के खेलने की आवाज आ रही थी और ऊपर कोई धीमे-धीमे चल रहा था।

अपी पिस्तौल छूकर वह प्रसन्न हो उठा। उसने धीमे से दरवाजा खोला परन्तु क्रीक की आवाज हुई। आवाज पूरे घर में गूंज गई। वह रुक गया। उसका हाथ पिस्तौल पर था।

घर में अजीब नीरवता थी। वह सुनता रहा। कुछ भी हलचल नहीं थी। उसने सोचा - शायद ऊपर केसी की बीवी हो। या कोई केसी का मेहमान? परन्तु फिर भी वह कोई चांस लेने के पक्ष में नहीं था।

एक बात निश्चित लगती थी। कोई भी हो, उसे केसी से कोई लेना देना नहीं था। यहां स्पेड भी हो सकता था। वह मुस्कुराया। अगर यहां स्पेड है तो आज मजा आएगा उसे।

उसने दरवाजे की तरफ दो कदम रखे ही थे कि रास्ते की लकड़ी क्रीक-क्रीक कर उठा। वह रुक गया। बड़ी मुश्किल थी।

अंधेरे में वह हाल में याद करने लगा कि सीढ़ी किधर थी। जब वे लोग अन्दर घुसे तो दरवाजा खुला और उसने उन्हें देख लिया। क्या वह बिना आवाज सीढ़ियां चढ़ सकता है, उसने सोचा। पर पता नहीं ऊपर कौन था? वह गोली चला सकता था।

सीढ़ियों में गोली का सामना करने का उसका कोई इरादा नहीं था। वह केवल ऊपर जाना चाहता था बिना किसी को पता लगे।

उसने पिस्टल बाहर निकाल ली और एक कदम आगे बढ़ाया। वह

अन्धों की तरह टटोल रहा था। उसने जेब से माचिस जलाने की सोची परन्तु रुक गया।

पता नहीं सीढ़ियां सीधी हैं या मुड़ती हैं। पता नहीं सीढ़ियां खड़ी हैं या पड़ी हैं? केवल फायदा यह था कि ऊपर से मुकाबला ज्यादा आसान था।

सावधानी से पहली सीढ़ी पर पैर रखकर वह रुक गया। सीढ़ी ठोस थी अतः उसने दूसरी पर पैर रख दिया। गहरा अन्धेरा था। उसका हाथ दीवार पर जा पड़ा और उसने वाल पेपर को छुआ। पेपर उखड़ा हुआ था और किर्र-किर्र कर उठा। उसने हाथ अलग कर लिया।

दूसरी तरफ सीढ़ी की रेलिंग उसके हाथ में थी। सहसा वह हिल उठी। लगता था जैसे अलग हो जाएगी। वह बन्दर की तरह हाथ और पैर झुकाए ऊपर चढ़ने लगा।

सबसे ऊपरी सीढ़ी पर पहुंचकर वह स्थिर खड़ा हो गया। वह सुन रहा था। दूर कुछ दूरी पर एक बच्चा बुला रहा था... 'क्रीजी..... क्रीजौ....।' सहसा बच्चा रुक गया और जैसे एक तरफ हट गया। चारों और शांति छा गई।

वह स्थिर खड़ा रहा। उसके दाएं हाथ में 0.38 की पिस्तौल थी। बायां हाथ दीवार के पास था। वह अंधेरे में लिपटा खड़ा था। शायद कहीं से कोई रोशनी का आलम पैदा हो और उसे दरवाजा मिल जाए। कहीं कोई प्रकाश की किरण तक नहीं थी। उसे अजीब-अजीब आवाजें आती थीं और कभी-कभी लगता था जैसे कोई सामने ही खड़ा हो।

वह फंस गया था। गोली चलाना भी ठीक नहीं था, हो सकता है वह केसी का मित्र हो। वह बोलना भी गवारा नहीं कर सकता था क्योंकि हो सकता है कोई उसके पीछे लगा हो और उस पर गोली दाग दे। वह केवल अन्धेरे में पसीने भीगता रहा और नाकाम अन्धेरे में आंखें फाड़ता रहा।

गहन अन्धकार में वह स्वयं को अभ्यस्त करता रहा। गहन शांति में

धीमे-धीमे उसके कानों ने सुना जैसे कोई सांस ले रहा हो। सामने अन्धेरे में कुछ और भी काला-काला था।

बड़ी डरावनी सांसें थीं। उसकी गर्दन के बाल तक खड़े हो गये। वह सीढ़ियों पर ही झुक गया। वह एक-एक इंच बढ़ता रहा बिना कोई आवाज किए। सहसा उस काले धब्बे के सामने 0.38 की रिवाल्वर का मुंह करके वह कठोर पर शांत आवाज में बोला - 'जहां हो वहीं खड़े रहो, नहीं तो गोली मार कर खोपड़ी फोड़ दूंगा।'

बिजली की गति से हरकत हुई। दो बार जमीन पर कदमों की आवाज हुई। वह आदमी आगे बढ़ा और जब उसने सांस रोक ली थी। आवाज सामने से नहीं दाईं और से आ रही थी। ड्यूक का अंदाजा गलत निकला हालांकि पिस्टल उसके हाथ में थी। सहसा एक जोरदार बूट उसके सिर पर पड़ा और वह लुढ़कता गया। धीरे-धीरे पिस्टल पर पकड़ धीमी पड़ती गई और उसकी आंखों के सामने अन्धेरा छा गया।

* * *

हंसता हुआ शुल्ज ड्रैसिंग रूम से बाहर निकला। उसने शीशे के सामने जाकर टाई ठीक की। पीछे लौरेली पलंग पर लेटी हुई थी। वह सिगरेट पी रही थी। नाश्ते की ट्रे उसके घुटनों के पास पड़ी थी।

'मेरी कबूतरी। तुम अब गन्दी आदत छोड़ो। तुम सिगरेट और नाश्ता साथ-साथ तम किया करो।' वह बोला।

'मुझे कुछ मत कहो।' वह क्रोधित थी।

बालों को ब्रश करते हुए बोला, 'मुझे खुशी है कि तुम्हें अक्ल तो आई। बहुत खुशी हुई।'

'मैं पागल थी.... वह तुमसे ज्यादा अच्छा आदमी था।' वह टोस्ट पर मक्खन लगती हुई बोली।

'तो तुम वापिस क्यों आई?' वह पथरीली आंखों से मुस्कुरा रहा था।

अनभिज्ञ-सी खिड़की से बाहर देखती वह बोली - 'तुम्हारी तो आदत ही गन्दी है। खैर! तुम बताओ अब जा कहां रहे हो?'

'तुमने उसे क्या-क्या बताया?'

'मैं बात नहीं करूंगी। गत रानी तुम मेरे साथ पागल हो उठे थे। मैंने तुम्हें ठंडा होने के लिए छोड़ दिया था। मैं वहां रहने थोड़े ही गई थी।'

वह आश्वस्त नहीं था। परन्तु समय बर्बाद नहीं किया जा सकता था। वह बोला - 'मेरी मुर्गी, कुछ दिन बाहर मत निकलना। मैं जरा ड्यूक से बात कर लूं। तुम्हारी देखभाल जोय करेगा।'

काफी पीते-पीते लौरेली बोली - 'ठीक हैं.... मुझे कहीं नहीं जाना।

शुल्ज चुभती नजरों से मुस्कुराया। 'मैं नहीं चाहता जोय अन्दर रहे। जवान छोकरा है। हम नहीं चाहते उसे कुछ भी पता चले।'

'तुम जोय की बातें कब बन्द करोगे? तुम मुझे समझते क्या हो। मेरे लिए वह बेकार है।' वह पलटकर बोली।

'आश्चर्य है! मैं तो समझता था कभी-कभी मेरी जगह....।' वह मुस्कुराया।

'तुम्हारी नासमझी का मैं क्या करूं? वह बेचारा कंगाल है और मेरे लिए एक बच्चे जैसा।' वह ऊंचे स्वर में बोली।

'अब मुझे आराम व शांति मिली। परन्तु तुमने सुना नहीं था? वह कह रहा था कि उसने दो कत्ल किए हैं।' वह बोला।

60

लौरैली ने आंखें झपकीं। उसके लिए यह नवीन समाचार था। वह मुस्कुराई और बोली - 'तब तो तुम्हारे लिए अच्छा ही हुआ। तुम उस जैसे आदमी को मेरी सुरक्षा के लिए छोड़े जा रहे हो।'

'पागल मत बनो। जोय की छाया में तुम सुरक्षित रहोगी। मैं जा रहा हूं। बगीचा सुन्दर लग रहा है। है ना? मैं जल्दी लौट आऊंगा। मैं एक घंटा बाग में बैठना चाहूंगा।'

वह पास आ गया और लौरैली ने एक किताब उठा ली।

'नहीं। अब और नहीं... तुम्हारे झूठे चुम्बन मुझे और नहीं चाहिए।।' वह बोली।

'मैं ही भूल रहा था। मैंने समझा, तुम मेरा चुम्बन चाहती हो।'

'नहीं... सब ठीक है। तुम जाओ।' वह बोली।

'ठीक तब तक ही है जब तक मेरे अलावा कोई और ना बीच में पड़े।' वह गुस्से से तमतमा रहा था।

'तुम्हें मेरे प्यार की जिंदगी में दखल देने की जरूरत नहीं है। मैं तो क्राफ्ट ऐबंग से प्यार करूंगी।'

वह हिचकिचाया। और फिर मुस्कराया बोला - 'ठीक है....। आज रात मुलाकात होगी।'

'अच्छा नमस्ते...।' वह अधलेटी होकर उसकी सारी गतिविधि देख रही थी। जब वह दरवाजे के पास पहुंच गया तो वह बोली - 'पाल...!'

'बोला।' मुड़ते हुए उसने पूछा।

'हैरी ड्यूक ने बताया था कि तुम मेरी गर्दन में रस्सी डाल रहे थे....।'

वह जोर-जोर से हंस पड़ा। और फिर बोला - 'वह साला सड़ा कुत्ता...। देखो अब क्या मजा दिखाता हूं उसे मेरी प्यारी कबूतरी।वह हरामी मेरे तुम्हारी बीच खाई खोद रहा होगा।'

'तो वह कहानी सुना रहा था।' शकपूर्ण आंखों से वह बोली।

'हैरी खूब मूर्ख बनाता है। मैं जानता हूं और उसे पसन्द भी करता हूं। परन्तु मैं उसे इन सब कहानियों का असली मजा चखाने वाला हूं।' उसने मुड़कर लौरैली की आंखों में तैरती योजना पढ़ने की कोशिश की।

'तुम मुझे पीट लो मैं सह लूंगी, तुम गिलास फेंककर मुझे बेहोश करो, मैं सह लूंगी, परन्तु तुम मेरी हत्या करो.... अगर मुझे पता लगा कि तुमने मेरी हत्या की कोशिश की है तो मैं तुम्हारी आंखें फोड़ डालूंगी।' वह बोली।

शुल्ज का तोते जैसा मुंह खुला का खुला रह गया। उसका अनापेक्षित व्यवहार उसे स्तब्ध कर गया था।

'प्रिय, अब ज्यादा क्रोधित नहीं होना चाहिए। तुम भी क्या हैरी ड्यूक जैसे आदमी पर यकीन करने लग गई हो? और फिर तुम्हें मैं रस्सी से मारूंगा? मैं तुम्हें जहर दे सकताथा। इससे तुम बड़ी गन्दी मौत मरतीं।' वह मुस्कराकर उसकी तरफ बढ़ रहा था।

लौरैली उठकर खड़ी हो गई - 'दफा हो जाओ यहां से। तुम्हारी जानवरों जैसी बात में सुनना नहीं चाहती... जाओ यहां से...।' वह चीखी।

वह बड़े अच्छे मूड में था। उसने देखा, लड़की डर गई थी। उसे बड़ा मजा आ रहा था। उसने सोचा, अगर इसे जहर देकर तड़फा-तड़फा कर मारा जाए तो कितनी गन्दी मौत मरेगी और कितना मजा आएगा।

'मैं तुम जैसे बच्चों को बड़ा प्यार करता हूं, समझीं....।' और वह कमरे से बाहर निकल गया।

लौरेली फिर से बिस्तर में जा लेटी। वह बीमार महसूस कर रही थी। शुल्ज जैसा आदमी जहर दे सकता है। वह कभी भी उसके भोजन में आसानी से जहर मिला सकता है। उसका हाथ सीधा गले पर जा पड़ा। क्या इसने मेरे गले में रस्सी डाली थी? अगर उसे सच में पता होता तो वह यहां कभी न लौटती।

कार की आवाज आई। वह दौड़कर खिड़की तक पहुंची। काली कार आंखों से ओझल हो चुकी थी।

आज फिर दिन गर्म था। परन्तु वह यहां बन्द थी। उसे बड़ी घुटन महसूस हुई। वह फिर लौट कर बिस्तर पर जा लेटी। उसके दिमाग में जहर घूम रहा था। यह विचार बड़ा परेशान कर देने वाला था।

वह उठ खड़ी हुई। परेशानी बढ़ती जा रही थी। वह कुछ करना चाहती थी।

उसने सिगरेट जला ली। नीचे लम्बी कारों की कतार बेन्टोनविल की तरफ जा रही थी। वह अभी यह सीन देख ही रही थी कि जोय अन्दर आ गया।

लौरेली की तरह जोय का भी एक ही नाम था। शुल्ज बिन मां-बाप के लोगों को ही ढूंढ़ता था। क्योंकि ऐसे लोगों को अपना कोई संसार नहीं होता।

जोय उम्र में छोटा जरूर था परन्तु अनुभव में काफी बड़ा था। उसकी उम्र 18-19 साल से ज्यादा नहीं थी। उसे अपने जन्म दिन का भी पता नहीं था। आश्रम में भी उसका जन्म दिन कभी नहीं मनाया जाता था। जब वह कुछ समझदार हो गया तो उसने आश्रम से भाग जाना ही बेहतर समझा।

शुल्ज ने करीब एक साल बाद ही उसे शोफर की नौकर दे दी थी। उसने शुल्ज के कई काम किए थे। शुल्ज नहीं जानता था कि उस पर यकीन करे या नहीं। फिर भी घर उसके हवाले करके वह निश्चिन्त था।

जोय दुबला-पतला लड़का था। जो हमेशा वही गंदी पेंट और चमड़े की आगे से खुलने वाली बास्केट पहना करता था। वह हमेशा गर्दन में काली और सफेद धारियों वाला स्कार्फ बांधता था। उसके बाल उसके सिर से जैसे चिपटे रहते थे। बाल बड़े अजीब ढंग से कटे होते थे।

उसका चेहरा पीला था। परन्तु उसकी असली सुन्दरता उसकी काली मोटी आंखों में समाई रहती थी।

वह सामने दरवाजे में खड़ा था। थोड़ी देर में वह अन्दर आ गया और पैर से दरवाजा बन्द कर दिया।

लौरेली ने उसकी तरफ देखा और फिर खिड़की से बाहर देखने लगी।

जोय लौरैली को ड्रेसिंग टेबल पर बैठा हरेक जार व शीशी का ढक्कन खोल-खोल कर फिर बन्द कर रहा था।

'वह मोटा मेरे और तुम्हारे बारे में कुछ गलत बक रहा था।' लौरैली बोली।

मैं जानता हूं।' कहकर उसने एक बूंद सैन्ट हाथ पर डाला और सूंघने लगा।

लौरैली खिड़की से हटकर फिर लेट गई।' वह मुझे डेरा रहा है जोय।' वह बोली।

जोय हंस पड़ा। हंसी एकदम दयाहीन व सपाट थी।

'हैरी ड्यूक ने मुझे बताया कि वह मेरे गले में रस्सी डाल कर मेरी हत्या कर रहा था।' वह बोली।

जोय ने लौरैली की कैंची से कानों के ऊपर के बाल काटने शुरू कर दिए।

'तुम क्या सोचती हो?'

'मैं....। पाल कहता है कि ड्यूक झूठा है।'

वह बात काटता हुआ बोला - 'मैं तो सोच रहा हूं कि यदि तुम मर जाती तो मैं तुम्हें ठिकाने कैसे लगाता?'

'बको मत जोय।' लौरैली कांप उठी।

उसने जोय की आंखों में झांका। जब उसने देखा कि उसकी आंखों में कोई इरादा नहीं था तो ठंडी सांस लेकर बोली - 'मैं तो डर हो गयी थी।'

'और क्या कहता है वह?'

करवट पलट कर वह बोली - 'जहर देने की बात करता है।'

'वह तुम्हें डराता। उसे क्या पता जहर होता क्या है?'

'उसने यह भी कहा कि तुमने दो हत्याएं की हैं। क्या यह भी मुझे डराने के इरादे से बोला वह?'

'ऐसा बोला वह?'

'नहीं। पर तुमने भी तो कभी नहीं बताया कि तुमने ऐसा क्यों किया? कौन थे वे लोग?'

'इससे अब क्या फर्क पड़ता है? मैं सब भूल चुका हूं। और हम समय बर्बाद कर रहे हैं।'

'घबराओ मत, हमारे पास पूरा दिन है।' लौरैली बोली।

'उसने तुम्हें यह बताया? वह तुम्हें बना रहा होगा?'

'अब यह मत कहना कि तुम भी डर गये हो?'

वह हंस पड़ा।

जोय की तरफ देखकर वह आश्वस्त हो गई।

कुछ क्षण रुक कर जोय बोला - 'मुझे बताओ, हुआ क्या है? तभी तो मुझे यहां भेजा दिया गया है।'

'नहीं। और कोई कारण है ही नहीं।' वह बोली।

'नहीं तुम बताओ....। तुम ड्यूक के साथ क्यों गई?'

'पाल ने मुझे डराया था। मैं नहीं जानती थी कि क्या करूं? तुम्हें मैं बीच में डालना नहीं चाहती थी। जब ड्यूक ने मुझे अपने साथ ले जाने का मौका दिया तो मैं तैयार हो गई।'

'तुम झूठ बोलती हो। मैंने देखा कि तुम किन नजरों से ड्यूक को देख रही थीं। और तुमने बैलमैन के बारे में उसे फोन किया। मैं सब सुन रहा था।'

'तुम तो पागल हो गये हो जॉयं।' वह करवट बदल कर बोली।

'तुम उसके पास ही क्यों नहीं रहीं?'

'मैं कोई तुम्हारी वजह से तो नहीं लौटी....। वह असली गर्द है...।'

'मैं जानता हूं... मैं समझा था कि तुम्हें अंतिम बार देख रहा हूं। तुम लौटी क्यों?' वह आनन्द लेता हुआ बोला।

'तुम तो बड़े नटखट हो। क्या तुम्हें मेरी याद नहीं आती?'

'जरूर आती। परन्तु धीरे-धीरे आदत पड़ जाती.... तुम लौटी क्यों?'

'मैं डर गई थीं कि कहीं कुछ हो ना जाए।'

जॉय ने उसकी तरफ देखा - 'तुमको क्या हो रहा है? कहीं बेहोश तो नहीं हो रही हो?'

'वह मुझे अपने कमरे में नहीं घुसने देता था। मेरी तरफ दोस्ती का हाथ नहीं बढ़ाता था। उसने मुझे अलग कमरे में सुलाया और खुद दूसरे कमरे में सोया। मैं अकेली कमरे में थी परन्तु मुझे लगता था कि कोई और भी है वहां....। क्या तुमने कभी ऐसा महसूस किया है?'

'मैंने.... मैंने क्यों?'

'मैं तो बहुत ही डर गई। वहां एक बड़ी अलमारी थी और मैं सोचती थी कि इसमें कोई है। मैंने वह खोली तक नहीं। मैं तो खिड़की से कूदी और यहां भाग आई।'

जॉय उसके पास आकर बैठ गया और बोला, 'आज अखबार में छपा है कि क्लेन के कमरे में टिमसन को गला काटकर मार डाला गया है।'

वह घबरा कर उठ बैठी - 'मुझे बताओ कहां छपा है। मेरा नाम तो नहीं है ना इसमें....?'

'अब घबराओ नहीं। हो सकता है कि टिमसन अलमारी में ही हो। वह तुम पर नजर रखे थे। यह वह अपना गला खुद काट रहा हो? वे कहते हैं कि उसने आत्महत्या की है।'

लौरेली ने उसका हाथ थाम लिया और बोली, 'जॉय, मैं बहुत डर गई हूं। मैं पाल को पसंद नहीं करती चलो हम दोनों भाग चलें।'

जॉय ने उसे वापिस पलंग पर धकेल दिया। उसके गालों की पेशी फड़कने लगी। उसने उसका गला बड़ी नरमी से सहलाना शुरू कर दिया। वह परेशान होकर उसे देख रही थी।

'क्यों करते हो ऐसा जॉय?' वह रुंआसे स्वर में बोली।

'मैं सोच रहा हूं कि उसने तुम्हारे गले में रस्सी डाली। उसे ऐसा कभी नहीं करना चाहिए था।' उसकी उंगलियां अभी भी उसका गला सहला रही थीं।

जॉय की आंखों की ठंडक से लौरेली सिहर गई और उसने जॉय को पकड़ कर उसकी जाकेट में मुंह छुपा लिया।

मुस्कुराते हुए दूसरी दीवार पर देखते-देखते जॉय अभी भी उसका गला सहला रहा था।

* * *

ड्यूक ने किसी को कहते सुना -'मैं, बेहतर हो पानी डालूं इस पर।'

उसने अपनी आंखें झपकीं। उसे केसी का आतुर चेहरा दिखाई दिया। पीछे एक और आदमी था जिसे वह नहीं जानता था। वह बोला - 'अरे बाबा, पानी मत फेंकना। मैं तो प्रतिदिन नहाता हूं।'

'तुम ठीक तो हो?' केसी ने आतुरतापूर्वक पूछा।

'पता नहीं ठीक हूं या नहीं?' वह सिर और नाक को छूता हुआ बोला। उसे भयंकर दर्द हो रही थी।

'कैसे हुआ? क्या सीढ़ियों से गिर पड़े थे?' केसी ने पूछा। 'क्या ड्रिंक लोगे?'

खड़ा होते हुए वह बोला - 'चलो बातें करें।' उसे अभी भी दर्द हो रही थी।

वह केसी के कमरे में आ गया और खुद ही एप्पल जैक का जाम तैयार करके पीने लगा।

स्प्रिट अन्दर जाने से वह काफी ताजगी महसूस कर रहा था। 'यह जेटकिन है मेरा पड़ौसी।' केसी बोला।

ड्यूक ने उस लम्बे आदमी की तरफ देखा और बोला - माफ करना, मैं जरा ठीक महसूस कर रहा था। 'यह जेटकिन है मेरा पड़ौसी।' केसी बोला।

ड्यूक ने उस लम्बे आदमी की तरफ देखा और बोला - 'माफ करना, मैं जरा ठीक महसूस नहीं कर रहा।'

जेटकिन ने उसकी तरफ देखा। वह स्थिर तक खड़ा नहीं हो पा रहा था और लगातार कुछ चबाता जा रहा था।

ड्यूक ने सोचा, कहीं तम्बाकू तो नहीं चबा रहा।

'तुम्हें क्या हुआ था? तुम सीढ़ियों के नीचे गिर पड़े थे। क्या सीढ़ी से गिर गये थे? मैं तो डर ही गा था।' कैसी बोला।

मैंने ऊपर किसी की आवाज सुनी थी। मैं ऊपर गया और किसी ने मेरे मुंह पर लात जमा दी। तुम्हारा कोई दोस्त होगा?' उसने कैसी की तरफ देखा।

'तुम सच बोलते हो? मैं तो अकेला रहता हूं यहां। कैसी बोला।

'मैं कोई सपना देख रहा था क्या?' ड्यूक बोला।

केसी और जेटकिन की निगाहें टकरायीं।

'ऊपर कौन था?' दोनों बोले।

'हमें देखना चाहिए।' केसी बोला।

ड्यूक उठ खड़ा हुआ। केसी ने मुख्य द्वार खोल दिया। रोशनी से कमरा भर गया।

ऊपर जाकर ड्यूक ने छोटा-सा कमरा छान मारा। वहां कुछ भी नहीं था। कमरा बड़ा अस्त-व्यस्त-सा था।

सब लौट पड़े।

थोड़ा नीचे उतर कर केसी बोला - 'वह दूसरा कमरा है परन्तु यहां तो कोई आता जाता ही नहीं। उसने उसे भी खोला। चरमराकर दरवाजा खुल गया। कमरे में धुप्प अन्धेरा था। आगे बढ़कर केसी ने खिड़की का पल्ला खोला। कमरा रोशनी से भर गया। कमरा फर्नीचर से अटा

पड़ा था। ड्यूक ने फर्श पर किसी के निशान देखे और बोला - 'देखो, यह किसी के पैरों के निशान.... यहां जरूर कोई था।'

'हां यहां जरूर कोई था...।' जेटकिन भी बोला।

ड्यूक ने केसी की तरफ देखकर पूछा - 'कोई शक? कौन हो सकता है यहां?' उसे गुस्सा आ रहा था। वह जानता था कि अगर यह आदमी हाथ लग जाए तो पिन्डर ऐन्ड की समस्या सुलझ जाएगी।'

'पता नहीं। परन्तु यहां क्या कर रहा था वह?' केसी बोला।

ड्यूक ने पूरे कमरे का मुआयना किया। परन्तु सिवाए पैरों के निशानों के उसे कुछ भी नहीं मिला।

'काश मैं जान पाता कि यहां कौन था? खैर तुम यहां पर कब से रहते हो?' ड्यूक ने पूछा।

कुछ क्षण सोचकर केसी ने जवाब दिया - 'करीब छः सा से। उससे पहले मेरी बीवी जिन्दा थी, तब हम सारा घर इस्तेमाल करते थे। उसकी मौत कि बाद से मैं नीचे ही रहता हूं।' केसी ने उत्तर दिया।

'यहां तो कुछ ऐसा है नहीं जिसकी किसी को जरूरत हो।' केसी ड्यूक को कमरे में घूमते हुए देखकर बोला।

'कुछ ना कुछ तो है...।' ड्यूक ने कहा। फिर मेन्टलपीस से धूल हटाते हुए ड्यूक बोला - 'यह क्या है?'

केसी ने उसके कन्धों के पार देखते हुए कहा - 'ओह यह? जब हम यहां आए थे तब भी यह यहीं था। मेरा विचार है मेरे से पहले मालिक का होगा यहा।'

मेन्टलपीस पर लकड़ी पर एफ. एन. खुदा हुआ था।

हैरी ने सारी धूल हटा दी। लगता था कि कति काफी पुरानी थी।

उस पर हाथ फेरते हुए हैरी ने पूछा -'भला यह एफ. एन. से क्या नाम बनता होगा?'

'यह घर सौ साल पुराना है... पता नहीं किसका नाम हो?' केसी ने कहा।

'सौ साल? तुम सौ साल की सोचते हो और अगर मैं इसके बगल में अपने दस्तखत कर दूं तो?' अपना चाकू निकालते हुए हैरी बोला।

'ठीक है। हमें क्या एतराज है?' वे दोनों बोले।

कुछ मिनट बाद वह दोनों दस्तखतों को मिलाने लगा। उसने महसूस किया कि वे बहुत पुराने हस्ताक्षर थे।

'ठीक है, कुछ नहीं लगता इस कमरे में...।' और फिर फर्श पर पैर पटकते हुए वह बोला - 'कभी इन तख्तों के नीचे भी देखा है?'

केसी ने सिर हिलाया - 'इनके नीचे कुछ नहीं है मिस्टर।'

'हमें सब कुछ गौर से देखना होगा।' ड्यूक बोला।

जेटकिन ने सामने की खिड़की की ओर इशारा किया और बोला, 'लगता है, इस खिड़की को कोई पहले ही देख चुका है।'

ड्यूक ने आगे बढ़कर देखा। खिड़की का पल्ला हाल ही में हटाया गया लगता था। नये कील ठोके हुए लगते थे वहां। उसने खिड़की के बोर्ड को ऊपर उठाकर खींच लिया। नीचे कुछ नहीं था।

उसने माचिस जलाई और फर्श पर नीचे झांका। वहां केवल धूल और जाले थे। वह उठ खड़ा हुआ।

'तुम कर क्या रहे हो?' जेटकिन ने पूछा।

ड्यूक मुस्कराया और बोला -'नहीं समझे। मैं हमेशा अजनबी घरों की तलाशी इसी तरह लेता हूं।'

केसी और जेटकिन की आंखें मिलीं।

अपनी 0.38 पिस्टल निकाल कर वह बोला - 'जानते हो यह कैसे काम करती है?'

'हां। मैं भी एक ऐसी ही पिस्टल प्रयोग में लाया करता था।' केसी बोला।

'देखो। यहां ऐसा जरूर कुछ है जिसकी किसी को तलाश है। अब यह तुम पर निर्भर करता है कि वह यहां से कुछ ले जाने ना पाए है।'

और ड्यूक ने जेब से नोट निकाल लिए।

जेटकिन का तो जैसे सांस ही रुक गया।

'मैं तुम दोनों को अपना नुमाइन्दा बनाना चाहता हूं। तुम्हें हमेशा तनख्वाह दूंगा मैं। यह लो सौ... यहां किसी को घुसने मत देना।' वह बोला।

केसी की आंखों में खून उतर आया - 'सुनो मिस्टर, यह मेरा घर है। मैं बदमाशों को यहां से भगाने का पैसा नहीं लूंगा।'

'मुझे माफ करना... मेरा अर्थ यह नहीं था।' ड्यूक बोला।

'क्या तुम सारी मुसीबतों को दूर कर सकोगे?' जेटकिन बोला।

'तुम बको मत। तुम्हें क्या लेना-देना है?' केसी ने डांटा।

'अच्छा भाइयो! मुझे वह नोटिस तो दो। मैं इन्हें कोर्ट में सीधा करूंगा। कल मैं दोबारा आऊंगा और कुछ और बातें करनी हैं।' ड्यूक ने कहा।

केसी ने उसे कागजों का बंडल दिया और ड्यूक ने उसे जेब से डाल दिया।

'अच्छा दोस्तों, अब घबराओ मत। सम्भालना मेरा काम है। तुम किसी को भी यहां फटकने मत देना।' ड्यूक ने कहा।

'तुमसे मुलाकात हो गई। आशा है तुम हमें इस मुश्किल से उबार लोगे।' केसी ने हाथ मिलाते हुए कहा।

'मैं पूरी कोशिश करूंगा।' कहकर ड्यूक चल पड़ा। तीनों साथ-साथ सीढ़ियां उतरने लगे।

शाम हो चुकी थी। सामने फेअर व्यू पर लाल-लाल सूरज दिखाई दे रहा था।

'यहां से दृश्य कितना सुन्दर दिखता है?' ड्यूक बोला।

'मैं तुम्हें कार तक छोड़ आऊं....?' जेटकिन बोला।

'छोड़ो जेटकिन। मैं जानता हूं तुम पैसा मांग लोगे। देखो, हमें कमाकर ही पैसा लेना चाहिए।' केसी ने कहा।

‘परन्तु टिम। बच्चा जूते मांग रहा है। मां को छः हफ्ते से मीट के दर्शन नहीं हुए।’ वह बोला।

‘बको मत। जाओ और जाकर बेन्टोनविले में व्यापार करो। वहां काम की कमी नहीं है। यहां कोई भीख नहीं मांगेगा। सुना तुमने।’ केसी दहाड़ा।

जेटकिन बोला - ‘पर यह आदमी बड़ा अमीर लगता है। सौ डालर बहुत होते है। हम क्या-क्या नहीं खरीद सकते।’

केसी ने थूक दिया - ‘शर्म करो। अपनी मां को भीख का मीट खिलाते हो। कमाकर खिलाओ।’

जेटकिन ने कन्धे झटके।

ड्यूक सारी बात मजे से सुन रहा था। तभी कैसी बोला - ‘सुनो मिस्टर! बरसों से हम लोग यहां खुशी से रह रहे हैं। हमारा जीवन कठोर है परन्तु हमें इसकी परवाह नहीं है। हमें यही जीवन पसंद है। हम लोग बेन्टोनविले में काम करके पैसा कमा सकते हैं। परन्तु हमारे जीवन का ढंग ही ऐसा है। हम अजनबियों का यहां आना पसन्द नहीं करते।’ वह बोला।

‘तुम्हारा दर्शन तो दूसरा ही है। मैं याद रखूंगा।’ परेशान स्वर में ड्यूक बोला।

‘याद रखना, तुम्हें एप्पल जैक शराब बहुत पसन्द है।’ वह हंस पड़ा और मुड़ गया।

‘अरे। चीज तो अच्छी है परन्तु अभी भी मेरा पेट जल रहा है। ड्यूक ने चलते-चलते कहा।

‘मैं सारा जार ही तुम्हें बेच दूंगा। तुम यहीं ठहरो।’

वह भागकर पूरा जार उठा लाया। ड्यूक ने जार पकड़ लिया। कुछ सोचकर उसने 100 डालर जेब से निकाले और केसी को पकड़ा दिए।

‘काफी महंगी है ना?’ ड्यूक बोला।

केसी ने डालर जेब में सरका लिए।

‘आशा है मेरा काफी काम निकल जाएगा। परन्तु यह मत भूलो में सर्विस का पैसा भी लेता हूं। और केसी ने 0.38 पिस्टल जेब में सरका ली।

‘अरे। यह तो मैं भूले जा रहा था। सेवा जारी रखना। मैं तुम्हारी सहायता करता रहूंगा।’ ड्यूक बोला।

केसी की आंखें चमक उठीं। आज रात के बाद कोई इस घर में घुस नहीं पायेगा। मैं शर्त लगा सकता हूं।’

‘अच्छा कल सुबह मिलेंगे, विदा।’ कहकर ड्यूक खेत पार करने लगा।

* * *

जब साम-ट्रेन्च दफ्तर में आया तो क्लेयर हैट पहन रही थी।

‘घर जा रही हो?’

‘हां। मैं पीटर को भोजन पर बुला रही हूं।’

साम ने पाइप जलाया। उसने धुआं बाहर फेंका और चैन की सांस ली।

'तुम इस युवा क्लेन के बारे में काफी कुछ सोच चुकी हो।'

'सुनो साम। तुम्हारा इससे कोई मतलब नहीं है। मैं इस मामले में बहुत गम्भीर हूं। तुम चिंता मत करो।' वह बोली।

'क्लेयर। मैंने हमेशा तुम्हें अपनी बेटी की तरह देखा है। मैं चाहता हूं तुम खुश रहो।' साम ने कहा।

'मैं खुश रहूंगी साम..... तुम चिंता मत करो।' क्लेयर ने साम का हाथ थपथपाया।

'फिर भी मैं सोचता हूं तुमसे पूछ लूं... वह लड़का तो अच्छा लगता है। परन्तु क्या... वह कोई अच्छी नौकरी करता है?'

'हां। साम हां। तुमको समझाना कठिन है। मैं तुमसे उसके बारे में कुछ भी सुनना नहीं चाहती। वह कुछ ही दिनों में अपना धन्धा चालू करने वाला है।' वह गुस्से में तमतमा गई।

'मैं सब जानता हूं कि यह छोकरे क्या आशाएं बांधे फिरते हैं? बात यह है कि क्या वह कुछ करता है?' साम बोला।

'तुम बहुत बोल चुके साम। तुम्हें मेरे युवा मित्रों की आलोचना ही करनी है तो हम घर चलें।' वह बोली।

'मैं तो बस यह जानना चाहता हूं कि तुम्हारा चुनाव सही है। मुझे तुम्हारे मित्र से विद्वेष नहीं है। अब उस हैरी ड्यूक को ही लो। वह क्या कर रहा है?'

'अब यह हैरी ड्यूक कहां से आन टपका।' वह तेज स्वर में अपने कागज ठीक करती हुई बोली।

'वह तो मेरे दिमाग में यूं ही आ गया।'

'अगर वह मुश्किल में ना फंसता तो शायद पीटर उसके बारे में ऐसा कभी नहीं सोचता। यही मेरी चिन्ता है। हैरी ड्यूक इतना खतरनाक आदमी है कि वह सोचता तक नहीं। उसी ने पीटर को परेशानी में फंसाया है। अब टिमसन का मामला ही लो, इसी ने उसे आत्महत्या का मामला बना दिया है। वह सच तो बोलता ही नहीं।'

साम ने अपना पाइप दोबारा जलाते हुए कहा - 'शायद तुम यह नहीं समझ पा रही हो कि ड्यूक दूसरी ओर क्लेन की रक्षा भी कर रहा है।'

'उसकी रक्षा? क्या मतलब?' वह तेज स्वर में बोली।

'जरा सोचो। यह टिमसन आखिर क्लेन से ही तो मिलने आया होगा। तभी तो अन्दर आ पाया। अगर ड्यूक चाहता तो आराम से इस मामले से दूर हट सकता था।'

'तुम यह बताना चाहते हो कि पीटर का कत्ल में हाथ है?' वह ठंडे स्वर में बोली।

'पागल मत बनो बच्ची। मैं सिर्फ यही कह रहा हूं कि ड्यूक से ज्यादा इसमें क्लेन फंसा हुआ है। ड्यूक सारी मदद कर रहा है और क्लेन भी चाहता है कि वह उसकी मदद करे।'

'तुम बड़े खतरनाक बूढ़े हो। तुम मुझसे लड़ाई मत करो। तुम पीटर के साथ अन्याय नहीं कर सकते। तुम जानते हो वह जो काम करता है उसे छोड़ नहीं सकता। और ऐसे कामों में हैरी ड्यूक को लुत्फ आता है।' वह बोली।

'मैं सोचता था बेटी कि अगर कलेन के पास फुर्सत नहीं है तो हम हैरी की मदद करें?' साम बोला।

'हां, हां। पर हम क्या कर सकते हैं?'

'इस मामले में बैलमैन जरूर फंसा है, है ना? हम उस पर नजर रखें। या उससे बात करें ओर टिमसन के बारे में उसका विचार पूछें।'

'हम अभी उसे मिलते हैं। मैं कहूंगी कि मैं क्लेरियन से आई हूं। वह कुछ तो बोलेगा।'

'जल्दी मत करो प्रिय। हमें हैरी की प्रतीक्षा करनी होगी। शायद उसका विचार दूसरा हो।'

'मैं ज्यादा प्रतीक्षा नहीं कर सकती। मैंने पीटर से बेन्टोनविले में मिलने का वायदा किया था आज आठ बजे। मैं वहां जाऊंगी और बैलमैन से समय ले लूंगी। कुछ ना कुछ तो पता लगेगा ही।'

'हां। फिर कल हम सभी उससे बात करने जा सकते हैं। अतः अब तुम जाओ।' साम बोला।

'यह मत सोचना, पीटर हमारी सहायता नहीं करेगा.... वह करेगा, जरूर सहायता करेगा।'

'ठीक है तुम उससे बात करना। मैं कुछ देर तक यही रहूंगा। शायद हैरी आ जाए।' वह बोला।

क्लेयर के जाने के बाद साम अपना काम करने लगा। वह काम में इतना व्यस्त हो गया कि कब आठ बज गये, वह जान ही नहीं पाया। वह उठ खड़ा हुआ। तभी किसी ने अन्दर प्रवेश किया।

वह दरवाजे के पास गया और बाहर देखने लगा। हैरी ड्यूक खाली दफ्तर में अकेला खड़ा था।

'तुम आ गये? मैं प्रतीक्षा कर रहा था। आओ, अन्दर आओ।' साम बोला।

पीछे-पीछे आते ड्यूक बोला - 'सब घर चले गये?'

'यह तुम्हारे चेहरे को क्या हुआ?' बैठते हुए साम बोला।

हल्की-सी मुस्कान के साथ हैरी बोला - 'यह पिन्डर एन्ड का इनाम है। उन्होंने मुझे एप्पल जैक पिलाई और चेहरे पर जूता दे मारा। क्या शानदार स्वागत हुआ? क्या बढ़िया जगह है ना?'

'क्या चल रहा है?'

ड्यूक ने सर हिलाया। 'कुछ तो है वहां। केसी नाम के आदमी का नाम सुना है?'

'हां। बरसों से जानता हूं उसे। वह अच्छा आदमी है। एक जमाने में उसके पास एक अच्छा फार्म था। परन्तु गड़बड हो गई। फिर भी वह बेचारा उस बस्ती के लोगों को सम्भाले हुए है। तुम मिले उसे?'

'मैं उससे कुछ एप्पल जैक शराब खरीद लाया हूं।'

साम का चेहरा चमक उठा। 'मैं उसकी शराब से वाकिफ हूं।'

'कार में रखी है।' उठते हुए ड्यूक बोला।

जब तक ड्यूक लौटा, साम ने दो गिलास मेज पर रख दिए थे। साम ने दांत से जार का ढक्कन खोल दिया।

'मैं इसे अन्धेरे में भी पहचान सकता हूं। बस मुश्किल वह है कि मेरी श्रीमती ना सूंघ ले। उसे शराब से ही बड़ी नफरत है।' साम बोला।

उन्होंने गिलास टकराए।

'कैसी चल रही है बेटे?' पीते हुए यह बोला।

'मैं बर्मन की सहायता से यह आदेश कैंसिल करवाने की कोशिश करूंगा। कुछ लोग पिन्डर एन्ड पर कब्जा करना चाहते हैं। मैंने इन्तजाम कर दिया है कि कोई भी वहां घुस ना पाए।'

'अब आगे क्या विचार है?' साम ने पूछा।

'कल सुबह मैं केसी के पास जा रहा हूं। टुकड़े जोड़ने की कोशिश करूंगा। तुम अचम्भा मत करना शायद वहां कुछ छुपाया गया हो। तुमने कुछ किया आज?'

'मैं स्पेड का पता लगा रहा हूं। मुझे उसमें अब रुचि पैदा हो चुकी है। सबने उसके बारे में सुना है। उसके पास बेन्टोनविले में कई मकान है। वह एक पिन टेबल नामक संस्था चलाता है और पुलिस स्पोर्ट फंड में लगातार चंदा देता है। इसका अर्थ तुम समझते ही होंगे। इसीलिए उस पर कोई हाथ नहीं डालता।' साम बोला।

'दो सालों से मैं यहां हूं। परन्तु मैंने उसे कभी नहीं देखा।' विचारपूर्वक नाक खुजलाते हुए ड्यूक बोला।

'काम-कोरिस करता है, नाम स्पेड का होता है। है ना मजेदार बात।'

'क्यों ना मैं कोरिस से मिलं? क्या पहले बैलमैन की खबर लूं?' ड्यूक ने कहा।

'अरे मैं तो भूल ही गया। आज रात क्लेयर उससे मिलने वाली है।' ड्यूक ने बताया।

'इससे तुम्हारा क्या मतलब है?' ड्यूक ने तेज नहरों से साम को देखा।

'वह उसका केवल क्लेरियन के लिए साक्षात्कार लेगी। शायद कोई बात वह उगलवा सके।'

ड्यूक उठ खड़ा हुआ। 'मुझे यह पसन्द नहीं है। वैलमैन हरामी चीज है। वह उल्टा क्लेयर से ही कुछ उगलवाकर छोड़ेगा। कब मिलेगी उसको?'

'वह तो घन्टा भर पहले जा चुकी है। वह तो अब तक मिल भी चुकी होगी। आठ बजे तो वह पीटर को मिलेगी।'

ड्यूक उठ खड़ा हुआ था - 'तुम्हें पता है वह पीटर को कहां मिलती है?'

'उसने कभी बताया नहीं।'

'मैं बैलमैन को देखता हूं। आशा है, उसने कुछ बताया नहीं होगा।'

'क्लेयर लम्बे अर्से से अखबार के धन्धे में है। उसने कुछ नहीं बताया होगा। वह काफी स्मार्ट है।' साम बोला।

तभी फोन घनघना उठा। साम ने रिसीवर उठाया।

'मैं क्लेन हूं। तुम साम ट्रेन्च हो क्या?'

'हां। बोलो। भाग्यशाली हो जो, मुझे मिल गये।' साम बोला।

'देखो मिस्टर साम। यह क्लेयर कहां अटक गई है? मैं काफी देर से इन्तजार कर रहा हूं। क्या वह रास्ते में है?'

'नहीं। वह तो डेढ़ घन्टा पहले ही यहां से चली गई है।' साम ने आंखें झपकाईं।

ड्यूक ने रिसीवर झपट लिया। 'मैं हैरी हूं। तुम कहां पर हो पीटर।'

'अपने घर। क्या कुछ गड़बड़ है?'

'पता नहीं। पर पता लगा रहा हूं। तुम वहीं रहना। मैं आ रहा हूं।' उसने रिसीवर रख दिया।

'तुम हमेशा बूढ़े को मारते हो।' साम बोला।

'अगर लड़की को कुछ हो गया। तुम्हें और मार पड़ेगी। तुम बताओ क्या वह अपनी सुरक्षा कर सकती है। वह अखबारों में लम्बे समय से हैं, अतः कुछ नहीं बताएगी...। हूंह! ठीक है। देखते हैं। और वह कमरे से बाहर निकल गया।

* * *

ड्यूक पिचहत्तर की रफ्तार से चलता हुआ पच्चीस मिनट से पूर्व ही बेन्टोनविले जा पहुंचा। किस्मत की बात थी कि कोई पुलिस वाला उससे नहीं टकराया।

उसने पीटर के घर ना जाकर सीधा चेज पारी जाने का फैसला किया। वह धीरे क्लब में सामने से ना जाकर बगल की गली से होता हुआ क्लब के पीछे पहुंच गया।

पीछे क्लब की ऊंची दीवार थी। दीवार उसकी अपनी ऊंचाई से काफी ऊंची थी। वह पीछे हटा और जोर से दौड़कर उसने उछलकर क्लब की दीवार का ऊपरी सिरा पकड़ लिया। वह उंगलियों के सहारे ऊपर उठा और जरा-सा सिर निकालकर उसने अन्दर का जायजा लिया। फिर बिना आवाज किये वह अन्दर कूद गया। उसका सांस फूल गया था।

वह दीवार के पास तब तक खड़ा रहा जब तक कि उसकी आंखें अंधेरे की अभ्यस्त न हो गईं। वह धीरे-धीरे आगे बढ़ा। सामने उठा हुआ फायर प्लेस था। उसे पार करना मुश्किल था परन्तु पास ही पड़े बड़े से बांस के सहारे उसने उसे आसानी से पार कर लिया।

वह सांस रोककर खड़ा रह परन्तु सिवाय ट्रैफिक के उसे और कोई आवाज सुनाई नहीं दी। अन्दर हाल में ड्रम बज रहे थे। पिस्टल निकालकर वह लोहे ही सीढ़ियां चढ़ने लगा। पिस्टल का ठंडा हत्था उसे अच्छा लग रहा था।

वह एक खिड़की के पास जा पहुंचा। उसने खिड़की से कान सटा दिया। परन्तु उसे कुछ भी सुनाई नहीं दिया। उसने चाकू निकाला और खिड़की का लीवर उठाना शुरू कर दिया। जब लीवर ऊपर उठाकर खिड़की को धकिया दिया। खिड़की बिना आवाज खुल गई। भारी परदों के कारण वह कुछ भी देख नहीं पा रहा था। उसने परदे हटाए और अंधेरे में झांका। वह अन्दर घुस गया। घुप्प अन्धेरे में उसने माचिस जलाई।

वह कमरा वेट्रस का कमरा था। वहां गन्दे हैट, एप्रिन और पोंछें पड़े थे। कोट दीवारों से लटके थे।

आगे बढ़कर उसने दरवाज खोला। बाहर रास्ते में भी अंधेरा था। नीचे लोगों के बातचीत करने की धीमी-धीमी आवाज आ रही थी। वह खड़ा होकर सोचने लगा कि बैलमैन का कमरा कहां था? उसे याद आया कि कमरा बाहर की तरफ कहीं था। वह रास्ते चलकर बाहर की तरफ आ गया।

72

रास्ता दायीं तरफ मुड़ गया और उसने देखा, दूर से हल्की-हल्की रोशनी आ रही थी। बड़ी सावधानी से वह आगे बढ़ा और देखा। वहां कोई नहीं था। ऊपर छत पर एक बड़ी-सी रोशनी का बल्ब लगा हुआ था। नीचे जुआघर का दरवाजा दिखा रहा था। वह समझ गया कि वह बैलमैन के कमरे के पास था।

एक जोड़ा हंसता हुआ हाल से निकला और धीरे-धीरे दूर चला गया।

ड्यूक धीरे-से नीचे उठता और बैलमैन के कमरे की ओर बढ़ा। जब वह बैलमैन के कमरे के पास पहुंचा ही था कि हाल में एक आदमी सायंकालीन ड्रेस पहन कर उसकी ओर देखता हुआ घुसा।

ड्यूक तेजी से आगे बढ़ा और कमरे में घुस गया। वहां काफी अंधेरा था। उसको आशा थी कि वहां पहले की तरह बैलमैन प्रकाशित सुसज्जित कमरे में विराजमान होगा। उसने सोचा, पता नहीं बैलमैन घर चल गया है, या यहां फिर से लौटेगा?'

वह अंधेरे में खड़ा रहा और बिजली के स्विच के बारे में सोचता रहा। उसने दीवारों पर खूब हाथ से टटोला परन्तु उसे कुछ भी नहीं मिला। उसने माचिस निकाली। तभी उसे महसूस हुआ कि वह कमरे में अकेला नहीं है। वह निश्चल खड़ा सुनने का असफल प्रयत्न करता रहा।

उसने कमरे में बारे में सोचना शुरू किया। बायीं तरफ एक बड़ी आरामकुर्सी होनी चाहिए। उसी के आगे बैलमैन का डेस्क होना चाहिए। शेष कमरा करीब-करीब खाली था। शायद ही कुछ हो जो गिर सकता हो। थोड़ा आगे बढ़कर वह फिर सुनने की कोशिश करने लगा। कोई आवाज नहीं...। वह बड़े तनाव पूर्ण वातावरण में आगे बढ़ा। उसने पिस्टल पर सेफ्टी कैच चढ़ा लिया। उसकी इच्छा हुई कि काश पिस्टल पर साइलैन्सर लगा होता। उसके बायें हाथ ने सहसा बैलमैन की मेज का ऊपरी सिरा छुआ। वह हिला तक नहीं। कुछ नहीं हुआ। परन्तु वह जानता था कि कमरे में कोई तो था। क्या यह वही आदमी था जिसने केसी के घर उस पर हमला किया था? क्या यह स्वयं बैलमैन तो नहीं था? वह नहीं हो सकता था क्योंकि बैलमैन तो नहीं था? वह नहीं हो सकता था क्योंकि बैलमैन लुका-छिपी का खेल खेलने लायक नहीं था।

वह थोड़ा दाएं हटा कि माचिस जलाई जाए। तभी उसके पास ही हरकत हुई। वह घुटनों के बल झुक गया। कुछ उसके सिर के पास से गुजर गया। वह सिहर उठा।

उसने अपनी जेब से पिस्टल निकाली और आवाज की तरफ नाल का मुंह घुमाया। तभी उसका कन्धा किसी से टकराया और वे दोनों इकट्ठे पीछे जा गिरे।

उसके हाथ एक औरत के शरीर पर जा पड़े - 'अच्छा, यहां शांति में मजा ले रही हैं आप?'

तभी उसके मुंह पर एक मुक्का पड़ा और पेट में एक मक्का और आ पड़ा। वह पेट के बल मुड़ गया और औरत उसके हाथ से फिसल गई।

उसने हवा में हाथ मारा और औरत की स्कर्ट उसके हाथों में आ गई। उसने लड़की को पकड़ कर खींच लिया। लड़की की तो जैसे ही थम गई। अन्धेरे में उसकी गर्दन पर औरत के सैंडल का नुकीला प्वाइंट आ पड़ा। वह थोड़ा पीटे हटा। उसे आजकल बड़े जूते पड़ रहे हैं। उसने थोड़ा आगे बढ़कर टांगों से पकड़कर उसे खींच लिया।

वह सीधी फर्श पर जा गिरी। उसे पकड़े-पकड़े उसने अपनी जेब से माचिस निकाली। रोशनी में उसने लड़की का चेहरा देखा।

लौरैली सीधी पड़ी थी और अपनी बड़ी-बड़ी काली आंखों से उसे देख रही थी। वह गहरे-गहरे सांस ले रही थी।

'मैं तुम्हें सीधा करके रख दूंगा।' ड्यूक बोला।

वह दरवाजे के पास गया और बिजली का स्विच ढूंढ़ कर बिजली जला दी।

लौरैली उठकर उसे अजीब नजरों से देख रही थी। वह बोली - 'मुझे क्यों पता था कि तुम होगे? तुम मुझे यहां ढूंढ़ रहे थे क्या?'

'बताओ कि तुम यहां क्या कर रही हो? वर्ना तुम्हारी बुरी गत बना कर रख दूंगा।'

लौरैली ने अपना हाथ छुड़ाने की कोशिश की परन्तु उसने पकड़ और मजबूत कर दी।

'मुझे छोड़ दो बदमाशा।' उसने हाथ छुड़ाने की असफल कोशिश की।

'क्या सम्बन्ध है तुम्हारा और बैलमैन का?' उसने उसे झिड़कते हुए कहा।

वह मुंह से ड्यूक को काटना ही चाहती थी कि ड्यूक का हाथ उसके मुंह पर आ पड़ा।

उसका हाथ पकड़े-पकड़े उसने देखा कि लौरैली पीछे की तरफ देख रही थी। उसने पीछे की ओर देखा।

बैलमैन की बड़ी-सी मेज के पीछे से एक हाथ दिखाई दिया।

ड्यूक की तो जैसे सांस ही रुक गयी। उसने मन्द स्वर में पूछा - 'कौन है यह?'

लौरैली को तो जैसे ये देखकर दौरा ही पड़ गया। वह चीखने ही वाली थी कि ड्यूक ने उसके मुंह पर हाथ रख दिया।

'चीखो मत....।'

'मुझे छोड़ दो..... मुझे जाने दो।'

'जहां हो वहीं रहो....।' वह उठकर डेस्क के पास जा पहुंचा।

बैलमैन दूसरी ओर लेटा हुआ था। उसका चेहरा सफेद पड़ चुका था। उसकी सफेद कमीज रक्त से सनी थी। कागज काटने का चाकू उसकी छाती में घुसा हुआ था। वह मर चुका था।

लौरैली घुटनों के बल बैठकर विलाप करने लगी। उसकी आंखें लगातार ड्यूक पर लगी थीं।

'बैलमैन को चाकू मारा गया है।' वह फुसफुसाया।

वह चीखने ही वाली थी पर रुक गई और बोली - 'मुझे जाने दो...।'

ड्यूक ने आगे बढ़ाकर उसे थाम लिया। वह बोला - 'तुम वही करोगी जो मैं कहूंगा। सामने कुर्सी पर चुपचाप बैठ जाओ।'

वह बैलमैन के पास गया और उसका माथा छूने लगा।

वह अभी-अभी ठंडा होना शुरू हुआ था। उसने बैलमैन का शरीर पलट कर देखा। उसकी पीठ के नीचे एक चांदी का सिगरेट केस दबा था।

बिना छुए उसने उस सिगरेट केस का निरीक्षण किया। उसका दिल

धक-धक कर रहा था। उसने सोचा कि मैंने यह केस कहां देखा था।

सावधानीपूर्वक उसने उसे रूमाल से उठा कर देखा। उस पर लिखा था -

'क्लेयर को प्यार सहित-पीटर।'

बिना लौरैली को दिखाए उसने सिगरेट केस रूमाल में छुपाकर जेब के हवाले कर दिया। फिर उठकर वह फर्श पर कुछ देखने लगा।

डेस्क के पैर के पास कुछ चमका। वहां एक सोने का मोती जड़ा बुंदा गिरा पड़ा था। उसने उसे उठा लिया। कल रात क्लेयर ने वही पहना हुआ था। उसे पसीना आ रहा था। लौरैली उसे परेशान होते देख रही थी।

'कब तक यहां रहोगे मूर्ख? अगर कोई आ गया तो?' वह बोली।

उसने सोचा कि लड़की ठीक कहती है। वह फिर मेज के पास गया और कुछ ढूंढने लगा। परन्तु वहां और कुछ नहीं मिला।

'मैं समझता हूं तुम अब कहने वाली हो कि खून तुमने नहीं किया।' वह बोला।

उछलकर लौरैली बोली - 'तुम कह क्या रहे हो? मैं तो बस यहां अभी-अभी आई थी।'

'जब मैं आया तो तुम यहां थीं। इस अन्धेरे में अकेली। मैं कैसे मान लूं कि तुमने बैलमैन का खून नहीं किया?'

'तुम अपनी सोचो। मुझे तुम इसमें फंसा नहीं सकते।' वह बोली।

'मैं तुम्हें फंसा सकता हूं और तुमको मैं चेतावनी देता हूं कि यदि तुमने सब कुछ नहीं उगला तो मैं .... तुमने कभी केल्स के बारे में सुना है? वह बैलमैन का ही चमचा है। हम दोनों एक-दूसरे के जानी दुश्मन है। वही पुलिस को बताएगा कि बैलमैन मेरी प्रतीक्षा कर रहा था और जब मैं यहां आया तो तुम खून करके भागने की कोशिश कर रही थीं। अब बोलो?'

'गन्दे सूअर! तुम ऐसा नहीं कर सकते।' वह चीखी।

'फिर या तो सारी बात मुझे बता दो या फिर पुलिस को बताना।'

'अगर मैं बताऊं भी तो तुम्हें कुछ भी पता नहीं लगेगा। बैलमैन मर चुका है...।'

'शायद मामला पिन्डर एण्ड से जुड़ा हुआ हो।'

वह हिचकिचाई और बोली - 'हां।'

'अच्छा, जल्दी बोला। तुम बीच में कहां फंसी हो?'

'मैं नहीं फंसी हूं। परन्तु कुछ जानने की कोशिश में हूं। मैंने शुल्ज को कुछ कहते सुना था।'

'तो उसे सब पता है...।'

'हां, शुल्ज और स्पेड।'

'फिर स्पेड? यह स्पेड है कौन?'

'यह शुल्ज के लिए काम करता है।'

उसे लगा कि वह कहीं ना कहीं पहुंच जाने वाला है।

'यह पिन्डर एण्ड का क्या मामला है?'

'मुझे क्या पता?'

'सुनो लड़की। सब बक दो। नहीं तो तुम्हें पुलिस के हवाले कर दूंगा। तुम मुझे पागल मत समझ बैठना।'

'पर मुझे क्या पता? मैंने तो शुल्ज को कहते सुना था कि यहां बड़ा पैसा है। वह स्पेड से फोन पर बात कर रहा था। मैं बाहर खड़ी सुन रही थी। वह कह रहा था कि वहां काफी धन छुपा पड़ा है। बैलमैन योजना बना रहा था। कोई नक्शे की बात की उन्होंने। उसे पता था कि धन कहां छुपा था। वह बोला कि बैलमैन ने पिन्डर एण्ड खरीद लिया है और वही उसके अधिकार पत्र चाहता था। इसके अलावा मुझे कुछ पता नहीं है।'

'क्या तुमने टिमसन को मारा था?'

वह हिचकिचाई - 'नहीं..... मुझे कुछ पता नहीं। तुम जब शुल्ज के यहां से मुझे लाए थे तो मैंने सोचा था कि मैं वापिस चली जाऊंगी। अतः जब तुम दोनों सो गये तो मैं खिड़की से कूद कर लौट गई।'

'और फिर पीटर तुम्हारी जगह आकर सो गया और मर गया। वाह - वाह।'

'कसम से, यकीन करो... मैंने हत्या नहीं की।'

'मुझे स्पेड के बारे में कुछ और बताओ...।'

'मुझे केवल उसका नाम ही पता है। शुल्ज के अलावा उसे कोई नहीं जानता।'

'और कोरिस?'

'हां, क्यों नहीं? पर पहले मुझे यहां से निकल जाने दो।'

'उत्तेजित मत होओ। इस नक्शे के बारे में बताओ...।'

'अगर तुम सोचते हो कि मैं वह नक्शा ढूंढ़ रही हूं तो तुम पागल हो। जिसने इसका कत्ल किया है वह तो यहां से कब का निकल गया और नक्शा भी ले गया होगा शायद।'

ड्यूक ने सोचा-शायद यह ठीक कह रही हो।

'चलो मान लिया तुमने कत्ल नहीं किया। अब बताओ।'

'अब मुझे झांसा मत दो। जो भी मुझे मालूम था मैंने बक दिया।'

ड्यूक ने कमरे पर नजर दौड़ाई। तलाशी लेना खतरे से खाली नहीं था। उसकी उंगलियों के निशान वहां छूट सकते थे।

ठीक है चलो यहां से। तुम मेरे साथ जाना चाहोगी? मैंने तुमसे काफी कुछ पूछना है।' ड्यूक बोला।

'मैं कुछ नहीं बताऊंगी...।' अगर शुल्ज को जरा भी भनक पड़ गई तो...।' उसे शुल्ज द्वारा कही जहर की याद आ गई।

'तुम शुल्ज को डबलक्रास कर रही हो। मुझे खुशी है। अब बैलमैन के बाद पिन्डर एण्ड का बीड़ा कौन उठाएगा तुम्हारे अलावा?'

लौरैली हिचकिचाई - 'हां, स्पेड और शुल्ज। और शायद तुम भी।' वह बोली।

'बड़ी तेज हो रानी! और यह भी बताओ कि अंतिम विजय किसकी होगी?'

'तुम मुझसे कहलाना चाहते हो ... तुमको...। जी नहीं। स्पेड ज्यादा स्मार्ट है तुमसे।' उसने बड़ी-बड़ी आंखें फैलाते हुए कहा।

'मैं भी कुछ कम नहीं हूं, परन्तु मैं तुमसे पूछ रहा हूं कि मेरे साथ चलने के बारे में तुम्हारा क्या विचार है? मेरा यकीन करो, मैं तुम्हें परेशान नहीं करूंगा।'

उसने जोया के बारे में सोचा कि क्या जोय इसके लिए काम करेगा? कैसा लगेगा जोय को ड्यूक के लिए काम करके। प्रत्यक्षतः यह बोली - 'मैं सोचूंगी।'

वे दोनों क्लब के सामने के द्वार से बाहर आ गये। सहसा केल्स प्रगट हुआ। उसने ड्यूक की तरफ लपकना चाहा परन्तु ड्यूक ने केवल हाथ हिला दिया।

'हैलो। बैलमैन कैसा है?'

'ठीक है वह....। मिलना है उसे क्या?' लौरैली की तरफ देखता हुआ वह बोला।

'नहीं, मैं थोड़ा जुआ खेलने आया था परन्तु प्लमपाई ने मेरा साथ ही नहीं दिया।' ड्यूक बोला।

केल्स ने फिर से लौरैली की तरफ देखा।

'तुम दोनों कभी मिले नहीं? अरे तुम मिलते भी कैसे? यह है लुई केल्स। यह लौरैली है। ना तो यह लौरैली मान्टगुमरी है ना स्पैविक, यह है सिर्फ लौरैली। यह लड़की अण्डा फोड़कर निकली थी।' वह परिचय कराता हुआ हंसा।

'कैसी लगी लड़की, लुई?' वह फिर से बोला।

केल्स की नजरें कठोर हो उठीं। क्या यह लड़की मुझसे बात करेगी? मैंने कुछ पूछना है।'

'जी नहीं। हम दोनों ने आज रात का प्रोग्राम बनाया है। काम जरूरी है। कल मिलेंगे।' ड्यूक ने कहा।

'मैं तुमसे बात करूंगा।' वह भावरहित स्वर में बोला।

ड्यूक ने उसके कान में कुछ फुसफुसाया, केल्स की आंखें खुली की खुली रह गईं।

'समझे, लुई, हमने कितना महत्त्वपूर्ण काम करना है?' ड्यूक बोला।

'ठीक है।' कहकर वह कुछ कदम हट कर खड़ा हो गया और लौरैली की तरफ बेशर्मी से देखने लगा। लौरैली घबरा गई।

बाहर गली में लौरैली ने पूछा - 'तुमने उस सूअर के कान में क्या कहा था?'

ड्यूक ने लौरैली का हाथ थपथपाया - 'कुछ नहीं। वही बातें जो आदमी लोग सुन्दर औरतों के बारे में किया करते हैं। घबराओ मत। तुम जल्दी चलो। मेरे बारे में जरूर सोचना। मैं तो बहुत व्यस्त हो जाऊंगा और तुम जाओगी भूल और फिर तुम्हें होगा अफसोस। ध्यान रखना, कहीं पाल तुम्हारा गला फिर से ना दबा दे।'

इससे पूर्व कि वह कुछ कहती, वह अपनी कार की तरफ बढ़ गया।

* * *

सार्जेंट ओ. मैली बैठी-बैठी खेल समाचार पढ़ रहा था। और सम्भावित जीतने वाले खिलाड़ियों के नाम ढूंढ़ रहा था।

दो चौकीदार स्टोर व फ्लेमिंग लकड़ी की बैंच पर बैठे धीरे-धीरे बातें कर रहे थे। वे दस बजे अपनी ड्यूटी समाप्त होने के इन्तजार में थे।

ओ. मैली ने सन्तुष्ट स्वर में पेपर मोड़ते हुए कहा - 'आज का दिन अच्छा ही रहा।'

77

‘आज दोपहर कैसी रही?’ फ्लेमिंग ने सार्ग से पूछा।

‘एल. नागानी। छः को एक। मुझे ड्यूक से पता लगा।’ ओ. मैली बोला।

‘कितना अजीब लगता है कि कैसे उसने उन्हें ढूंढ़ लिया। अब भाग्य को उसका साथ देना होगा।’ स्टोन बोला।

ओ. मैली बोला - ‘लड़का तेज है। वह मानता है कि इस महीने दो सौ के करीब कमाए हैं।’

‘यह तो भाग्य का उपहार है।’ फ्लेमिंग बोला।

स्टोन ने अपनी नाक रगड़ी - ‘इसे भाग्य ही कहना होगा! उसने अपना दिमाग इस्तेमाल किया है।’

वे हंस पड़े।

‘काफी सख्त आदमी है।’ ओ. मैली ने कहा।

‘अरे सार्ग, टिमसन के बारे में और कोई खबर?’ स्टोन ने पूछा।

‘कैप्टन खुद देखभाल कर रहे हैं। मेरे विचार से तो मामला बड़ा पेचीदा लगता है।’

‘क्या मतलब?’ फ्लेमिंग ने पूछा।

‘क्लेन ने बताया तो था। परन्तु आसानी से तो वह सब कुछ उगलने से रहा।’

‘क्या तुम यह नहीं समझते कि उसने आत्महत्या की थी?’ स्टोन बोला।

‘अरे कैप्टन से पूछो। वही बताएगा।’

बाहर कार ब्रेक की आवाज आई और थोड़ी देर बाद ही टोड कोरिस अन्दर आ गया।

वह छोटे कद का, सिल्वर फ्रेम का चश्मा पहने हुए दुबला-पतला आदमी था।

‘नमस्कार श्रीमान कोरिस। मैं आपके लिए क्या कर सकता हूं?’ ओ. मैली चहका।

‘कुछ करोगे भी....? हलाहन कहां गया है?’

‘वह दफ्तर में है श्रीमान् आप उससे मिलेंगे क्या?’ ओ. मैली ने पूछा।

कोरिस सीधा पुलिस चीफ के कमरे में घुस गया।

ओ. मैली ने दोनों चौकीदारों की तरफ देखा और बोला - ‘आज तो मुसीबत आ गई है और मैं फंसने ही वाला हूं।’

कप्तान हलाहन कोरिस को देखते ही उठ खड़ा हुआ - ‘अरे, आप आज शाम यहां? क्या कोई गड़बड़ है?’ उसने हाथ मिलाते हुए पूछा।

‘अभी तो नहीं है पर कभी नहीं होगी, ऐसा तो नहीं कह सकते ना?’

हलाहन ने कोरिस को बिठाते हुए सिगार पेश की।

‘मुझे यह सड़ी चीज पिला रहे हो। मैं तो कोई खास चीज पीऊंगा।’

हलाहन ने ड्राअर खोलते हुए कहा - ‘तुम्हें यहां का सब कुछ पता है।’

कोरिस ने उस नये सिगार के डिब्बे से सिगार उठा ली। और जलाकर हलाहन की तरफ मुड़ा।

‘अच्छा। क्या हो रहा है?’

हलाहन बैठ गया। 'मैं स्पेड से कुछ सन्देश प्राप्त करने की प्रतीक्षा में हूं। डाक्टर ने कहा है कि टिमसन का खून हुआ है।'

'अच्छा? डाक्टर इस नतीजे पर कैसे पहुंचा?'

'उसके सिर के पीछे घाव है। परन्तु उसका गला बाद में काट डाला गया है।' हलाहन चिंतातुर स्वर में बोला।

'तुमने डाक्टर गोल्ड स्टीन की रिपोर्ट को गम्भीरता से नहीं लिया।' कोरिस बोला।

'गम्भीरता से.... हां क्यों नहीं मिला? क्या वह डाक्टर यहां आया है?'

'मुझे नहीं मालूम। परन्तु स्पेड का कथन है कि टिमसन ने आत्महत्या की है।' कोरिस बोला।

'देखो, मेरे पास रिपोर्ट है। उसमें डाक्टर ने लिखा है....'

'रुको। तुम मुझे रिपोर्ट दिखाओ।' कोरिस बोला।

हलाहन ने रिपोर्ट निकालकर उसके हाथ में दे दी और कोरिस दस मिनट तक रिपोर्ट पढ़ता रहा। हलाहन चिंतातुर होकर उसे लगातार देखता रहा।

'वह आदमी जरूर पागल है।' कोरिस बोला और उसने रिपोर्ट आधी फाड़ दी।

'तुम कर क्या रहे हो?' हलाहन बोला।

मुस्कुराकर कोरिस बोला - 'तुम गलत रिपोर्ट गलत हाथों में तो नहीं पड़ने देना चाहोगे ना?'

'पर तुमने इसे फाड़ा क्यों? अब क्या होगा?'

'मैं तुम्हें कुछ और दूंगा।' वह मुस्कुराया। और उसने कागजों का एक बन्डल उसे दे दिया।

यह एक चैक था जो पांच हजार डालर का था और कोरिस ने उसके नाम लिखा था।

दोनों ने एक-दूसरे की ओर देखा। हलाहन ने दांत पीसे, 'इस डाक्टर को सीधा करना पड़ेगा। वह अपने काम को बड़ी ईमानदारी से करता है।'

'उसे कह देना कि उसे अपना काम तो आता जाता है नहीं। अगर ना माने तो यह भी कह देना कि एक रात बोतलों से मार-मार कर उसकी शक्ल

सुधारी जाएगी।' कोरिस ने राख झाड़ते हुए कहा।

जेब में चैक डालते हुए हलाहन बोला - 'उसे मैं देख लूंगा।'

'तुम अपने हाथ में कत्ल का मामला तो लेना नहीं चाहोगे। अभी तक शहर ऐसी वारदात से मुक्त रहा है। अगले साल चुनाव हैं। और आत्महत्या के मामले में पुलिस कर भी क्या सकती है? अच्छा अब मैं चलूं। मैं जल्दी ही आऊंगा।'

'चुनावों की तो तुमने खूब कहीं। मैं तो चुनाव लड़ना चाहूंगा पर इसके लिए बड़ा पैसा चाहिए।' हलाहन हाथ मिलाते हुए बोला।

'हम तुम्हें खड़ा कर देंगे। तुम इस रिकार्ड को सम्भालो और हम तुम्हारे चुनाव को सम्भालेंगे। हां, यह बात और है कि बेन्टोनविले में अगर अपराध की लहर दौड़ पड़ी तो हो सकता है स्पेड अपना इरादा बदल डाले।' कोरिस ने लापरवाही से कहा।

'क्या सचमुच स्पेड पैसा लगाएगा मेरे चुनाव पर?'

'सुना नहीं तुमने? क्या कान में मैल भरा है तुम्हारे?'

'मैं जानता हूं स्पेड वचन का पक्का है। और जब अब तक अपराध की लहर नहीं दौड़ी तो अब क्यों दौड़ेगी?'

'अच्छा, अब अपने छोर पर तुम सब कुछ सम्भालना। मैं स्पेड को बोल दूंगा।'

दरवाजे के पास पहुंचकर उसने मुड़कर हलाहन की तरफ देखा।

'कभी बैलमैन के बारे में सुना है?'

'वही चेज पारी वाला बैलमैन ना?'

'हां वही।'

'मैं उसे बड़ी अच्छी तरह जानता हूं।'

'क्या उसने तुम्हें कभी खेलकूद के लिए पैसा दिया है?'

'नहीं.... वह तो खिलाड़ी भी नहीं है...।'

'तो तुमने उसे अभी तक नहीं पहचाना...। उसने आत्महत्या कर ली है। कुछ ही घन्टे पूर्व। हो सकता है तुम्हारे आदमियों ने मारे शर्म के मामला तुम्हें बताया ही नहीं हो। तुम केल्स को जानते हो?'

'बैलमैन और आत्महत्या?'

'मैंने सुना है। हो सकता है अफवाह ही हो।'

तभी फोन की घन्टी बजी और हलाहन ने फोन उठाया। कोरिस की तरफ देखकर वह बोला - 'बोला।'

फोन कुछ देर सुनकर वह बोला - 'मैं सीधा वहीं आता हूं।'

राख झाड़ते हुए कोरिस ने कहा - 'केल्स ही होगा?'

'केल्स ही था - वह कह रहा था कि बैलमैन का खून हो चुका है। अभी एक घन्टा पूर्व ही...।'

हलाहन बोला - 'तुम्हारी तो सूचना मिलने का अच्छा स्रोत है।' वह कोरिस को देखते हुए बोला।

'तुम एक इलेक्शन के लिए खड़े होने वाल उम्मीदवार के बजाय सिपाही ज्यादा लगते हो।' कोरिस नम्र स्वर में बोला।

'पर यह आदमी कहता है कि खून हुआ है।' कुछ देर रुककर हलाहन बोला।

'मैं जानता हूं, तुम्हारा डाक्टर भी यही कहेगा। गलतियां होती रहती हैं। स्पेड कहता है यह आत्महत्या है। अब तुम सम लो कि किसकी बात माननी है।' वह कहते-कहते बाहर निकल गया।

हलाहन खुशी से झूमता उठ खड़ा हुआ। तभी दरवाजा फिर खुला और कोरिस ने अन्दर झांका।

'अगर तुम अपने डाक्टर से सन्तुष्ट नहीं हो तो छुट्टी पाओ उससे भी। और कोई डाक्टर ढूंढ लेंगे।'

बिना उत्तर की प्रतीक्षा के वह बाहर निकल गया। उसने ओ. मैली के सैल्यूट का भी प्रत्युत्तर नहीं दिया।

* * *

पीटर क्लेन ऊपर खड़ा था जब ड्यूक सीढ़ियों से ऊपर आया।

उसका चेहरा पीला पड़ चुका था। वह बोला - 'वह कहां गई? तुम्हारे साथ थी ना?' ड्यूक सीधा कमरे में घुस गया। उसने उसकी तरफ ध्यान तक नहीं दिया। पीटर पीछे-पीछे आ गया और उसने दरवाजा बन्द कर लिया।

'सारी दोपहर तुम फेअर व्यू में थे। वहां क्या कर रहे थे? और वह तुम्हारे साथ थी।' वह बड़ा गुस्से में था।

'सुनो, मैं बकवास बहुत सुन चुका हूं तुम्हारी। मेरे साथ वह नहीं थी। साम ने मुझे बताया था कि वह आज शाम तुमसे मिलने वाली थी।' एकदम ठंडे स्वर में ड्यूक बोला।

'तुम थे कहां? पिछले एक घन्टे से मैं तुम्हारे कारण परेशान हूं। यह मत कहना कि तुम सीधे फेअर व्यू से चले आ रहे हो। मैं यकीन नहीं करने वाला।'

'पहले स्वयं पर काबू करो। साम ने मुझे बताया था कि क्लेयर आज शाम बैलमैन के पास जाने वाली थी। और उसके बाद उसे यहां आना था।'

'बैलमैन? तीन घन्टे हो गये। अब वह वहां क्या कर रही होगी?' पीटर परेशान था।

'वह वहां नहीं है। मैं वहीं से होकर आ रहा हूं।'

'तुम गये थे वहां? तुमने मुझे फोन पर क्यों नहीं बताया कि वह वहां नहीं थी? मैं आधे समय में ही वहां पहुंच जाता।' वह बहुत क्रोधित था।

'मैंने यह बात नहीं सोची थी।' ड्यूक ने कहा।

पीटर ने उसका गला पकड़ लिया और बोला - 'अगर क्लेयर को कुछ भी हो गया तो मैं तुम्हें कभी माफ नहीं करूंगा।'

ड्यूक की आंखों में खून उतर आया। उसने पीटर को झिड़क दिया।

पीटर ने स्वयं को संयत किया और लड़ाई के लिए तैयार हो गया।

'ओफ्फ! चुप भी रहो मूर्ख। शांत हो जाओ, अगर क्लेयर मुसीबत में है तो इस तरह उसकी क्या मदद कर सकते हैं हम लोग?' वह बोला।

पीटर हिचकिचाया और बोला - 'ड्यूक तुम पछताओगे।'

'अच्छा ठीक है। हम बच्चों की तरह लड़ रहे हैं। बैठो और मेरी बात सुनो।'

'बैठ जाऊं? मैं जा रहा हूं बैलमैन की गर्दन मरोड़ने।'

'बैलमैन मर चुका है पीटर।' शांत स्वर में ड्यूक बोला।

'मर गया? कब? कैसे?'

ड्यूक ने सिगरेट केस और कान का बुन्दा निकाला। दोनों चीजें उसने पीटर की तरफ बढ़ा दीं।

81

'देखी हैं ना यह चीजें तुमने पहले भी?'

पीटर ने दोनों चीजों को हाथ में लेकर ध्यान से देखा। उसके चेहरे पर सतर्कता के भाव थे।

'यह तो क्लेयर के हैं। तुम्हें कहां मिले?'

'मुझे यह बैलमैन के मृत शरीर के नीचे से मिले हैं। यह फर्श पर पड़े थे। चाकू बैलमैन के शरीर में घुसा हुआ था। मैंने उसे केवल इसलिए पलटा था कि कुछ और ना छूट गया हो।'

पीटर को पसीना छूट गया। 'क्या किसी और ने देखा उन्हें?' उसने पूछा।

'नहीं। किस्मत की बात है पुलिस से पहले मैं वहां से निकल चुका था। हो सकता है वह हत्या का आरोप क्लेयर पर ही लगा रहे हों। तुम जानते हो कितना मूर्ख है हलाहन?'

'पर क्लेयर है कहां?' पीटर परेशान था।

'मामला पेचीदा है पीटर। हो सकता है जो बैलमैन की हत्या कर रहा था उसे क्लेयर ने देख लिया हो। हमें मुकाबला करना पड़ेगा। एक दो बातें तो करनी पड़ेंगी। तुम साम से फोन पर पूछो कि क्या वह घर या दफ्तर लौट आई है? लगता तो नहीं परन्तु सम्भावना तो है ही। और तुम यहीं रहो। शायद वह यहां आ जाए।'

'यह मत सोचो ड्यूक कि मैं यहां प्रतीक्षा करता रहूंगा। तुम क्या करने जा रहे हो भला?' पीटर ने उत्तेजित स्वर में पूछा।

'मैं? एक दो छोटे-छोटे काम जो क्लेयर से सम्बन्धित नहीं हैं। तुम्हें एक तरफ तो सम्भालनी ही पड़ेगी?'

'क्या काम है हैरी? देखो मुझसे कुछ भी छिपाओ मत।'

'तुम भूल रहे हो पीटर। हम दोनों को कत्ल के इल्जाम में फंसाया जा सकता है। वही लोग क्लेयर को दूसरे केस में फंसा सकते हैं। मैं अपना मामल सम्भालूंगा और तुम क्लेयर का।' ड्यूक ने समझाया।

पीटर की और कोई भी बात सुने बिना ड्यूक बाहर निकल गया।

ड्यूक को भी क्लेयर की चिंता थी। परन्तु वह जानता था कि पिन्डर एन्ड का नम्बर पहले आना चाहिए। सारी मुश्किलों का हल पिन्डर एन्ड था।

वह सोचता-सोचता गाड़ी चलाता रहा।

'स्पेड। मामले की जड़ में बैठा था। रहस्यपूर्ण अन्जाना चरित्र। अगर वह कोरिस को पकड़ कर बकने पर मजबूर कर दे तो...। पहले कोरिस को ढूंढना पड़ेगा। शायद केल्स को कोरिस का कुछ पता हो।'

दरवाजा खटा-खटा कर वह प्रतीक्षा करते-करते सिगार पीने लगा। वह उस दुकान के पीछे के रास्ते के दरवाजे के बाहर खड़ा था।

दरवाजा खुला और पतली-सी छाया ने बाहर झांका- 'मैं ड्यूक हूं। एल्मेर, तुम्हारे लिए कुछ काम लाया हूं।'

वह छाया एक तरफ खड़ी हो गई।

'यह समय यहां आने का तो नहीं है परन्तु आ जाओ।'

वह उसके पीछे-पीछे बैठक में आ गया। एल्मेर की 20 वर्षीया सुन्दर पत्नी उसे देखकर मुस्कुराई।

'आओ नाश्ता कर लो। काफी कुछ है।' वह बोली।

'जरूर। पर जल्दी से। एल्मेर के लिए आज रात काफी काम होगा।' ड्यूक बोला।

'आज रात?' एल्मेर ने पूछा।

वह काफी बूढ़ा होता जा रहा था। पता नहीं कैसे रोज जैसी सुन्दरी ने उससे शादी कर ली थी।

वह नाश्ता करता हुआ बोला - 'एल्मेर, जितनी जल्दी निपटा सको यह काम, उतना ही अच्छा होगा।'

'तुम लोग सारा दिन तो झख मारते रहते हो और जब रात होती है तो हमें परेशान करने आ धमकते हो।' एल्मेर ने कहा।

'क्योंकि तुम लोग दिन में हलाहन के दर्शन करना पसन्द नहीं करते।'

रोज ने आत्मीयता और आतुरता भरे अन्दाज में ड्यूक की तरफ देखा। ड्यूक ने रोज को सिगार पेश कर दी।

'घबराओ मत रोज! पहले भी यह ऐसे काम करता रहा है और आज भी करेगा।'

'अच्छा प्रिय, मेरा भोजन भी दो।' एल्मेर बोला।

'तुम पुरुषों को बस खाना चाहिए....।' भोजन रखते हुए वह बोली। उधर ड्यूक ने सिगार अंगीठी में डाल दी।

रोज ने एप्रिन उतार दिया और बैठ गई। वह अपने पति की ओर देखकर बोली - 'एल्मेर, अब तुम ऐसे काम मत किया करो।'

'पागल मत बनो। तुम्हारी सुन्दर-सुन्दर पोशाकों के लिए पैसा कहां से आएगा? अच्छा बताओ ड्यूक, तुम क्या कहते हो?' वह बोला।

'तीन सब मशीनगन, आधा दर्जन राइफलें और 0.38 को गोलियां।'

'अरे, क्या जंग छेड़ने का इरादा है?' हतप्रभ एल्मेर बोला।

'कुछ ऐसा ही समझो। अब खाना बन्द मत करना। परन्तु मैं जल्दी में हूं।'

'एक मिनट सुनो। यह सारा सामान मैं नहीं जुटा सकता। तीन टामीगन?'

'आधा दर्जन राइफलें और दस हजार 0.38 की गोलियां। यह सब तो जुटाना ही होगा।'

'कहां से लाऊंगा मैं इतना सामान? मैंने कोई हथियार घर खोल रखा है?'

ड्यूक रोज की तरफ देखकर मुस्कराया।' अच्छा तुम्हारे पास वही पुरानी शराब है जो पिछली बार तुमने पिलाई थी? लगता है एल्मेर सारी पी गया होगा?'

वह उठी और अलमारी से काली-सी एक बोतल उठा लाई। वह मुस्कराकर ऐल्मेर की तरफ मुड़ी और पूछने लगी - 'पी लें यह तुम्हारी बोतल? '

'जरूर। यह यहां आता ही पीने है और मुझे पूरी रात जगाने।' वह बोला।

रोज ने ड्यूक के लिए शराब डाली और उसका हाथ थपथपा दिया।

ड्यूक हंसा और बोला - 'पता नहीं इस उल्लू के पल्ले तुम कैसे पड़ गई हो। यदि इसे छोड़ना चाहो तो घबराना मत। मैं तुम्हारा सम्बन्ध कर दूंगा।'

ऐल्मर खाना खाते-खाते हंस पड़ा - 'सुन लो जानी, बहुत माल है इसके पास। जाना चाहो तो...?'

रोज मुस्कुरा पड़ी - 'अभी तुमसे दिल नहीं भरा मेरा।' और उसने कनखियों से ड्यूक से नजरें मिलाई। ड्यूक समझ गया, लड़की इस बूढ़े से ऊब चुकी है।

प्रसन्न होता ऐल्मर बोल - 'ठीक है भई। अगर तुम्हारा दिल मुझसे भर भी गया है तो मैं कर भी क्या सकता हूं। अरे, ड्यूक सारी मत पी जाना। हां और सुनो, मैं राइफलों का प्रबन्ध तो कर दूंगा पर टामीगन तो मुश्किल है।'

''अच्छा। छोड़ो यह बात। आराम से भोजन करो। तुम्हारे पास सब कुछ है। तुम्हारे पास तीन थाम्पसन हैं जो तुमने गत सप्ताह पुलिस डिपार्टमेंट से खरीदी थीं। यह मत कहना, वह तो बिक गई। मैं मानने वाला नहीं हूं।'

'तुमको सब कुछ मालूम है ड्यूक। परन्तु मैं तुम्हें वह दूंगा नहीं। बाजार में काफी खरीददार हैं उनके।'

'दूसरों की चिंता छोड़ो। मैं उन्हें ले जा रहा हूं। तुम जो भी कीमत मांगोगे तुम्हें तीन सप्ताह बाद दूंगा और बन्दूकें भी लौटा दूंगा। अब ठीक है?'

ऐल्मर ने शंकित नजरों से उसे देखा। 'अगर तुम लौटा दो तो मैं सोच सकता हूं। परन्तु तुम इतनी सारी सामग्री का करोगे क्या?'

'तुम घबराओ मत। आओ जरा चलें।' ड्यूक ने उठते हुए ऐल्मर से कहा।

'तुम किसी को खाना तक खाने नहीं देना चाहते।' उठते हुए वह बोला।

'मैं तुम्हें काफी माल दूंगा। अगर इससे भी ज्यादा परेशान करोगे तो तुम्हारी बीवी चुरा ले जाऊंगा।' ड्यूक मुस्कराकर बोला।

ऐल्मर संतुष्टिपूर्वक मुस्कुराया। वह पहले भी ड्यूक से सौदा कर चुका था।

'तुम चाहते हो मैं बन्दूकें लोड करूं?' ऐल्मर ने पूछा।

'मैं कुछ ज्यादा ही काम करवाना चाहता हूं। तुम इन्हें लेकर पिन्डर एन्ड पहुंचो। जगह देखी है तुमने?'

'पिन्डर एन्ड?' वह आश्चर्यपूर्वक बोला।

'सवाल मत पूछो। वहां केसी का नाम पूछना। उसे कहना, बन्दूकें मैंने भेजी हैं और मुसीबत आई समझो। सिवाय पुलिस के वहां किसी को ना घुसने दे वह।'

ऐल्मर ने सर खुजाते हुए कहा - 'मान लो पुलिस का छापा पड़ गया और उन्होंने बन्दूकें पहचान लीं तो? लगता है तुम किसी मुश्किल में फंसे हुए हो।'

'घबराओ मत और इतने हवा में मत उड़ो। केसी अभी पुलिस का हाथ नहीं पड़ने देगा।'

'हालांकि मुझे यह लफड़ा पसन्द नहीं है परन्तु मैं तुम्हारे लिए यह काम करूंगा।'

'बहुत खूब। चैक तुम्हें कल सुबह मिल जाएगा।' ड्यूक ने आश्वासन दिया।

‘वह तो भेजना ही होगा। तुम मुझे धोखा नहीं दे सकते। चैक मुझे पसन्द नहीं है, हो सके तो कैश ही दे दो।’ थोड़ी देर बाद वह फिर बोला -

‘अब जाओ भी...। मुझे जरा बन्दूकें लोड करने वाले आदमी की भी जरूरत पड़ेगी। अब मैं उतना जवान तो नहीं रहा’ ऐल्मर बोला।

‘तुम रोज की सहायता लो। मुझे किसी से मिलना है।’ फिर रसोई में जाकर ड्यूक बोला - ‘रोज, तुम जरा इसकी सहायता करना। मुझे यह काम करना ही है।’ और उसने काली बोतल से शराब निकालकर पी ली।

‘मैं किसी रात को आऊंगा रोज और सारी बोतल समाप्त कर जाऊंगा।’ ड्यूक मुस्कुराया।

‘मैं तुम्हारी प्रतीक्षा करूंगी।’

‘अरे, वहां खड़े-खड़े क्या सिखा रहे हो। आओ मेरी सहायता करो।’ ऐल्मर ने पीछे से आवाज दी।

‘फिर कभी...।’ और ड्यूक अन्धेरे में लुप्त हो गया। कार के पास पहुंचते ही उसे पास के दरवाजे में एक छाया नजर आई। वह एकदम से झुका और उसका हाथ उसके कोट की जेब में था।

सहसा हलाहन सामने आ गया - ‘ओह तो आप हैं ड्यूक साहब।’

‘जी हां। मैं ड्यूक हूं।’ और वह कार में बैठ गया।

‘यहां क्या कर रहे थे तुम?’

‘मैं? मैं यहां जंगली गुलाब देख रहा था।’

‘हुंह...जंगली गुलाब!’

‘क्या तुम श्रीमती ऐल्मर को जानते हो? प्यारी लड़की है। शादी एक बूढ़े से कर रखी है। मैं जरा आता हूं कभी-कभी। तुम तो जानते हो।’

हलाहन ने ठोड़ी खुजाई - ‘क्लेन कहां है?’

‘पता नहीं आफिसर! या तो घर होगा या प्रेमिका के साथ बाहर। इन जवानों से पार पाना कठिन है।’

‘मैं टिमसन के बारे में सोच रहा था। मैं उसके केस से सन्तुष्ट नहीं हूं।’

‘देखो। तुम्हारे पचड़ों में मैं पडूं तो मेरा तो हो गया कल्याण। टिमसन जैसे आत्मघाती को तो भूल जाना ही ठीक है।’

‘बैलमैन के बारे में बताओ कुछ?’

‘तुम गलती पर हो...मेरा क्या लेना-देना उससे।’

ड्यूक ने मन से सोचा कि इसे सब कुछ पता लग गया है।

‘तुम आज रात चेज पारी में नहीं थे?’

‘मैं वहां केल्स से मिलने गया था। केल्स से कुछ बातचीत करने।’

‘तुम बैलमैन को मिले थे?’

‘आज रात नहीं।’ परेशान ड्यूक ने सोचा, कहीं मेरी उंगलियों के निशान ना मिल गये हों।

'तुम सुनिश्चित हो?'

'बात क्या है, खुलकर बताओ। क्या हुआ है बैलमैन को?'

'वह मर चुका है।'

'क्या किसी ने गोली मारी है?'

'उसने गटर में कूदकर आत्महत्या कर ली है।' बारह घन्टे में दो आत्महत्यायें...।

ड्यूक इस खबर से चकराया। 'बैलमैन जैसा आदमी आत्महत्या कर ले...मैं मान नहीं सकता।'

'नहीं। यह हर प्रकार से आत्महत्या का मामला है।' कह कर हलाहन घूम गया।

ड्यूक ने उसके जाने के बाद ही गाड़ी स्टार्ट कर ली।

उसका पहला विचार था कि क्लेयर को ढूंढा जाए। कार में वह क्लेयर के स्थान के बारे में सोचने लगा। उसने सोचा, हो सकता है, केल्स कुछ सहायता करे।

* * *

लौरेली ने बैठक का दरवाजा खोला और बाहर झांका। जोय बाहर खड़ा कलाई पर पट्टी लपेट रहा था। जोय ने पट्टी तो गिरा दी और इधर-उधर देखकर हाथ जेब में डाल दिया।

'क्या बात है? कुछ परेशानी है क्या?' वह मृदु स्वर में बोली।

जोय ने पिस्टल जेब से सरकाकर पट्टी उठा ली और बोला - 'लो बांध दो।'

'क्या पाल लौट आया है?' लौरेली ने पूछा।

'नहीं।'

उसकी कलाई थामते हुए लौरेली बोली -'तुमने यह किया क्या है? जोय ने हाथ छुड़ा लिया।

'जरा सावधानी से...। खून अभी-अभी बन्द हुआ है।'

उसने देखा, जोय का हाथ कांप रहा था और चेहरा पसीने से भीगा हुआ था....। वह बोली - 'जोय बैठ जाओ ना। और बताओ क्या हुआ है?'

जोय का रंग लगातार पीला पड़ता जा रहा था।

वह डर गई कि कहीं बेहोश ही ना हो जाए।

'संभालो जोय। मैं तुम्हारे लिए शराब लाती हूं।' वह बोली और किचन की तरफ भागी।

उसने हाथ से उसका सिर ऊंचा करके उसे ब्रांडी पिलाई।

थोड़ी देर में वह उठ खड़ा हुआ और बोला - 'जरा-सा खून निकल आया है।'

पट्टी बांधकर वह बोली -'जोय कोई बात नहीं, तुम आराम करो'

'मैं ठीक ही हूं।' व्यग्रतापूर्वक वह बोला - 'उनके पास भी तो बंदूकें थीं।'

'पिन्डर एन्ड?'

'हां। वह केसी, उसने मुझे घर में घुसते हुए पकड़ लिया। उसने कोई सवाल तक नहीं पूछा। मेरा भाग्य था कि मैं बचकर लौट आया।'

'तुम क्या सोचते हो, उसे पता है?' लौरेली ने उसकी तरफ देखा।

'लगता तो है।' चोट से कराहते हुए जय बोला -'कैसे गयी थी वहां? बैलमैन मिला तुम्हें?'

'वह मर गया।'

जोय ने अपने पैरों की तरफ देखकर कहा - 'तुम्हें वह योजना मिली?'

'सुना नहीं तुमने, वह मर चुका है।' वह तेज स्वर में बोली।

'इससे क्या फर्क पड़ता है।' थोड़ी देर बाद कुछ सोचते हुए वह बोला - 'तुम्हारा मतलब है उन्हें मिल गयी योजना?'

'में यही सोचती हूं। नहीं तो उसकी हत्या क्यों हुई? ज्यादा समय तो था नहीं। हैरी ड्यूक अन्दर आया और उसने मुझे पकड़ लिया।'

'अब मैं समझा। तुमने तो और भी ज्यादा कबाड़ा कर दिया है।'

'मुझ पर मत आरोप लगाओ...मेरा कोई कसूर नहीं है। हम बेकार में लड़ रहे हैं जोय।'

'किसने मारा है उसे, स्पेड ने?' जोय ने पूछा।

'पता नहीं। जब मैं कमरे में गई तो वह मृत था।' वह बोली!

'अब हम करें क्या? हमें कोई रास्ता नहीं मिल रहा।' जोय बोला।

लोरेली खड़ी हो गई। 'अगर तुम्हें यह पसंद नहीं है तो चले जाओ यहां से...।'

'चुप करो।' जोय बोला।

कुछ क्षण चुप्पी फिर लौरेली बोली - 'मैं हैरी ड्यूक के साथ काम करने वाली हूं। हमने रात बात की थी। वह इस मामले में काफी कुछ जानता है। मैं स्पेड के खिलाफ ड्यूक का साथ दूंगी।'

जोय ने उसकी तरफ देखा - 'तो तुम ड्यूक से बातचीत करती रही।'

'मैं नहीं, वह मुझसे बात कर रहा था। और सुनो, तुम भी मेरे साथ ड्यूक का साथ क्यों नहीं देते?' वह जोय की नजरों से परेशान थी।

'अगर पाल ने सुन भी लिया तो...।' हिचकिचाता हुआ जोय बोला।

'तुम उसे बताओगे ही क्यों?' लौरेली ने तेज स्वर में पूछा।

'नहीं, मैं क्यों बताऊंगा?...अब हैरी ड्यूक बीच में आ कूदा है।' वह परेशान था।

लौरेली परेशान जोय को देखते-देखते दीवार पर जा बैठी। उसे अफसोस था कि उसने जोय को यह सब बताया ही क्यों?

पहले बैलमैन, फिर स्पेड, फिर शुल्ज, तब तुम और मैं और अब ड्यूक।' स्वयं से बोला - 'टिमसन केल्स और सम्भवतया क्रेसी। हरेक जानता है।'

'परन्तु वे नहीं जानते। तुम बेकार की बकवास फैला रहे हो।' लौरेली ने कहा।

'बात यह है कि मैं यह जानना चाहता हूं कि बात है क्या? या सारी बात केवल एक मजाक है। हमें केवल पता है कि शुल्ज ने स्पेड से क्या कहा था? हम उस जगह से आगे नहीं बढ़ पा रहे।' जोय सोचते हुए बोला।

'काश! हम शुल्ज से कुछ बकवा सकते।' लौरेली बोली।

'हां! तब कुछ पल्ले पड़ सकता है। मैं सोचता हूं मैं यह काम कर सकता हूं। वह है कहां?' आंखें तरेरते वह बोला।

‘आज तो वह घर लौटा ही नहीं। अभी तो ग्यारह ही बजे हैं। लेट आने की बात तो उसने कही नहीं थी।’ लौरेली बोली।

जोय बैठ गया। वह काफी कमजोरी महसूस कर रहा था। उसका सिर दर्द कर रहा था। वह बोला-‘आज रात हम कुछ नहीं कर पाएंगे। उससे निपटना आसान नहीं होगा। उसको बाद में मारेंगे।’

लौरेली चीखी-‘नहीं। हम उससे दूर रहेंगे।’ उसने याद किया कि जोय हत्यारा है। यह सोचते ही वह डर गई।

‘इसे तो मारना ही पड़ेगा। फिर हम स्पेड से निपटेंगे। असली महत्वपूर्ण आदमी तो स्पेड ही है। उससे कैसे निपटेंगे हम लोग?’ वह लौरेली की तरफ देखकर बोला।

‘मुझे नहीं मालूम।’ वह बोली।

‘यह भी मैं बाद में समझ लूंगा। अब मैं सोने जा रहा हूं। मुझे काफी दर्द हो रहा है।’ वह बाहर की तरफ बढ़ा।

‘तुम शुल्ज को क्या बताओगे? वह तुम्हारी हालत देखेगा नहीं?’

‘वह कल तक तो देख नहीं पाएगा। बाद में कोई फर्क नहीं पड़ेगा। जहां तक ड्यूक का सवाल है, हम दोनों उसके बिना भी काम चला सकते हैं।’

लौरेली ने हां की और कहा -‘अगर तुम ठीक समझते हो तो....।’

‘मैं जानता हूं। मुश्किल यह है कि पता नहीं तुमने उसे कितना बताया है?’ उसकी आंखें देखकर लौरेली सिहर उठी।

वह कमरे से बाहर हो गया।

कुछ देर बैठकर लौरेली हतप्रभ होकर सोचती रही। अगर शुल्ज को पता लग गया कि उसने ड्यूक से क्या कहा है तो वह उसे मार डालेगा। वह जानती थी कि इस मामले में लाभ केवल ड्यूक को होने वाला था। ड्यूक में कुछ था जिससे उसे प्रेरणा मिल रही थी।

उसने सोचा, जोय को बुद्धू बनाया जाए। जब तक सुरक्षित हो और फिर ड्यूक का पक्ष ले लिया जाये। उसने सोचा, वह किसी की हत्या का प्रयास नहीं करेगी। अगर जोय ने मारधाड़ करनी है तो ड्यूक के पास चला जाना बेहतर होगा।

साढ़े ग्यारह का समय था। रात भर शुल्ज की प्रतीक्षा बेकार थी। वह उठी ही थी कि एक कार के रुकने क आवाज आई और थोड़ी देर बाद दरवाजे में ताली घूमी।

वह दीवान पर लेटकर सिगरेट पीने लगी। तभी शुल्ज अन्दर आ गया।

लौरेली ने आश्चर्य से उसे देखा। वह पूरी शानौ-शौकत से अन्दर आ गया। उसकी आंखों में अतिरिक्त चमक थी।

विस्की गिलास में उड़ेलते हुए वह बोला -‘हाय! मेरी कबूतरी मेरी प्रतीक्षा में थी?’

‘आधे दिन से मैं बिस्तर में पड़ी हूं। मैंने सोचा सिगरेट ही पी लूं।’ सामान्य होते हुए वह बोली।

‘तुमने ब्रांडी नहीं पी? क्या मजे हैं?’ वह ब्रांडी की खाली बोतल देखकर बोला। उसकी आंखों में शक उभर आया था।

'मैं बोर हो रही थी। मैंने सोचा कुछ खुश हो लूं। तुम्हें बुरा लगा प्रिय?' वह दीवान पर लेटती हुई बोली।

'ब्रांडी पीना बुरी बात हैं कितना अच्छा दिन था। तुमने केवल आराम किया...बस।' वह कुर्सी पर बैठते हुए बोला।

लौरैली ने जब उसकी बांह और कफ पर रक्त लगा देखा तो वह परेशान हो उठी।

वह इतना डरी हुई थी कि कुछ बोल न पाई।

शुल्ज मूर्खों की तरह बैठा था। उसकी आंखें कमरे में कुछ ढूंढ रही थीं। 'मुझे शराब की सख्त जरूरत थी। अब मैं ठीक हूं। अरे! जोय कहां है?' सहसा उसने पूछा।

'जोय? वह सो गया है।'

'मुझे उसकी जरूरत है। बुलाओ उसे...।' वह बोला।

'उसके सिर में दर्द है। मैं क्या करूं?'

'क्या मजे की बात है? मेरी कबूतरी दया दिखा रही है।' और वह दरवाजा खोलकर चीखा - 'जोय!'

कुछ ही क्षणों की चुप्पी के बाद जोय बोला-'क्या बात है?'

'जरा नीचे आओ।' और उसने कमरे से कुर्सी खींच ली। वह वहां से जोय और लौरैली दोनों को देख सकता था।

'हां तो जोय को सिर दर्द हैं मैं तो सोचता था तुम दोनों को एक साथ छोड़ कर मैंने ठीक किया है।! मेरी गलती थी। तुम दोनों तो बहुत ही जवान हो। साथ-साथ...।' वह ऊंचे स्वर में बोला।

'ज्यादा बक-बक मत करो। मैंने तुम्हें कह दिया था कि जोय अभी छोटे बच्चे जैसा है।' लौरैली क्रोधपूर्ण स्वर से बोली।

'तुमने कहा तो था। पर मजेदार बात तो यह है कि तुम दोनों मुझे डब्लक्रास करो! तुम जानते नहीं, मैं अपनी रक्षा करने में समर्थ हूं।'

लौरैली ने दीवान पर उसकी तरफ पीठ फेर करके कहा - 'तुम मुझे परेशान कर डालते हो। कितना जलते हो तुम...?'

'शायद जलता हूं। तुमसे उम्र में बड़ा तो हूं ही। मेरी कबूतरी, तुमसे अभी तक तो मैंने अच्छा व्यवहार किया है ना?'

'पता नहीं तुम क्या कह रहे हो। मैं तो चली सोने।'

'नहीं। तुम दोनों के लिए एक काम है जो तुम्हें करना है।'

वह मुड़ी -'आज रात?'

'जी हां। बहुत महत्त्वपूर्ण।'

तभी जोय अन्दर आ पहुंचा। वह शुल्ज की तरफ भावहीन मुद्रा में देख रहा था।

'आओ जोय....।' शुल्ज ने हाथ पर रूमाल डाला हुआ था। जोय ने रूमाल देखा और पूछा 'आपने मुझे याद किया?'

'ये तुम्हारी कलाई को क्या हुआ जोय? लौरैली तो कह रही थी कि तुम्हें सिर में दर्द है। उसने तुम्हारी कलाई के बारे में तो कुछ कहा ही नहीं।'

'ओह। जरा कट गई थी। कोई खास नहीं।'

'समझा। क्या तुम कार चला सकते हो?'

'आज रात?'

'तुम दोनों आश्चर्य से आज रात, आज रात क्यों चीख रहे हो?' शुल्ज गुस्से बोला।

'मैं चलाऊंगी कार। उसकी कलाई काफी घायल है।'

लौरैली तेजी से बोली।

'तुम्हें सब पता है लौरैली। तुम्हीं ने पट्टी बांधी है ना?'

'तुम क्या चाहते हो। उसको पट्टी तक ना बांधती?'

क्रोध से कांपती लौरैली ने चीखकर कहा - 'अब अपनी बन्दूक जेब में डालो।'

शुल्ज ने रूमाल हटाया और रूमाल जेब के हवाले किया। उसके हाथ में आटोमेटिक पिस्टल देखकर उन दोनों के होश उड़ गये।

'तुम्हारा इरादा क्या है?' लौरैली ने कठोर स्वर में पूछा।

शुल्ज ने पिस्टल का मुंह बारी-बारी से दोनों तरफ घुमाया।

'सिर्फ सुरक्षा के तौर पर। मैं काफी सावधान रहता हूं। मैंने तुम दोनों को कहा था कि मुझे डबलक्रास कभी मत करना।' वह मुस्कुराया।

'तुम क्या चाहते हो?' बिना हिले भावहीन स्वर में जोय बोला। वह शुल्ज की आंखों से डर रहा था कि कहीं गोली ना चला दे।

'घबराओ मत। हम लोग एक छोटी-सी यात्रा पर जा रहे हैं। एक काम करना है तुम्हें। मेरी कबूतरी, तुम कार चला सकती हो और फिर जोय तुम्हारे साथ बैठ सकता हैं मैं पीछे की सीट पर बैठूंगा और अकेले नहीं गन लेकर।' वह उठते हुए बोला।

'अगर तुम्हारा निश्चय यही है तो हमें जाना ही होगा। परन्तु अगर तुम बुरा ना मानो तो मैं कोट ले लूं।' लौरैली बोली।

'जी नहीं। बाहर काफी गर्मी है, न तुम्हें कोट की जरूरत पड़ेगी और न जोय को हैट की। तुम्हें ऐसे ही चलना होगा।'

लौरैली ने असहायता पूर्वक जोय की तरफ देखा।

'चलो आगे बढ़ो...।' शुल्ज बोला।

'तुम मेरे साथ क्या करने जा रहे हो?' लौरैली भयभीत नजरों से शुल्ज की तरफ देखकर बोली।

'अगर मेरे कहने से तुमने आगे बढ़ना नहीं शुरू किया तो मैं तुम्हें गोली मार दूंगा और फिर जोय को तुम्हें उठाकर ले चलना होगा।' शुल्ज धमकी भरे स्वर में बोला।

लौरैली को कमजोरी सी महसूस हुई और उसने जोय का हाथ पकड़ लिया। जोय दर्द से परेशान था। उसने उसका हाथ हटा दिया।

शुल्ज सब देख रहा था।

'ज्यादा चोट लगी है जोय? अब आगे बढ़ो। वह बाद में देखेंगे।'

वह कमरे से बाहर अन्धेरे में निकल गये। एक पल लौरेली ने दौड़ जाने की ठानी परन्तु वह जानती थी कि शुल्ज पक्का निशानेबाज है। अतः वह दौड़ते-दौड़ते रुक गई। वह कार में चढ़ गई और जोय पीछे-पीछे कार में चढ़ गया।

'हमें क्या करना है?' वह धीरे-धीरे बोली।

'चुप रहो और प्रतीक्षा करो।' जोय बोला।

कार में चढ़ते हुए शुल्ज बोला - 'फुसफुसाओ मत।' और उसने जोय के चेहरे को गन की नाल से घुमा दिया।

जोय भयभीत होकर धीरे-धीरे सांस लेता बैठा रहा।

लौरेली ने अन्दाजा लगा लिया कि वह उन दोनों को मार डालने वाला है। वह करीब-करीब रोने ही वाली थी।

शुल्ज ने उसे गन से टहोका मारा और कटाक्ष भरे स्वर में बोला -'होश में आ जा मेरी कबूतरी। नहीं तो मैं खफा हो जाऊंगा।'

वह बोली - 'कहां जाना है हमने?' और इन्जन स्टार्ट करने लगी।

'दफ्तर। अब चली चलो।'

अन्धेरी गलियों में कार चलाना लौरेली के लिए दिवास्वप्न की तरह था। वह चाहती थी कि रास्ता लम्बा होता जाए क्योंकि जब तक वह कार चला रही थी, वह सुरक्षित थी।

तभी गन की नाल उसके कन्धे पर पड़ी और वह दर्द से कराह उठी।

'रुको यहीं। यह मत कहना कि तुम्हें जगह का ज्ञान नहीं है।' वह बोला।

उसने कार रोक दी और प्रतीक्षा करने लगी। जोय भी अपना चेहरा मुंह से छुपाए गतिहीन बैठा रहा।

शुल्ज कार से बाहर निकला और आगे बढ़ा।

'निकलो बाहर दोनों।' उसने आदेश दिया।

दोनों कार से निकल कर खड़े हो गये।

जोय के बाजू में काफी दर्द था। वह इससे काफी चिंतित था। उसे शुल्ज से कोई भय नहीं था परन्तु एक हाथ से उसे संभालना काफी मुश्किल था।

'यह लो चाबियां और खोलो।' शुल्ज ने चाबियां उसकी तरफ उछाल दीं।

चाबियां जोय के पैरों के पास जा गिरीं। चाबियां उठाकर वह पूल रूम की तरफ बढ़ा। ताला खोलकर उसने दरवाजा खोला और रोशनी जला दी। शुल्ज ने लौरेली को हल्का-सा धक्का मारा, वह तेजी से जोय के पास जाकर खड़ी हो गई।

शुल्ज ने दरवाजा बन्द कर दिया। 'कमरा पार करो और नीचे उतरो। सावधानी से आगे बढ़ो। मैं तुम्हारे पीछे हूं।'

उन्होंने कमरा पार किया और नीचे उतरे। शुल्ज पीछे-पीछे था। वह अर्धप्रकाशित गन्दी जगह पर खड़े थे। वहां शराब की तेज गन्ध आ रही थी। चारों तरफ शराब के बर्तन बिखरे पड़े थे।

सामने पिंजरेनुमा दरवाजा था। शुल्ज बोला - 'खोलो और अन्दर चलो। दरवाजा काटता नहीं है।'

जोय ने उस दरवाजे के लोहे के कुन्डे को हटाया और खींचा। दरवाजा काफी भारी था। लौरैली ने उसकी सहायता की। दरवाजा खुल गया। सामने अर्धप्रकाशित बड़ी-सी तिजोरी थी।

'तुम दोनों इसमें जाओगे। नहीं तो मेरी गोली की आवाज भी कोई सुन नहीं पाएगा, सुना तुमने?'

लौरैली बोली - 'पाल, तुम ऐसा नहीं कर सकते। भला मैंने क्या किया है? मैं क्यों जाऊं अन्दर?'

'तुम्हें ज्यादा देर अन्दर नहीं रहना होगा। मैं जब चाहूंगा तुम्हें पा सकूंगा। बस इतना ही। मुझे अगले दो तीन घन्टे कुछ काम है तब तक तुम यहां साथ-साथ रहोगे। अब चल पड़ो।'

उसकी उंगलियां ट्रिगर पर थीं।

लौरैली जमीन पर बैठ गई। वह पैर पटक रही थी। अंततः वह अन्दर कूद पड़ी। गहराई करीब बारह फुट रही होगी।

'अब तुम कूदो जोय।' शुल्ज ने गहरी नजरों से उसे देखते हुए कहा।

जोय हिचकिचाया। वह सोच रहा था कि कुछ पल ही अगर शुल्ज का ध्यान बंट जाए तो वह करिश्मा कर सकता था। परन्तु वह कोई मौका नहीं दे रहा था।

यह सोचकर कि अभी मौका नहीं है, जोय ने भी पीछे-पीछे छलांग लगा दी।

लौरैली और जोय ने ऊपर देखा - शुल्ज दरवाजा छेड़ रहा था। तभी अन्धेरे में उनके ठीक पास से किसी के सांस लेने की आवाज आई। धीरे-धीरे वह छाया उनसे दूर होती गई।

लौरैली की चीख निकल गई। उसने जोय को पकड़ लिया।

'घबराने की जरूरत नहीं हैं मैं तुम्हारा परिचय करवा दूं। यह मिस रसेल हैं। सिम क्लेयर रसेल, क्लेरियन अखबार की चैम्पियन। अब तुम लोग कुछ देर तक गप-शप करो।' और उसने धड़ाम से दरवाजा बन्द कर दिया।

* * *

हैरी ड्यूक ने चेज पारी के सामने कार रोकी और अन्धेरी इमारत की तरफ देखने लगा।

नीचे कहीं घड़ी में एक बजने की आवाज आई। चेज पारी अन्धेरे में डूबा था परन्तु बाहर दो चौकीदार खड़े थे जो ड्यूक को शंकित नजरों से देख रहे थे। उनमें से एक नीचे उतर आया।

'क्या चाहिए?' वह बोला।

'बन्द है क्या? मैं जरा पीने के मूड में था।' ड्यूक बोला।

'बेहतर हो तुम अन्दर जाओ। शायद तुमसे सार्जेन्ट बात करना चाहे।' चौकीदार बोला।

92

'हां, हां। चलो। अगर ओ.मैली वहां हुआ तो?'

'मैंने तुम्हें कहीं देखा है। है ना?' वह बोला।

'ड्यूक, हैरी ड्यूक नाम है मेरा।'

'में आपको पहचान नहीं पाया मिस्टर ड्यूक। चलो अन्दर। सार्जेन्ट तुम से मिलकर खुश होगा।' वह बोला।

चौकीदार दूसरे चौकीदार से बोला - 'ये मिस्टर ड्यूक हैं। सार्जेन्ट से मिलने आए हैं। सीधे अन्दर जाओ। वह ऊपर बाएं कमरे में बैठा है।' स्टोन ने दरवाजा खोलते हुए कहा।

फ्लेमिंग व दूसरे चौकीदार ड्यूक को देखकर अपना गला साफ करने लगे।

'माफ करना ड्यूक। कल क्या गुल खिलाने जा रहे हैं आप? मैं जरा कल छुट्टी मनाने के मूड में था।' फ्लेमिंग बोला।

बिना उसकी बात पर ध्यान दिए ड्यूक आगे बढ़ गया।

उसने ओ.मैली को बैलमैन के दफ्तर में बेलमैन का ही सिगार पीते पाया।

'हैलो सार्जेन्ट कैसे हो?' ड्यूक बोला।

'तुम यहां!' ओ.मैली ने उत्साहपूर्वक कहा।

ड्यूक की आंखें कमरे में इधर-उधर कुछ खोज रही थीं। वे बैलमैन के शरीर को वहां से हटा चुके थे। और लगता था जैसे सारी जगह वे अच्छी तरह छान चुके थे।

'अरे बड़ी अच्छी लड़की थी। मैंने तुम्हारे लिए जुगाड़ किया था, तब सोचा था तुम मेरे लिए कुछ करोगे। मैंने सुना है आज का दिन तुम्हारे लिए अच्छा होगा।' ड्यूक कह रहा था।

ओ.मैली ने आंखें झपकाईं। 'हां, क्यों नहीं?'

थोड़ी देर बाद ओ.मैली फिर बोला - 'अगर हम हार गये तो बड़ी मुश्किल होगी।'

'मेरे लिए और मुश्किल? कुछ भी हो...हम जीतेंगे।'

ड्यूक बोला।

ओ.मैली का चेहरा दमक उठा - 'तुम यहां अक्सर आते हो ना ड्यूक?'

'यहां इसी कमरे में?'

'जी हां। यहां आपकी उंगलियों के निशान मिले हैं। तुम्हारे माथे पर यह चोट का निशान...?

ड्यूक शांत था।

'डॉक्टर बोलता है कि बैलमैन ने स्वयं को गोली मार ली हैं मैं यह नहीं मानता। परन्तु तुम्हारी उंगलियों के जो निशान यहां डेस्क पर मिले हैं उनसे मामला उलझ जाएगा। अतः मैंने वह सारे निशान खुद ही साफ कर डाले।'

'मैं समझता हूं हलाहन को भी इसकी जानकारी है।' ड्यूक बोला।

'में हलाहन को जरूरत से ज्यादा नहीं बताया करता। सोचो, मैंने तुम्हें कितनी मुश्किल से उबारा है।'

'धन्यवाद।' ड्यूक ने नम्रतापूर्वक कहा।

'अच्छा। मैं यहां केल्स को ढूंढने आया था। वह है क्या यहां?'

'नहीं। वह टर्किश स्नानघर में नहा रहा होगा। वह रातें वहीं बिताता है।' ओ.मैली मुस्कुराया।

'मुझे उससे मिलना है और अब वहीं जाना पड़ेगा। लगता है यह जगह अब बिकाऊ होगी।' ड्यूक बोला।

'पता नहीं भई। हमारे पास तो पैसा है नहीं।' ओ.मैली बोला।

ड्यूक लौट पड़ा। दरवाजे पर स्टोन और फ्लेमिंग उसकी प्रतीक्षा में थे। उसे देखते ही वह बोले - 'कहिए ड्यूक साहब, आज का दिन कैसा रहा?'

'तैयार रहना लड़को...।' कहकर वह मुस्कुरा पड़ा।

वह वहां से फौरन टर्किश बाथ क्लब की ओर चल पड़ा।

नीग्रो लड़के ने जब उसे देखा तो उसका मुंह खुशी से खिल उठा - 'अरे बॉस, काफी दिन बाद आए हो...।'

'जरा इधर पीने-पिलाने का समय ही नहीं मिला।

तुमने केल्स को कहीं देखा है?'

'हां-हां। बॉस वह हाटरूम में है।'

'मैं अभी वहीं जाता हूं। अच्छा, काम धन्धा कैसा चल रहा है?

'आज धन्धा कुछ मन्दा है। पिछले दो घन्टों से बस आप ही दोनों आए हैं।'

'में शायद पूरी रात रुकूंगा क्योंकि देर काफी हो चुकी है।'

'जैसा आप ठीक समझें। क्या आपके नाश्ते का आर्डर दूं?'

'हां। परन्तु जल्दी। मुझे तन्दूरी स्टीक और तला मीट काफी के साथ चाहिए। कल मुझे काफी काम हैं।'

ठीक है बॉस। मैं अभी प्रबन्ध करता हूं।' नीग्रो ने तौलिया और नहाने का सामान देते हुए कहां' आपको रास्ता तो पता ही है।'

ड्यूक वस्त्र बदलने के लिए कमरे में घुस गया। वस्त्र बदलते हुए उसे क्लेयर का विचार आया। वह गई कहां? उसे बुरे-बुरे विचार आने लगे। शायद क्लेरियन में बैठी बैलमैन की आत्महत्या की कहानी लिख रही होगी। फिर उसे वहम हो आया। शायद वह डरकर शहर छोड़ गई हो या फिर उसका अपहरण कर लिया गया हो। अगर वह शहर छोड़कर चली गई है तो केवल प्रतीक्षा ही की जासकती है जब तक बैलमैन की आत्महत्या का समाचार फैले। और अगर उसका अपहरण हो गया है तो तब तक कुछ नहीं किया जा सकता जब तक कि उस आदमी का पता ना लगे जिसने यह किया है। अगर उसका अपहरण हो गया है तो निश्चय ही उसने बैलमैन के हत्यारे को देखा होगा। या फिर सबसे गन्दा विचार यह हो सकता है कि उसे भी मार डाला गया हो। उसने इस विचार को बलपूर्वक मन से निकाल दिया।

उसने तौलिया लपेटा और हाटरूम की तरफ चल पड़ा। केल्स वहां बैठा ऊंघ रहा था।

ड्यूक भी थकान महसूस कर रहा था। परन्तु केल्स से बात करनी जरूरी थी। वह वहीं केल्स के पास की कुर्सी पर जा बैठा।

‘अरे! आग लग गई, भागो।’ वह केल्स के कान में चीखा।

केल्स ने आंखें खोलीं और उसे देखकर फिर आंखें बन्द कर ली।

‘मैं तुमसे बात करना चाहता हूं। बात जरूरी है। जल्दी करो।’

‘अच्छा सिगार लाओ। वह आशा पूर्वक स्वर में बोला।

‘तुम क्या समझते हो मैं कोई कंगारू हूं? फिर भी तुम्हें देता हूं।’ और वह घन्टी की तरफ बढ़ा।

‘आओ, थोड़ी स्कॉच पी लें तब तक। बैलमैन के बारे में सुना?’

‘हां। वही तो बात करने आया हूं तुम्हारे पास।’

‘मैंने सोचा था, तुमने यह सब जान लिया होगा।’ केल्स बोला।

नीग्रो अन्दर आ गया। ड्यूक ने उसे बताया कि कहां से सिगार ले आए। और साथ ही स्कॉच का भी आर्डर दे डाला।

‘हां तो मैं पूछ रहा था किसने मारा बैलमैन को?’ ड्यूक ने पूछा।

‘यह तो एक आत्महत्या का मामला है।’

‘यह तो मैं जानता हूं कि पुलिस यही प्रचार कर रही है। परन्तु मेरे और तुम्हारे बीच...बताओ...।’ उसने केल्स को आंख मारी।

‘मेरा विचार है, तुमने और उस चिकनी औरत ने मारा होगा।’

‘चिकनी औरत?’

‘अरे वही जो अन्डे से निकली है।’

‘ओह अच्छा। नहीं-नहीं...पर मुझे वह वहां मिली जरूर थी। मैं ईमानदारी से कहता हूं। पर उस समय बैलमैन मरा पड़ा था।’

‘तब तो उसी ने मारा होगा।’

तभी नीग्रो सिगार और ड्रिंक्स ले आया। केल्स ने सिगार जलाते हुए कहा - ‘जरा ड्रिंक्स तगड़े बनाना।’

जब नीग्रो चला गया तो ड्यूक ने पूछा - ‘तुमने ल्यू को कैसे फांसा?’

ड्रिंक पीते-पीते केल्स बोला -‘मैं अपनी देखभाल स्वयं कर सकता हूं। मेरा ख्याल है इस क्लब को कोरिस खरीदेगा।’

ड्यूक आश्चर्य से बोला - ‘कोरिस ? मुझे यह सोचना भी नहीं चाहिए वह चेज पारी की फिराक में होगा। तुमने ऐसा क्यों सोचा?’

‘मैं यह नहीं कहता कि वह खरीदेगा ही। एक मेरा ऐसा विचार है।’

‘बैलमैन ने पिन्डर एन्ड खरीद लिया था। है ना?’ ड्यूक ने पूछा।

केल्स ने ड्यूक की तरफ सख्त निगाहों से देखा और फिर हां कर दी।

‘तुम इस सौदे में कितने धंसे हो?’ ड्यूक ने पूछा।

‘काफी गहरा।’

‘मैं अब सीधे बात पर आता हूं। तुम बताओ केल्स, तुम तो पिन्डर एन्ड में रुचि नहीं रखते। और लोग भी हैं।’ ड्यूक बोला।

‘मैंने यह कब कहा कि केवल मैं ही रुचि रखता हूं और लोग भी हो सकते हैं।’

‘मैंने यह कब कहा कि केवल मैं ही रुचि रखता हूं और लोग भी हो सकते हैं।’

‘यही तो मैं कहता हूं। मतलब यह कि स्पेड भी इसमें रुचि रखता है।’ ड्यूक बोला।

‘हां.... स्पेड।’ गला साफ करता हुआ केला बोला।

‘तुम उस आदमी के बारे में क्या जानते हो?’ ड्यूक ने पूछा।

‘वही मुझे परेशान कर रहा है। मैं जानने की कोशिश कर रहा हूं कि वह कौन आदमी है और रहता कहां है? इस कहानी में वह कहां फिट होता है। और बात यह है कि उसे कोई नहीं पहचानता। केवल कोरिस ही शायद उसे जानता है।’

‘यह सब मैं जानता हूं। देखो ल्यू, यह बताओ, तुम पिन्डर एन्ड के बारे में क्या जानते हो? तुम अगर मेरे साथ मिलकर खेलना चाहते हो तो मैं तैयार हूं। और अगर अकेले ही आगे बढ़ना है तुमने तो मुझे ऐतराज नहीं होगा।’ ड्यूक बोला।

‘तुमने शराब समाप्त कर ली?’ सहसा ल्यू बोला।

ड्यूक ने गिलास उसके हाथ में दे दिया और सोचने लगा, इसे तैयार होने में समय तो लगेगा ही। वह जल्दी में नहीं था।

‘शुल्ज भी इसमें फंसा है।’ सहसा ड्यूक बोला।

केल्स बोला - ‘शुल्ज?’

‘हां।’

‘कोई खास नहीं। और मुझे उसका डर भी नहीं है।’

‘शुल्ज स्पेड के लिए काम करता है।’ ड्यूक बोला।

‘ठीक है। अब अगर तुम और मैं मिलकर...।’ केल्स बोला।

‘यही मैं कह रहा हूं। मैं और तुम मिलकर अगर स्पेड के विरुद्ध लड़ें तो विजय मिल सकती है। केसी भी हमारे साथ है। तुम जानते हो केसी को?’

‘नहीं।’

‘केसी का पिन्डर एन्ड पर बड़ा-सा घर है। मैंने उसे वहां हमेशा तीन टामीगन तैयार रखने को कहा हुआ है। और वह वहां किसी को भी घुसने नहीं देगा।’

केल्स ने कुर्सी घुमाते हुए कहा - ‘मजेदार बात है यह। तो तुमने वहां अपना जाल फैला रखा है।’

‘मैं तुम्हें बता दूं। हमारे साथ पीटर क्लेन है। क्लेरियन का पूरा स्टाफ हमारे साथ है। चिकनी वाली लड़की और जोय भी हमारे साथ है। वे शुल्ज को डबल क्रास करना चाहते हैं। दूसरी तरफ कोरिस है। उसके साथ हैं शुल्ज और स्पेड।’

‘बात जमती तो है। केल्स बोला।

‘कोई ऐसी बात तो नहीं जिससे तुम परेशान हो। क्या हमारे लिए इतना काफी नहीं है?’ ड्यूक बोला।

केल्स हिचकिचाया। ‘मैंने यह मामला पांच सौ में तय किया है।’

'हिसाब बुरा नहीं है।' ड्यूक बोला।

'बैलमैन भी यही कह रहा था। शायद वह झूठ बोल रहा हो। तुम्हें फ्रेंक नोक्स की याद है?'

'फ्रेंक नोक्स? यह बैंक डकैत?' ड्यूक ने पूछा।

'हां वही। इससे पहले कि फेड्स उस पर चढ़ दौड़ता वह फेअर व्यू से निकल चुका था। वह पिन्डर एन्ड में केसी के घर रुका था। वहां से वह निकल भागा। बैलमैन कहता है कि उसने लूट का सारा माल वहीं केसी के यहां छोड़ दिया था। पुलिस को पांच करोड़ के करीब के माल का अन्दाजा है।' ड्यूक कुछ क्षण चुपचाप सोचता रहा।

'तो यह है पिन्डर एन्ड की कथा? यही रहस्य है वहां का? बिल्कुल फिल्मी कथा लगती है। परन्तु बैलमैन को कैसे पता लगा।' सिगसार का टुकड़ा दूर फेंकते हुए ड्यूक ने पूछा।

'उस एक आदमी से पता लगा जो नॉक्स के साथ काम करता था। उसका नाम डीफी या कुछ ऐसा ही था। मैं नाम भूल गया हूं। डीफी बैलमैन की सहायता मांगने आया था क्योंकि वह अकेला वहां जाने से डरता था। उसे यह पता था कि माल कहां छुपाया गया है। बैलमैन ने उस गरीब की छुट्टी कर दी। मुझे हालांकि यह बात अच्छी नहीं लगी। डीफी का क्या दोष था? परन्तु बैलमैन ने उसे रास्ते सेहटा दिया।' केल्स बोला।

'बढ़िया आदमी है और फिर टिमसन को यह जगह खरीदने पर राजी कर लिया।' ड्यूक ने दांत पीसे।

'हां। और जिसने भी टिमसन को मारा, उसने सारे अधिकार पत्र भी चुरा लिए। इसी से बैलमैन मुश्किल में फंस गया। बिना अधिकार पत्रों के वह पिन्डर एन्ड में करता क्या? स्पेड के रहते वह ज्यादा कुछ कर नहीं सकता था। हां, स्पेड जरूर सबसे अक्लमन्द साबित हुआ।'

'क्या तुम समझते हो कि टिमसन को स्पेड ने मारा?'

'इनमें से किसी को तो जरूर उसने मारा होगा?'

'इसका अर्थ है कि अधिकार पत्र स्पेड के कब्जे में है।'

'मेरा यही विचार है।'

'इससे कोई फर्क ही पड़ता। वह सामने आ नहीं सकता और जब तक सामने न आ जाए वह वहां घुस नहीं सकता। जब सामने आएगा तो उससे अधिकार पत्रों के बारे में पूछेंगे कि उसे वह कहां से मिले और यहीं वह पकड़ा जाएगा। और अगर उसने पिन्डर एन्ड में घुसने की कोशिश की तो उसका भव्य स्वागत होगा वहां।

'अब हमें करना यह है कि हम पिन्डर एन्ड जाएं और सारे टूटे सूत्रों को इकट्ठा करें। सारा मामला हमारे अधिकार में होगा तो हम लोग आसानी से स्पेड पर हंस सकते हैं।' केल्स बोला।

'तुम्हें यह तरीका पसन्द है या नहीं?' ड्यूक बोला।

'हां! तुम मुझे अपने साथ समझ सकते हो।' केल्स ने कहा।

'तुम कहते हो कि ऐसा प्लान है कि जिससे पता लगे कि पैसा कहां छिपा है? तुम क्या समझते हो पैसा कहां छिपा है?

'पैसा किसके पास है इसकी परवाह मुझे नहीं है। बैलमैन को किसने मारा, मुझे उसका पता लगाना है।' केल्स ने कहा।

'हो सकता है माल केसी के घर न हो। कहीं बाग या बंगले में छिपा हुआ हो।'

'उससे क्या फर्क पड़ता है। हमारे पास काफी समय है। अगर केसी के यहां माल नहीं मिला तो कहीं और ढूंढेंगे। पांच करोड़ के लिए मैं कुछ भी कर सकता हूं।'

'ठीक है।' ड्यूक तौलिया लपेटकर उठ खड़ा हुआ और टेलीफोन की तरफ बढ़ा।

उसने क्लेयर का नम्बर डायल किया। परन्तु उधर से किसी ने फोन नहीं उठाया। आपरेटर ने कहा कि उधर कोई फोन नहीं उठ रहा।

रात के दो बज चुके थे।

'तुम कभी आराम नहीं करतो?' केल्स बोला।

'तुम सो जाओ। कल तुम्हें काफी मुश्किलों का सामना करना है।' ड्यूक ने कहा।

केल्स ने फौरन आंखें बन्द कर लीं और गहरी नींद में सो गया।

ड्यूक ने पीटर के घर फोन किया। परन्तु वहां से भी कोई उत्तर नहीं मिला।

कल तक सब कुछसाफ होना जरूरी था और सबसे ज्यादा चिंता तो उसे क्लेयर की होने लगी थी।

गर्मी ज्यादा लगने लगी थी। ड्यूक गाऊन पहनकर पास के ठंडे कमरे में घुस गया। वहां वह ठंडे पानी से नहाया। नहाते-नहाते भी ठंडे दिमाग से वह पिन्डर एन्ड की बातें सोचता रहा।

उसके सामने वह बातें आने लगीं जिनको उसने कभी सोचा भी नहीं था। मेन्टलपीस पर खुदे हुए हस्ताक्षर। वहां ऊपर कोई क्यों छिपा बैठा था? पांच करोड़ डालर कोई छोटी रकम तो थी नहीं। उसने सोचा, इतना पैसा जब मिल जाएगा तो वह उसका क्या करेगा? दो आदमियों की तो पहले ही मौत हो चुकी थी। उसे यह नहीं पसन्द था कि और भी लोग इस राह में मारे जाएं।

सोते-साते वह आशा कर रहा था कि कहीं वह भी मरने वालों की कतार में शामिल न हो जाए।

* * *

टोड कोरिस ने आंखें खोलीं और एक झटके से बिस्तर पर उठकर बैठ गया। टेलीफोन लगातार बज रहा था। उसने फोन तक हाथ बढ़ाते-बढ़ाते घड़ी देखी। सुबह के साढ़े तीन बज चुके थे।

'क्या बात है?' उसने फोन में पूछा।

'कोरिस?' उसने फोन में आने वाली आवाज की पहचान लिया और उसका मस्तिष्क एकदम जाग्रत हो उठा।

'हां। मिस्टर स्पेड, कहिए।'

'क्या तुमने हलाहन से मुलाकात की?'

'वह इन्तजाम हो गया। वह सब कुछ करने को तैयार है। मैंने उसे पैसा दे दिया है। उसे बड़ा बुरा लग रहा था इस समय फोन सुनकर।'

'बहुत अच्छा।' कहकर स्पेड चुप कर गया।

थोड़ी देर प्रतीक्षा के बाद कोरिस बोला - 'आप अभी लाइन पर हैं मिस्टर स्पेड?'

'मेरा नाम इस मामले से निकाल दो हम लोगों की और ज्यादा मूर्ख नहीं बना सकते। अब हमें और ज्यादा इन्तजार नहीं करना, आगे बढ़ना है।' स्पेड बोला।

'कल पहला बार होगा...।' कोरिस तकिए पर सिर रख कर बोला।

'एक काम करना है, इसीलिए तुम्हें फोन किया है मैंने। सारे लोगों को साथ लेकर चलना। हमने केसी के घर पर कब्जा कर लेना है। करीब छः आदमी काफी होंगे। उन्हें बन्दूकें दे देना। केसी को भी ड्यूक ने बन्दूक दे दी है। थोड़ी मुश्किल होगी। मैं चाहता हूं कल तुम यह काम कर ही डालो। केसी के घर पर कब्जा करके उसकी एक-एक ईंट उखाड़ फेंको।'

'हम कल यह काम कर देंगे। आप वहां होंगे मिस्टर स्पेड?'

'शायद। मैं कोशिश करूंगा।'

'तुमने शुल्ज को देखा है?'

'नहीं...।' स्पेड बोला।

'तुम क्या सोचते हो?'

'हां। वह हमें डबल क्रास कर रहा है। मैं तुमसे कुछ बातचीत करना चाहता हूं।'

कोरिस क्रोध से बोला - 'तुम मुझे अभी आने को कह रहे हो?'

'मैं शुल्ज को सम्भाल सकता हूं। तुमने उस लड़की और लड़के को देखा है?'

'आज नहीं।'

'वे गायब हो गये हैं। लगता है शुल्ज सबको फटाफट ठिकाने लगाने पर लगा हुआ है। और उसके पास वह नक्शा भी तो है।'

'जरूर होगा। मैं बैलमैन पर हाथ डालना चाहता था और हमेशा मैं सोचता रहा कि शुल्ज पर यकीन किया जा सकता है।'

स्पेड बोला - 'तुम किसी पर यकीन नहीं कर सकते। अगर जरूरत हुई तो मैं तुम्हें फोन करूंगा। तुम जानते ही हो तुम्हें केसी के घर पर अधिकार करना होगा। और भीड़ को भी नियन्त्रण में लाना होगा।'

'ठीक है मिस्टर कोरिस।' और उसने फोन बन्द कर दिया।

तो स्पेड शुल्ज के पीछे लगा हुआ था। एक तरह से कोरिस चाहता था कि वह वहां हो। वह शुल्ज को फोन करके चेतावनी देना चाहता था। इससे उसके आखिरी क्षण ज्यादा परेशानी से भरे होंगे। उसे पता था शुल्ज फंस चुका था। वह उस बन्दर की तरह था जिसका हाथ बोतल में फंस गया हो। वह कभी भी फेयर व्यू से नोक्स का माल लिए बिना नहीं जाने वाला।

कोरिस फोन करने में थोड़ा हिचकिचाया। फिर उसने सोचा क्या फर्क पड़ता है। और कल बहुत से काम भी करने थे। सोना ही बेहतर है।

उसने रोशनी बन्द कर दी। वह सो गया। सपने में उसे शुल्ज दिखा जो उसके बिस्तर के पास बड़ी खुशी से खड़ा था। परन्तु जैसे ही पास में उसने उसे देखा, उसके गले पर बहुत बड़ा घाव था।

स्वप्न ने उस पर कोई विशेष प्रभाव नहीं पड़ा। वह आराम से सोता रहा...।

* * *

शुल्ज ने घर आकर कार गैराज में खड़ी कर दी। वह अन्धेरी सुनसान गली में देर तक कुछ देखता रहा। फिर सहसा मुड़कर वह घर में घुस गया।

बिना बत्ती जलाए वह ऊपर चढ़ गया। घर शांत था और कुछ-कुछ भयावह। वह अपने शयनकक्ष में आ गया। लौरैली का उसे बड़ा अफसोस था। वह उसे साथ रखना चाहता था। परन्तु खतरा था। अब उसे उस पर यकीन नहीं रह गया था और अब लारेली जैसी जवान और मस्त औरत के लिए वह काफी बूढ़ा भी हो चला था।

रोशनी जलाकर उसने बेडरूम में चारों ओर देखा...। कमरा साफ और सलीके से सजा था। लौरैली का दरवाजा अभी भी खुला हुआ था। उसे लगा, अभी लौरैली की आवाज आएगी - 'मालिक तुम हो क्या?'

वह दरवाजे की ओर बढ़ा और उसने स्विच ढूंढ़ने की कोशिश की। जैसे ही बत्ती जली, उसने देखा लौरैली का बिस्तर वैसा ही बिछा था और उसका पायजामा कुर्सी पर लटक रहा था। शीशे और ड्रेसिंग टेबल पर पाउडर बिखरा पड़ा था। कमरे में लौरैली की गन्ध चारों ओर फैली थी। वह लौरैली को अब कभी नहीं देख पाएगा....। एक तरह से वह जोय को भी खो चुका था। लड़का अच्छा था। काम का था। अगर केसी के घर पैसा मिल जाए तो उसे जोय की चिंता नहीं थी। वह चुपचाप देश के किसी कोने में जा पहुंचेगा और बागवानी करेगा। जीवन आराम से गुजरेगा। परन्तु पैसा हासिल करना महत्वपूर्ण था।

आगे बढ़कर उसने लौरैली की ड्राअर खोल डाली। कोनों में उसे वह जेवरात मिले जो उसने उसे भेंट में दिए थे। सारे जेवरात पांच सौ डालर से अधिक के नहीं थे परन्तु वह एक पैसा भी छोड़ना नहीं चाहता था।

उसने सारा माल अपनी जेब के हवाले किया और अलमारियों के दूसरी तरफ आ गया। पारसी मेमने का ओवरकोट तो छोड़ना ही पड़ेगा। कोट बड़ा भारी-भरकम था। वह बड़ा परेशान था। वह कोई भी कीमती सामान छोड़कर नहीं जाना चाहता था। सारे कपड़े छांटते-छांटते उसे एक गाउन पर हीरे का एक ब्रोच मिल गया। उसके बाद सारी अलमारियां उसने छांट मारीं।

एक जगह उसे कुछ खेरीज मिल गई। उसने उसे गिना तक नहीं। एक ड्राअर में उसे हरे रिबन से बंधा पत्रों का बन्डल मिल गया। उसने रिबन खोला और जल्दी-जल्दी एक दो पत्र पढ़े। इसके बाद उसने उन्हें वापिस ड्राअर में फेंक दिया।

उसे हमेशा शक रहा था कि लौरैली ने उसे धोखा दिया है और आज उसे यकीन हो गया था। उसने चारों तरफ देखा और उसकी आंखों गुस्से से लाल हो गईं। उसका मन हुआ, सारी चीजें तोड़-फोड़ डाले। उसने स्वयं पर नियन्त्रण कर लिया। समय बेकार करने से लाभ नहीं था। उसे काफी काम करना था।

लौरैली का कमरा छोड़कर वह ऊपर जोय के कमरे में जा पहुंचा। जोय यहां सोता था।

100

जोय का कमरा स्वच्छ और सुन्दर था। सारे ड्राअर और अलमारियों पर ताला लगा हुआ था।

उसने जेब से पेचकस निकाला और सारे ड्राअर जबर्दस्ती खोल डाले। उसे कुछ खास नहीं मिला। उसे 3.8 की गोलियों का डिब्बा मिल गया। अब उसे 3.8 की गन की तलाश शुरू कर दी। बन्दूक ना मिलने पर उसे काफी गुस्सा आया। उसने सोचा कि जोय की बिना तलाशी लिये उसने क्यों उसे अन्दर

धकेला? वह चीखते रहें कोई नहीं सुनेगा परन्तु अगर उसने गोली चला दी तो बात और ही हो जाएगी।

दौरा करता हुआ सिपाही गोली की आवाज सुन सकता है परन्तु क्लेयर को ढूंढ़ पाना आसान नहीं होगा। लौरैली और जोय के लिए तो यह खास बात नहीं थी परन्तु क्लेयर खतरनाक साबित हो सकती थी।

वह खड़ा सोच ही रहा था कि छत पर हल्की-सी आवाज हुई। उसका हाथ फौरन जेब में चला गया। वह एकदम भयभीत और सतर्क हो उठा।

आवाज इतनी हल्की थी कि जैसे किसी ने छत पर हल्के से डन्डी मारी हो।

वह आगे बढ़ा और उसने बत्ती गुल कर दी। उसने सोचा, शायद पास के पेड़ की डाली ऊपर छत से हवा के जोर से टकरा रही हो। परन्तु वह फिर भी स्वयं को सन्तुष्ट करना चाहता था।

उसने आगे बढ़कर धीरे से परदा खिसकाया और नीचे देखा, सिवाय ढलुआं छत के उसे और कुछ भी दिखाई नहीं दिया।

आवाज फिर आई। वह सतर्क हो गया। चांद धीरे-धीरे ऊपर उठ रहा था। सहसा छत पर उसे एक बिल्ली नजर आई।

शुल्ज ने चैन की सांस ली। उसने जेब से रूमाल निकाला। उसका चेहरा पसीने से भीगा हुआ था।

'ओफ! बिल्ली भी क्या कर सकती है?' उसने स्वतः कहा।

बिल्ली ढलुआं छत पर आगे जाकर गटर पाइप के पास रुक गई। उसने नीचे देखा और सहसा लौट कर फिर खिड़की तरफ चल पड़ी। शुल्ज ने उसकी चमकती आंखें देखीं। वह लौटा और बत्ती जलाकर अन्दर आ गया।

बिल्ली ने उसके विचारों की कड़ियां ताड़ दी थीं। उसने कमरे में चारों ओर देखा कि अब क्या करना है? बन्दूक! सहसा उसे याद आया, बन्दूक न मिली तो जोय को सम्भालना कठिन होगा।

वह आवाज पर भी गोली चला सकता था।

कितना मूर्ख था वह, यह भी अन्दाजा नहीं लगा पाया कि जोय के पास गन भी है। उसने रोशनी बन्द कर दी और बाहर कारीडोर में आ गया।

तरह-तरह की आवाजें आ रही थीं। हवा तेजी से चल रही थी। उसने नीचे एक दरवाजा जोर से बजने की आवाज सुनी।

क्या खिड़की खुली रह गई है? गर्मी थी, हो सकता है लौरेली ने उसे खुला छोड़ दिया हो।

सहसा उसे स्पेड का विचार आया। पता नहीं क्यों स्पेड सहसा उसके दिमाग में आ कूदा था। वह बलपूर्वक उसका विचार मन से निकालने का प्रयत्न कर रहा था। परन्तु बाहर निकलना तो क्या वह तो सारी जगह दिखाई दे रहा था।

उस अन्धेरे में चारों ओर केवल स्पेड दिखाई दे रहा था। हर छोटी से छोटी आवाज में उसे स्पेड दिख रहा था।

शुल्ज कांप उठा। वह एकदम मिट्टी के लौंदे के रूप में बदल गया। वह बुरी तरह कांपता वहीं खड़ा रहा। सहसा सारी आवाजें बन्द हो गईं, जैसे हवा थम गई हो।

वह सीढ़ियों की रेलिंग पकड़ कर धीरे-धीरे नीचे उतरने लगा। वह वापिस बेडरूम में आ पहुंचा। उसने सामान पैक करना शुरू कर दिया परन्तु स्पेड अभी भी उस पर बुरी तरह हावी था।

वास्तव में तो स्पेड को उससे खुश होना चाहिए था क्योंकि उसने बैलमैन को इस खूबी से मारा था कि पुलिस भी इसे आत्महत्या का मामला समझ रही थी।

उसने जेब से पुराना पर्स निकाला। इनमें से उसने एक चौड़ा कागज निकाला और गौर से उसे देखने लगा। यही वह नक्शा था जिससे पता लगाना था कि नोक्स ने माल कहां छिपाया था।

शायद स्पेड को इस नक्शे का ज्ञान तक न हो।

अगर स्पेड को पता है तो वह आश्चर्य कर रहा होगा कि मैंने उसे यह नक्शा जाकर क्यों नहीं दिया।

उसने घड़ी देखी। पौने पांच बज चुके थे। वह परेशान हो चुका था। उसे पता ही नहीं लगा कि कितना समय वह बर्बाद कर चुका था। उसने जल्दी-जल्दी सारा सामान दो सूटकेसों में भरा। दोनों सूटकेस उठाकर वह नीचे आ गया। नीचे हाल में आकर उसे एक झटका-सा लगा। और उसका दिल धड़कने लगा। उसक गला सूख गया।

बैठक के कमरे के दरवाजे के नीचे से रोशनी आ रही थी। उसने बैग नीचे रखकर कांपती उंगलियों से गन निकाली। वहां जरूर कोई थी। क्योंकि वह पूरी तरह आश्वस्त था कि उसने जाती बार जरूर बत्ती बुझा दी थी।

उसने घबरा कर दरवाजे से अपने कान सटा दिए। कोई आवाज वह सुन नहीं पाया। बाहर काफी शोर मचाती हुई एक कार गुजर गई।

उसने गन एक हाथ में लेकर दूसरे हाथ से झटके से दरवाजा खोल दिया। अन्दर कोई नहीं था।

बड़ी सतर्कता से वह कमरे में घुसा। वह अभी देख ही रहा था कि परदा एकदम हट गया। परदा हवा से हटा था परन्तु उसका रोम-रोम सिहर उठा। आगे बढ़कर उसने परदे को पकड़ लिया और बाहर गार्डन में झांकने लगा।

सुबह की हल्की-हल्की रोशनी में वह फूल और पौधे देख पा रहा था। खिड़की बन्द करके उसने परदा डाल दिया। वह अत्यन्त भयभीत था क्योंकि किसी ने खिड़की खोली थी। कोई ना कोई जरूर कहीं छिपा हुआ था। या फिर उसे आया हुआ देखकर वह आदमी भाग चुका था।

उसका सारा शरीर पसीने से भीगा हुआ था।

जैसे ही वह दरवाजे की तरफ मुड़ा, उसने ऊपर किसी के चलने की स्पष्ट आवाज सुनी।

कोई भारी भरकम कदमों से लौरेली के कमरे की ओर निश्चित बढ़ रहा था।

शुल्ज का रक्त जम-सा गया। उसने तेजी से आगे बढ़कर बत्ती बुझा दी। फिर वह हाल में खड़ा होकर कुछ सुनने की कोशिश करने लगा।

लौरेली के कमरे से किसी के लौटने की आवाज आई। कोई सीढ़ियों की तरफ बढ़ रहा था। उसका हृदय जैसे बन्द होने वाला था। सहसा किसी की आवाज सीढ़ियां उतरते-उतरते बन्द हो गई।

सुबह की रोशनी घर में उजाला करने लगी थी। परन्तु इस रोशनी का शुल्ज के लिए कोई मतलब नहीं था। वह समझ गया, जीवन का अर्थ समाप्त हो चुका है क्योंकि स्पेड घर में मौजूद था। अब जीवन का अन्त आ गया था।

अन्धेरे से होती हुई कदमों की आवाज उसकी तरफ बढ़ी। कदम काफी मजबूती से पड़ रहे थे।

शुल्ज भय से जड़वत् दीवार से लगा खड़ा था।

* * *

क्लेयर ने सोचा कि वह काफी सोई रही होगी। जब जोय ने उसे झिंझोड़ कर जगाबा तो हड़बड़ा गई। कुछ क्षण तो वह जोय को पहचान तक नहीं पाई।

'जागो-जागो! यह सोने का वक्त नहीं है।'

तभी उसे सारा माजरा याद आया कि कैसे शुल्ज ने उसे वहां कैद कर रखा था और उसके साथ वे लड़का और लड़की भी कैद थे।

लड़की काफी भयंकर किस्म का जीव था। वह लड़की को तो बोलने ही नहीं देता था।

'मत बताना इसे कुछ भी। नहीं तो अखबार में छप जाएगा।' हर बार वह यही कहता था।

अन्त में वे दोनों घास के ढेर पर जाकर सो गई।

जोय को ऊपर झुके देखकर वह हड़बड़ा कर बोली - 'क्या बात है?'

'घबराओ मत। यह किसी को कभी आराम से नहीं रहने देता। बस इसका मूड खराब है।' लौरेली बोल उठी।

जोय की कलाई में दर्द था। वह बोला - 'हमें यहां से किसी न किसी तरह निकलना है। तुम सोने के अलावा कुछ और भी सोचती हो?'

बात ठीक थी परन्तु वहां का वातावरण बड़ा बोझीला था। उसे फिर नींद आने लगी। चारों तरफ देखकर वह बोली - 'कोई रास्ता नहीं है।'

'तुम पढ़ी लिखी हो। दिमाग लड़ाओ। हमें यहां से हर हालत में निकलना पड़ेगा।'

'ओह चुप भी रहो। पाल लौटकर आता ही होगा।' लौरेली ने चमक कर कहा।

'वह लौटकर आएगा? हम चूहों के समान जाल में फंस चुके हैं।' जोय बोला।

103

'यह कौन-सी जगह है?' क्लेयर ने कहा।

'यह पूल रूम के नीचे है। शुल्ज का दफ्तर है। पर यह काल कोठरी तो मैंने पहली बार देखी है।' लौरैली बोली।

'यही वह जगह है जहां हैरी ड्यूक काम करता है?' क्लेयर ने पूछा।

लौरैली ने शक भरी नजरों से क्लयेर को देखा। तभी जोय चीख पड़ा - 'सवाल, सवाल, बस सवाल करती हो तुम। खुदा के लिए शांत हो जाओ।'

'तुम हैरी के बारे में क्या जानती हो?' लौरैली ने क्लेयर से पूछा।

'वह मेरा मित्र है। क्लेयर ने उत्तर दिया।

'परन्तु वह भी तुम्हारी सहायता नहीं करेगा। किसी को इस जगह का पता ही नहीं लगेगा।' लौरैली बोली।

'अरे बहस बन्द करो और दिमाग लगाओ कि यहां से कैसे निकलें।' जोय बोला।

क्लेयर उठकर उस काल कोठरी का निरीक्षण करने लगी। अन्दर तमाम डब्बे, बैरल, नलके और घासफूस भरी पड़ी थी। केवल एक लकड़ी की अलमारी दीवार के साथ खड़ी थी।

'यह बड़े-बड़े बैरल क्यों पड़े हैं वहां? क्लेयर ने पूछा।

'होश की दवा करो। इन बातों से तुम बाहर निकल जाओगी?' जोय कटुतापूर्वक बोला।

क्लेयर ने एक बैरल को उलटने की कोशिश की। बैरल काफी भारी था। 'इसमें कुछ है?' वह बोली।

'बीयर है उसमें। ताकि हम प्वासे ने मर जाएं। पर बेचारा जोय बीयर से घृणा करता है।' लौरैली बोली।

क्लेयर ने बिना सुने बैरल को देखा और फिर छत की तरफ देखा। 'ये लो यहां बैरल लाते कहां से हैं?' क्लेयर बोली।

'तुम बाते करना बन्द करो।' जोय चीखा।

लौरैली ने कालकोठरी की तरफ देखा और उत्तेजित हो उठी।

'यह ठीक कहती है जोय। यह बैरल यहां आए कहां से? ये तो बहुत बड़े हैं।'

बैरल की तरफ देखते हुए जोय बोला - 'क्या कह उठी हो?'

'तुम देख नहीं रहे? एक रास्ता और होगा जहां से यह बड़े-बड़े बैरल अन्दर आए होंगे। ऊपरी रास्ते से तो यह आ नहीं सकते।' उसने लालटेन उठा ली और दीवारों को गौर से देखना शुरू कर दिया। परन्तु उसे कुछ भी नजर नहीं आया।

वह अलमारी के पास आई तो उसने देखा, अलमारी में ताला लगा हुआ था। वह बोली - 'क्या इसे खोला नहीं जा सकता?' वह बोली।

जोय पास में आया और उसने गौर से अलमारी का निरीक्षण किया। वह पीछे हटा और जोर से एक लात उसने अलामारी पर जमा दी। अलमारी का प्लाईवुड कर छितर गया।

क्लेयर ने अलमारी के टूटे हिस्से से झांका। पीछे दरवाजा था। वह उत्तेजित होकर बोली - 'पीछे दरवाजा है।'

जोय ने अपने एक ही हाथ से अलमारी के परखच्चे उड़ा दिए। फिर वह अन्दर घुसा और उसने झटके से दरवाजे का हैंडल घुमा दिया। दरवाज बाहर की तरफ खुल गया।

'बिना आवाज आगे बढ़ो और लालटेन ले आओ।' जोय धीरे से बोला।

क्लेयर तो टूटे छेद से आसानी से गुजर गई परन्तु लौरेली को काफी परेशानी हुई। बेचारी की ड्रैस भी फट गई।

वे तीनों अन्धेरे रास्ते में चल पड़े। वहां काफी मनी और दुर्गन्ध थी।

'लैम्प मुझे दो।' जोय तेज स्वर में बोला।

उसने लैम्प लेकर ऊपर उठाया। सामने सीढ़ियां थीं जो दरवाजे तक जाती थीं। जोय आगे बढ़ा और ऊपर चढ़कर सीढ़ियों से दरवाजे पर पहुंचा। उसने हैन्डल घुमाया परन्तु दरवाजा बाहर से बन्द था।

वह बोला - 'बस, अब सारे रास्ते बन्द हैं हमारे।'

तभी ऊपर से एक आदमी का स्वर गूंजा। जोय ने बन्दूक हाथ में ले ली। 'तुम लोग यहीं ठहरो। मैं देखता हूं।'

लौरेली ने उसका बाजू थाम लिया - मुझे यह सब पसन्द नहीं है।'

'चुप रहो।' उसने लौरेली को झिड़क दिया। उसका चेहरा सफेद पड़ चुका था।

क्लेयर ने देखा, वह काफी, उत्तेजित और जिम्मेदारी से काम कर रहा था। उसकी काली आंखों में चमक थी। उसने लालटेन बुझाकर जमीन पर रख दी।

'तुम यहीं रुकना।' कहकर वह ऊपर दरवाजे के पास जा पहुंचा।

ऊपर जाकर जोय ने सुना, आवाजें बड़ी नजदीक से जा रही थीं।

एक पुरुष स्वर कह रहा था - 'तुम क्या सोचते हो मैं कितनी देर प्रतीक्षा करूंगा?'

'बकवास बन्द कर सूअर। तू क्या तेरा बाप भी यहीं प्रतीक्षा करेगा।'

कुछ देर झगड़े की आवाजें आती रहीं। तभी एक अन्य पुरुष स्वर गूंजा - 'अरे, तुममें से कोई काफी बना सकता है?'

जोय ने अनुमान लगाया, वहां काफी लोग थे। वह अंतिम सीढ़ी पर खड़ा था।

दरवाजे के नीचे से रोशनी आ रही थी। पास में एक खिड़की थी जिसके पल्ले बन्द थे। सुबह की रोशनी खिड़की से झांक रही थी। उसने देखा, घड़ी में प्रातः के 5.30 बजे चुके थे।

उसने खिड़की के पल्ले को थोड़ा-सा खिसकाया। रास्ते के दोनों ओर दो दरवाजे थे। दायां दरवाजा उसी कमरे का था जिसमें वे आदमी बैठे थे। बायां दरवाजा शायद गली में खुलता था। वह रास्ते से नीचे आ गया और फिर उसने बायीं तरफ का दरवाजा खोला। उसने आकाश देख लिया। उससे पहले कि वह कुछ समझ पाता, वह सीधा टोड कोरिस से जा टकराया।

एक पल के लिए दोनों ने एक-दूसरे की तरफ निहारा। तभी जोय ने उछलकर कोरिस के जबड़े पर घूंसा दे मारा। कोरिस इतने जोरदार झटके के लिए तैयार नहीं था। वह पीछे लुढ़कता चला गया। जोय ने कोरिस को गन से कवर कर लिया। कोरिस दीवार के पास लगा खड़ा था।

'वहीं रहना।' जोय चीखा।

कोरिस सम्भला और चश्मा ठीक करने लगा।

'तुम हो कौन?' वह अपना जबड़ा सहलाने लगा। सहसा जोय को देखकर बोला - 'अरे शुल्ज के बच्चे। क्या बात है? क्या चाहते हो?'

जोय ने शीघ्रता से कुछ सोचा। अगर लड़कियां बाहर आ जाएं तो वह कोरिस को सम्भाल सकता है। इस बीच में लड़कियां बच कर भाग सकती हैं। परन्तु लड़कियों को यह सब बताना बड़ा कठिन था। वह जानता था कोरिस कोबरे जैसा खतरनाक इन्सान है। इसे अभी निपटाना पड़ेगा। अगर रास्ते में आते हुए किसी ने देख लिया तो....।

'मैं तुम्हें मारना नहीं चाहता। मैं शुल्ज को ढूंढ़ रहा हूं। तुम बीच में आ गये।'

कोरिस ने अपनी भवें उठाईं। 'तुम वह बन्दूक जरा दूसरी तरफ कर लो तो। कहीं चल न जाय।' वह नरमी से बोला।

जोय ने गन नीचे कर ली। वह सतर्क था। वह नहीं जानता था कि करे तो क्या करे?

'आप इतनी जल्दी उठ गये?' कहते-कहते वह कोरिस के पास तक चला गया। वह बन्दूक के हत्थे से उसे मारना चाहता था।

'जो जागत है सो पावत है।' मुस्कुराकर कोरिस बोला।

उसने फिर जबड़ा सहलाया। 'बड़ा जोरदार घूंसा जमाते हो यार।'

किसी ने जोय की रीढ़ में कुछ चुभाया और कड़क कर कहा - 'यह बन्दूक फेंक दो सूअर।'

जोय कांप उठा। उसकी रीढ़ की चुभन बढ़ रही थी। उसने डर के मारे अपनी 0.38 की गन जमीन पर गिर जाने दी।

सहसा एक आदमी ने पलट कर एक झटका मारा और उसकी कालर पकड़ ली। उस आदमी की बड़ी-बड़ी भौंहें थी और उसके गाल पर बड़ा-सा घाव था। उसका एक दांत आधा टूटा हुआ था और सड़ा हुआ था। उसने एक जोरदार मुक्का जोय को रसीद कर दिया। जोय दीवार से टकराया और फर्श पर

सीधा फैल गया।

'हैलो बिफ। यह दूसरा लड़का है यहां।' कोरिस बोला।

'कौन है यह सूअर?'

'शुल्ज का लड़का है। ले जाओ इसे.... भी।'

बिफ ने उसे कालर पकड़कर ऊपर उठा लिया और सीधा खड़ा कर दिया। खींचता हुआ वह जोर को लेकर चल पड़ा।

कमरे के मध्य में मेज पड़ी थी। उस पर शराब, पत्ते, पैसे और सिगरेट बिखरे पड़े थे। आठ आदमी मेज के इर्द-गिर्द बैठे थे।

बिफ ने जोय को वहां लाकर जोरदार झटका देकर मेज पर बैठा दिया। दो आदमी उठ गये।

शोर-सा मच गया। थोड़ी देर में सभी उठ खड़े हुए। सभी से गाली दे रहे थे।

बिफ हंस रहा था। उसे मजा आ रहा था। जोय उठा और खड़ा हो गया। परन्तु फिर गिर पड़ा।

कमरे में एक दर्जन लोग थे। सभी को उसने कहीं ना कहीं देखा था परन्तु बात किसी से नहीं की थी।

पतला काले बालों वाला कोमस्की उसके ऊपर झुका और उसे ऊपर उठा लिया। फिर उसने उसके मुंह थप्पड़ दे मारा। जोय कमरे के एक तरफ जा गिरा।

एक और आदमी आया। उसने उसे पकड़ कर घुमाया और इतने जोर से लात मारी कि वह दूसरी तरफ जा गिरा। वह सीधा गिरा पड़ा था। उसकी पसलियों पर बूट के प्रहार हो रहे थे। वह क्रोध, दर्द, घृणा और हिंसा से तिलमिलाता पड़ा रहा।

तभी सहसा कोरिस का स्वर गूंजा - 'बस करो नालायको।'

एकदम शांति व्याप्त हो गई।

'इसे अकेला छोड़ दो। तुम में से कोई काफी लेकर आए। मैं तो आधा मर गया हूं। क्या बन्दरों की तरह खड़े हो आलसियों। जाओ काफी लाओ और इसे मेरे पास लाओ। मैं इससे बात करना चाहता हूं।' वह मेज पर बैठते हुए बोला।

कोमस्की ने जोय को पकड़कर उठाया। जरा-सा सम्भलते ही जोय ने लपक कर कुर्सी उठा ली और इससे पहले कि कोई कुछ समझ पाता, उसने कोमस्की पर कुर्सी तोड़ दी। कोमस्की और कुर्सी दोनों चूर-चूर हो चुके थे।

अब जोय के चारों ओर लोग फैल चुके थे। टूटी कुर्सी का हिस्सा उसके हाथ में था। वह उसे लेकर घूम रहा था।

कोमस्की धरती पर छितरा पड़ा था।

बिफ हंस पड़ा। 'अरे एक बच्चे ने तुम्हारा काम तमाम कर दिया।'

कोमस्की झटके से उठा और जोय पर झपटा। जोय एक तरफ हट गया और उसने कोमस्की की गर्दन पर टूटी कुर्सी का सिरा दे मारा। कोमस्की मुंह के बल जा गिरा।

किसी ने जोय को पीछे से लात दे मारी। सब हंस पड़े।

'कोई कुछ नहीं करेगा। मैं इससे बातें करूंगा।' कोरिस बोला।

बिफ ने आगे बढ़कर जोय को पकड़ लिया। जोय के मुंह और नाक से रक्त चू रहा था। उसने बिफ की तरफ खा जाने वाली नजारों से देखा। परन्तु वह जानता था, लड़ने से कोई लाभ नहीं था क्योंकि पहले ही उसकी नाक टूट चुकी थी।

बिफ उसे कोरिस के पास ले गया।

'तुम यहां क्या कर रहे थे?' कोरिस ने पूछा।

जोय शांत रहा।

कोरिस बिफ की तरफ देखकर बोला - 'बहरी है यहा?' बिफ ने दांत पीसे और अपना बड़ा-सा हाथ जोय के चेहरे पर रख दिया। धीरे-धीरे उसने जोय का मुंह दबाना शुरू कर दिया। जोय चीखकर पीछे हट गया। परन्तु बिफ ने आगे बढ़कर उसे फिर पकड़ लिया।

'क्या कर रहे थे यहां तुम?' कोरिस ने दोबारा पूछा।

'मैं शुल्ज को ढूंढ़ रहा हूं। मैंने तुम्हें बताया तो था।'

'इससे प्यार से बात मत करो। इसे ले जाओ और जरा इसकी अच्छी तरह पूजा करो। मुझे और भी काम है?'

बिफ ने जोय को पकड़ा और घसीट कर दरवाजे की ओर ले चलो। तब तक कोमस्की सम्भल चुका था। उसने कहा - मैं सम्भाल चुका था। उसने कहा - 'मैं सम्भालूंगा इसे।'

बिफ ने कोरिस की तरफ देखा और कहा - 'ठीक है।'

'मर ना जाए....।' कोरिस ने कहा।

कोमस्की ने बढ़कर जोय को उसके घांयल हाथ से पकड़ लिया। उसने हाथ को इस बुरी तरह मरोड़ा कि जोय लगभग बेहोश हो गया। वह गिर पड़ा और कोमस्की उसे फर्श पर खींचता हुआ ले चला।

इधर दूसरी और दोनों लड़कियां प्रतीक्षा कर रही थी। उन्होंने जोय को कोरिस से बात करते सुन लिया था। और बिफ द्वारा बन्दूक छोड़ देने का आदेश भी वे सुन चुकी थीं। वे मुड़ीं और उन्होंने अन्दर से दरवाजा बन्द कर लिया।

जब वे पिछले दरवाजे से ऊपर आई तो देखा कि जोय की गन फर्श पर पड़ी थी। उन्होंने गन उठा ली। 'यहां मत छोड़ो इसे।' क्लैयर ने लौरैली को कहा।

लौरैली ने गन क्लैयर से ले ली। वह बोली - तुम जाओ। हैरी को बुलाओ यहां, मैं प्रतीक्षा करूंगी यहीं। पुलिस के पास मत जाना। यह स्पेड का दड़वा है और पुलिस उसका पानी भरती है। बस ड्यूक को बुलाओ।'

क्लैयर हिचकिचाई - 'नहीं। मैं तुम्हें छोड़कर नहीं जाऊंगी।'

लौरैली ने उसे दरवाजे की तरफ धक्का दे दिया - 'तुम जाओ। मैं ठीक हूं। इन चूहों से मैं डर जाऊंगी? मेरे पास बन्दूक है। बस यही काफी है इनके लिए। जाओ, नहीं तो हम तो डूब गये।'

क्लैयर बोली - 'बात तो ठीक है। पर मैं उसका पता नहीं जानती। कहां ढूंढूंगी उसे?'

'तुम क्लेन से पूछना। अब जल्दी जाओ...।'

'ठीक है।' क्लैयर ने लौरैली का हाथ थपथपाया और अन्धेरे में गलियारे में निकल गई।

वह कुछ कदम ही बढ़ी होगी कि कोमस्की बाहर आ गया। वह जोय को खींच कर ला रहा था। जब दरवाजा बन्द हो गया तो जोय कोमस्की पर चढ़ा दौड़ा। वह कोमस्की को बुरी तरह पीट रहा था।

तभी बिफ दरवाजे से बोला - 'अरे, इस छोटे से सूअर को भी नहीं सम्भाल पा रहे तुम?'

कोमस्की ने जोय को दीवार पर दे मारा और एक मुक्का उसकी नाक पर जमा दिया। जोय सीधा फर्श पर लेट गया।

'मारो साले को...।' कहकर बिफ अन्दर चला गया।

जैसे ही कोमस्की जोय पर झुका, तभी लौरैली कोमस्की के ठीक पीछे आ पहुंची। उसने कोमस्की के सिर पर गन के बट से जोरदार प्रहार किया। कोमस्की जोय के ऊपर ही दोहरा हो गया। लौरैली ने उसे उल्टा और उसकी नाक पर भयंकर प्रहार करने शुरू कर दिए। उसकी हड्डी टूटने की आवाज भी उसे बस नहीं करवा पाई।

जोय ने रक्त की उल्टी की। 'इसे फिर मारो।' कहकर वह फिर से बेहोश हो गया।

और इस प्रकार तीसरा दिन शुरू हो गया और रात होते-होते सारा मामला समाप्त हो गया।

* * *

भोजन की गन्ध से हैरी उठ बैठा। वह उठा और नीग्रो की तरफ देखने लगा जो उसे जगा रहा था।

'नाश्ता बॉस। आपने सुबह जल्दी लाने को कहा था।'

ड्यूक कोई अच्छा महसूस नहीं कर रहा था। वहबोला - 'एक ड्रिंक लेकर आओ। तुम यह क्या सब कुछ उठा लाए? मैंने यह सब कब मांगा था?'

जब नीग्रो विस्की लेने गया तो हैरी ने फौरन ही शावर के नीचे सिर दे दिया। इसके बाद ड्रिंक के साथ नाश्ता करके वह काफी अच्छा महसूस कर रहा था।

'मिस्टर केल्स हैं क्या?'

'हां, बॉस। वह आ रहे हैं।'

तभी केल्स आ पहुंचा। ड्यूक का भोजन देखकर वह बोला - 'इतना सारा खाना इतनी सुबह?'

'इसके लिए भी खाना लाओ। शाम तक बेचारे को पता नहीं खाना मिले ना मिले?'

'बस काफी....।' केल्स बोला।

'खा लो, खा लो प्यारे। शाम तक कुछ नहीं मिलेगा।'

नीग्रो हंसा। 'मैं कुछ ना कुछ ले आऊंगा बॉस।'

'पहला क्या काम है?' केल्स ने शीशे में बाल संवारते हुए पूछा।

'पहले हमें क्लेन से बात करनी होगी। आखिर क्लेयर का भी तो पता लगना चाहिए।'

'ओफ्फो। तुम्हारी हर कहानी में क्लेयर पहले है। है कौन यह औरत?'

'यह क्लेरियन पेपर की प्रतिनिधि है। यह और गायब है। क्या तुमने उसे कल रात कहीं देखा? वह बैलमैन से बात करने आई थी। ठीक उसके वहां आने से पहले बैलमैन का खून हो गया।'

'ओहो। यह वह लड़की थी। अब मुझे याद आया। खुदा मुझे माफ करे। वह और शुल्ज क्लब से बाहर आ रहे थे।'

'शुल्ज? क्या वह भी वहां था?'

केल्स उत्तेजित हो उठा - 'मैं बैलमैन के पास कभी नहीं गया। शुल्ज ने ही उसका कत्ल किया होगा। मैं कितना मूर्ख हूं। उसके साथ एक लड़की थी और उसने कहा था कि वह कुछ बीमार है। वह उस लड़की को थामकर चल रहा था। लड़की तो जैसे मरने वाली थी।'

हैरी उछल कर खड़ा हो गया - 'तुम दिमागहीन आदमी हो। कल रात तुम जिक्र करते तो हम उन्हें रात ही घर दबोचते। अब चलो, हमारे पास एक मिनट का भी समय नहीं है।'

'मेरे नाश्ते का क्या होगा?'

109

'भूल जाओ। हमें शुल्ज को सम्भालना होगा।'

केल्स कमरे में जब वस्त्र धारण कर रहा था तो ड्यूक पीटर को फोन कर रहा था परन्तु वहां से कोई फोन नहीं उठा रहा था।

'जल्दी चलो।' ड्यूक चीखा।

तभी नीग्रो कमरे में घुसा। केल्स ने जल्दी-जल्दी दो-चार पीस उठा लिए और भाग खड़ा हुआ।

नीग्रो आश्चर्य से पीछे-पीछे देखता रह गया।

'पता नहीं यह पीटर गया कहां?' हैरी बोला।

'अरे। आ जाएगा। तुम चलो।' केल्स बोला।

'तुम्हारी कार कहां है?' ड्यूक सहसा बोला।

'मेरी कार?'

'हां तुम्हारी कार?'

'वह तो चेजपारी के गैराज में है।'

ड्यूक ने तेजी से कार को एक समानान्तर गली में चला दिया। 'मैं यह कहता हूं तुम अपनी कार लो और पिन्डर एन्ड की तरफ चलो। केसी को कहना सावधान रहे। मैं फौरन ही निपट कर तुम्हारे पास आ जाऊंगा।' वह चेजपारी के पास आ गये थे।

केल्स कार से उतरा - 'ठीक है। मानो वह मुझ पर गोली चला दे तो?'

ड्यूक को एप्पल जैक शराब याद आ गई। उसने वह बर्तन उसके हाथ में थमा दिया। 'उसे यह दिखाना। वह समझ जाएगा कि तुम मित्र हो।'

वह केल्स को जार थमाकर निकल भागा।

वह बड़ी तेजी से ड्राइव करता हुआ शुल्ज के घर पांच मिनट में ही जा पहुंचा। उसने सीधे कार को शुल्ज के घर के गेट के सामने खड़ा किया और दौड़ कर रास्ता पार करके मुख्य द्वार पर जा पहुंचा।

मुख्य द्वार पर ताला लगा था। वह हिचकिचाया नहीं। उसने हवा में उछल कर एक लात दरवाजे पर दे मारी। दरवाजा उखड़ कर पीछे जा पड़ा। वह आगे बढ़ा। पिस्तौल उसके हाथ में थी। उसके चेहरे पर कठोरता व्याप्त थी।

वह मुख्य हाल में एक क्षण रुका। दीवार पर रक्त के छींटे थे। थोड़ा आगे खून घिसने के निशान थे। जैसे किसी ने स्वयं को दीवार का सहारा दिए रखा हो।

वह स्थिर खड़ा रहा। उसके लिए यह समय बड़ा निर्णायक था। वह समझ पा रहा था कि उसके लिए क्लेयर कितनी महत्वपूर्ण थी। पिछले 48 घन्टों में उसने उसे सिर्फ दो बार देखा था। वह उससे झगड़ा कर चुका था और उसे कई बार मन से निकाल चुका था परन्तु वह महसूस कर रहा था कि क्लेयर के बगैर उसका जीवन कितना नीरस और बेकार था।

अगर क्लेयर को इस घर में मिलना था तो वह अन्दर जाना नहीं चाहता था। वह जीवन में आए इन अप्रत्याशित झंझावात का मुकाबला करने को तैयार नहीं था।

वह खड़ा ही था कि उसे रास्ते पर किसी के दौड़ने की आवाज आई और उसने क्लेयर का स्पष्ट स्वर सुना - 'ओह हैरी...।' अविश्वासपूर्वक वह मुड़ा। क्लेयर ही थी।

वह घर के बाहर खड़ी उसे देख रही थी। उसकी आंखें चमक रही थीं।

वह वापिस मुड़ा और टूटे दरवाजे से पार होते ही उसने क्लेयर को बांहों में भर लिया। क्लेयर ने उसकी तरफ देखा। उसने क्लेयर के नरम होंठों पर अपने होंठ कस दिए। वह हिल नहीं पाई और काफी देर वे इसी प्रकार खड़े रहे।

क्लेयर अलग होना चाहती थी परन्तु वह काफी ताकतवर था। एकाएक क्लेयर को अपने अन्दर कुछ पिघलता हुआ महसूस हुआ। अब उसने भी अलग हो का इरादा छोड़ दिया। उसके होंठ जल रहे थे। परन्तु वह अब अलग नहीं होना चाहती थीं।

सहसा उसने अपने से उसे अलग कर दिया और कुछ याद-सा करने लगा।

'मैं समझा था तुम्हारा साथ कुछ घट गया है - बड़ा खौफनाक, खतरनाक, भयावना।'

वह कुछ नहीं बोल पाई। केवल उससे लिपटी रही।

रक्त सनी दीवारें उसे फिर याद आ आईं। वह बोला -

'तुम यहीं रुको। मैं अभी आया।' वह उसे छोड़कर अन्दर चला गया।

बैठक में पीटर क्लेन बैठा थी। वह कुर्सी पर बैठा था। उसकी कमीज आगे से लाल थी और मुंह पर भी रक्त लगा था। वह भयभीत ऊपर की तरफ देख रहा था। उसकी आंखों पर मक्खियां भिनक रही थीं।

ड्यूक उसे खड़ा देखता रहा। उस पर क्लेन की मौत का कोई प्रभाव नहीं था। यह वह पीटर तो नहीं था जिसे वह जानता था। यह तो बड़ा खतरनाक - सा लगने वाला इन्सान था। पीटर क्लेन जिन्दा था। वह कैसे मर सकता था? वह तो हमेशा परेशान रहता था। उसे कहता था तुम परेशान मत हो। वह उसकी तरफ मित्रता पूर्वक देखा करता था। आज... वह कहां था?

और तभी क्लेयर अन्दर आ गई।

उसे रोकने में उसे कुछ देर हो गई। अब वह पीटर क्लेन की तरफ देख रही थी। उसने उसके गले में हाथ डाल दिया। वह भय और गम से कांपने लगी थी। उसे बड़ा बुरा लग रहा था।

क्लेयर ने नहीं पूछा कि पीटर मर गया या जिन्दा था? वह समझ चुकी थी। वह हैरी को पकड़े-पकड़े देख रही थी कि कैसे उसका छोटा-सा पीटर के चारों ओर बिखरा जीवन टूट-फूट चुका था।

'मुझे बाहर ले चलो....।' वह बोली। और वह उसे बाहर लेकर चल पड़ा।

उसे गम में डूबी क्लेयर का स्पर्श अच्छा लग रहा था। उसने बड़ी शालीनता से क्लेयर को कार में बिठाया।

'मैं कुछ जरूरी काम करने जा रहा हूं। तुम यहीं बैठो।'

वह चला गया।

उसने सारे कमरे छान मारे परन्तु कोई भी नहीं मिला उसे। मुड़कर वह पीटर क्लेन के पास जाकर खड़ा हो गया। वह गौर से उसे देख रहा था।

पीटर को पास से गोली मारी गई थी। उसकी कमीज पर सामने जलने का निशान था। उसने अन्दाजा लगाया, यह काम केवल शुल्ज का ही था। किसी तरह पीटर को पता लगा गया हो कि क्लेयर को शुल्ज ने अगुवा कर लिया है इसीलिए वह पीछे-पीछे आया होगा। वह बिना गन के ही यहां आ गया होगा और शुल्ज ने उस पर गोली चला दी होगी।

ड्यूक ने पीटर का हाथ छुआ और बोला - 'मैं बदला लूंगा उससे। उसे समाप्त कर दूंगा।' मुड़कर वह कार की तरफ लौट आया।

क्लेयर काष्ठवत् वहां बैठी थी। जब ड्यूक उसके पास बैठ गया तो वह बोली - 'एक लड़की लौरैली और एक लड़का जोय है ना....?'

'मैं उन्हें जानता हूं। इस समय तुम सब भूल जाओ।'

'नहीं, वे लोग मुश्किल में हैं। इसीलिए तो मैं यहां आई थी। वे तुम्हारे कमरे के पीछे कोरिस और उसके आदमियों के हाथ पड़ गये हैं।'

'उसकी चिन्ता छोड़ो। उनकी कोई कीमत नहीं है। तुम अपनी चिन्ता करो। क्लेयर, कहां जाओगी बोलो।'

'परन्तु उन्होंने मेरी मदद की थी। उनके लिए कुछ तो करना होगा।'

'ठीक है। मैं कुछ करूंगा।' और कार पूलरूम की तरफ दौड़ चली।

अब उसके दिमाग में क्लेयर नहीं शुल्ज था। वह सोच रहा था कैसे जल्दी से जल्दी उसे ढूंढ़ा जाये। उसने सोचा, चाहे शुल्ज कहीं भी छिपा हो उसे ढूंढ़ना होगा। सहसा उसने क्लेयर के सफेद चेहरे को देखा। कितना महत्वपूर्ण था क्लेन पीटर इसके लिए!

'तुम अकेले वहां नहीं जाओगे। काफी लोग हैं वहां। तुम जरूर किसी को साथ लेकर जाओ। पर मुझे लौरैली ने कहा था कि पुलिस की मदद नहीं लेनी है।' वह बोली।

'मैं अपना ख्याल रखूंगा। तुम घबराओ मत।' वह कार अपने घर की ओर ले जा रहा था। 'मेरे पास घर पर एक टामीगन है। मैं उसकी मदद से उन्हें सम्भाल लूंगा।'

सहसा कठोर चेहरे में आंखें तरेरते हुए वह बोली -'उसे मारा किसने हैं?'

'मेरा विचार है शुल्ज ने।'

'मैंने तुमसे कहा था कि उसे अकेला छोड़ दो। कहा था ना? अगर तुम मेरी बात मान लेते तो यह दिन न देखना पड़ता। मैंने कहा था कि वह अपनी देखभाल नहीं कर सकता। तुमने मेरा यकीन नहीं किया। वह भी मुझ पर यकीन नहीं कर सकता था। कितने आराम से बेचारा मर गया। शुल्ज, स्पेड... और तुम भी इसी तरह मरना पसन्द करते हो...। परन्तु बेचारा तो तुम लोगों में से नहीं था। उसका ऐसा अन्त क्यों?'

ड्यूक के बाहर आ खड़ा हुआ। 'तुम्हारी भावनाएं मैं समझ सकता हूं परन्तु अब कटुता से कुछ प्राप्त नहीं होगा। पीटर मेरा भी मित्र था, मैं भी उसे भूल नहीं सकता। मेरे लिए वह तुम जैसा ही प्रिय था। परन्तु अब हम लोग कुछ नहीं कर सकते। अब केवल उसकी याद ही बाकी है। अब हमें उसके आदर्शों पर चलना है।'

वह शांत थी परन्तु दुःख और कटुता उसकी आंखों से झलक रही थी।

‘मैं गन ले आता हूं। तुम अगर घर जाना चाहो तो मैं तुम्हें टैक्सी कर दूं।’

वह उसे बड़ी घृणापूर्ण नजरों से देख रही थी। ‘मैं अब इसका अन्त चाहती हूं। तुम जानते हो। मैं अब इस मामले से बाहर नहीं रह सकती।’

वह कन्धे-उचकाकर घर की तरफ दौड़ा।

जब वह बन्दूक लोड कर रहा था तो फोन की घन्टी बजी। उसने फोन उठा लिया।

‘हैरी ड्यूक।’ उसने लौरैली की आवाज पहचान ली। वह बड़ी उत्तेजित थी।

‘कहां हो तुम? मैं तुम्हारी रक्षा के लिए आ ही रहा था।’

‘मैं अपनी देखभाल स्वयं कर सकती हूं। तुम मुझे समझते क्या हो? मैं लिन्कन स्ट्रीट के कोने वाले ड्रग स्टोर से फोन कर रही हूं। तुम आकर मुझे ले जाओ।’ गर्वपूर्ण स्वर में वह बोली।

‘मैं आ ही रहा हूं।’ और उसने फोन रख दिया।

उसने गन को कम्बल में लपेट कर कन्धे पर रख लिया और सीढ़ियां उतर गया।

‘लौरैली ठीक-ठाक है। अभी उसका फोन आया था। हम उसे लेने चल रहे हैं’। बन्दूक को पिछली सीट पर फेंकते हुए वह बोला।

क्लेयर चुप थी। उसका काठ जैसा चेहरा बड़ा दारुण लग रहा था। ड्यूक की इच्छा हुई कि क्लेयर रो पड़े तो कुछ दुःख हल्का हो। उसे इस रूप में देखना कितना दुखःपूर्ण था।

वह केवल चार ही मिनट में लिंकन स्ट्रीट जा पहुंचा। लौरैली व जोय एक कोने में खड़े थे। जोय ने रूमा से चेहरे का नीचे का हिस्सा छिपाया हुआ था। उसकी आंखें चमक रही थीं।

दोनों कार चढ़ गये।

‘फेअर व्यू, और मैं तुमसे बात करूंगी। तुम चले चलो।’ वह बोली।

ड्यूक ने तेजी से कार की रफ्तार बढ़ा दी और बोला - ‘बताओ क्या हो रहा है?’

‘काफी कुछ। स्पेड के लोग पिन्डर एन्ड पर कब्जा करने की फिराक में है। जब हम वहां से निकले तो वे योजना बना रहे थे। बारह आदमी हैं और कोरिस। सबके पास बन्दूकें हैं। परन्तु वह किसी मुश्किल की अपेक्षा नहीं रखते।’

लौरैला काफी कुछ जैसे अध्ययन करके आई थी।

ड्यूक मुस्कुराया। ‘उनके लिए एक आश्चर्य प्रतीक्षा कर रहा है। मौके की बात है, क्लेयर से मैं यही बातें कर रहा था। मैंने कहा था कि बेन्ओनविलै को इनसे बचाने का एक ही तरीका है कि इन सबको इकट्ठा करके मारा जाए। अब वही हो रहा है। इसके बाद बेन्टोनविले एकदम साफ पाक हो जाएगा।’

‘काफी कुछ देर हो चुकी है ड्यूक।’ दुःखपूर्ण स्वर में क्लेयर बोली।

‘मैं तुम्हें फेअर व्यू छोड़कर केसी को चेतावनी देने जाऊंगा। उनके पास बन्दूकें हैं और केल्स उनके पास ही है। हम योजना बना कर उन्हें समाप्त कर देंगे।’

‘अगर तुम सोचते हो कि मैं यह नजारा नहीं देखूंगी तो तुम पागल हो। तुमने मुझे उस वक्त नहीं देखा जब मैंने जोय के पीटने वाले की खोपड़ी चूर-चूर कर दी थी।’

‘नहीं। मुझे खेद है। औरतें लड़ाई में भाग नहीं लेंगी।’

जोय बोल उठा - 'पिन्डर एन्ड पर अन्य चीजें भी हैं। खाली लड़ाई ही तो नहीं। तुम लड़ाई का क्षेत्र सम्भालो, हम दूसरे क्षेत्र सम्भालने के लिए हैं।' जोय के हाथ में टामीगन थी जो उसने पिछली सीट से उठा ली थी। शीशे में जोय की आंखों के भाव देखकर ड्यूक को अच्छा नहीं लगा वह गन ड्यूक के सिर की तरफ ताने हुए था। ड्यूक को जोय का रक्त सना चेहरा दिखाई दे रहा था।

'अगर तुम लोग ऐसा ठीक समझते हो तो हम क्लेयर को रास्ते में उतार दें फिर मिलकर आनन्द मनाते हैं।' नकली खुशी जाहिर करते हुए ड्यूक बोला।

'मैं भी रास्ते में नहीं उतरने वाली। साथ चलूंगी।' क्लेयर ने कहा।

'इसे भी साथ ले चलो जोय। शायद किसी काम आ जाए।' लौरैली ने जोय को कहा।

'हर आदमी साथ जाएगा। सारा शहर बुला ले चलें।'

क्रोध और घृणा के मिश्रित भावों से सना जोय बोला। उसने गन की नाल नीचे कर ली थी।

'चुप करो। हम और क्या कर सकते हैं?' लौरैली तेज स्वर में बोली।

'जानते हो तुम लोग, कितना माल छुपा है वहां? पांच करोड़....। बांटने के लिए काफी होंगे।' ड्यूक हंसा।

सारी पीड़ा भूल कर जोय चहका - 'पांच करोड़।'

जब वे फेअर व्यू के पास आ पहुंचने तो ड्यूक ने फिर पूछा - 'क्या सचमुच तुम साथ आना चाहोगी क्लेयर?'

'जरूर आऊंगी।'

थोड़ा-सा और आगे जाकर वे पिन्डर एन्ड पर आ पहुंचने।

अभी वे थोड़ा ही आगे बढ़े होंगे कि एक आवाज गूंजी - 'रुक जाओ वरना गोली मार दूंगा।'

ड्यूक ने ब्रेक लगाए और चारों तरफ देखा। कहीं कोई नहीं था। सहसा एक झाड़ी के मध्य से जेटकिन निकला। उसके हाथ में राइफ थी और वह आत्मविश्वास से भरपूर था।

'मैं तुम्हें डराना नहीं चाहता था मिस्टर ड्यूक .....पर वह श्रीमान केसी साहब हैं ना। उन्होंने कह रखा है कि हरेक को रोको।'

ड्यूक मुस्कुराया - 'बहुत खूब। सब लोग हैं कहां?'

जेटकिन ने सामने खेत की ओर इशारा किया। 'वे' लोग योजना बना रहे हैं। आपका क्या विचार है? कोई मुसीबत तो नहीं आने वाली?'

'मैं शर्त लगाकर कह सकती हूं कि व्हेल मछली जितनी बड़ी मुसीबत आने वाली है।' लौरैली बोली।

जेटकिन सतर्क नजरों से देखता हुआ बोला - 'क्या यह सच कह रही है ड्यूक साहब?'

'लगता तो है। तुमने पहले कभी राइफल चलाई है?'

'शाटगन, राईफल नहीं। पर मैं चला लूंगा। मुझे लगता तो है।'

कार स्टार्ट करते हुए ड्यूक बोला - 'राइफल तुम्हें मिल जाएगी। तुम अगली कार को मत रोकना। तुम जरा छुप कर रहना। वह काफी गोलीबारी करेंगे। और तुमसे ज्यादा होशियार होंगे।'

जेटकिन का मुंह खुला रह गया। 'तुम्हारा मतलब है मैं गोली चला सकता हूं उन पर।'

'हां। जरूर। मारना उन्हें चुन-चुनकर। पर स्वयं को बचाना। अगर तुमने उन्हें नहीं मारा तो मुझे गुस्सा आएगा।' और वह चल पड़ा।

लौरेली बोली - 'भई मुझे तो यहीं उतार दो। मैं तो पैदल चलूंगी।'

ड्यूक ने कार की रफ्तार कम कर दी। 'मैं कार यहां नहीं छोड़ सकता। मुझे ऊपर ले जाकर कार कहीं छुपानी पड़ेगी। अच्छा हो तुम लोग पैदल ही चलो। कहीं मेरी कार के स्प्रिंग ही ना बोल जाएं।'

अंततः वह सभी केसी के घर जा पहुंचे। केल्स दरवाजे पर प्रतीक्षारत था और केसी पोर्च पर बैठा था।

ड्यूक ने बड़ी मुश्किल से कार को केसी के घर के पीछे की ओर ले जाकर खड़ा कर दिया। और पैदल लौटकर अगले दरवाजे के पास आ गया।

'कौन है?' केल्स ने धूल उड़ती देखकर पूछा।

'शुल्ज की लड़की और वह जोय, मिस रसेल साथ में है।'

'यह क्या कोई पार्टी हो रही है?' निराश स्वर में केल्स ने पूछा।

'सुनो पाल। शुल्ज ने पीटर क्लेन को मार डाला है। मिस रसेल को यह बहुत बुरा लगा है। अब तुम सोच समझकर बात करना।' ड्यूक ने बताया।

'कौन लड़की?'

'मिस रसेल।'

'क्लेन को शुल्ज ने क्या सोचकर मारा है?'

'अब उसे भूल जाओ केल्स।'

'ठीक है। मैं चुप हूं। तुमने अच्छा किया जो मुझे साथ ले लिया। ये साले टिड्डे जिसे चाहे मार डालते हैं।'

'मिस्टर ड्यूक, आपने काफी बड़ा असली हथियारों का भेजा है। क्या हमने किसी को कत्ल करना है?' केसी ने पूछा।

सिर खुजाते हुए ड्यूक बोला - 'हां। अगर उन्होंने हम पर हमला किया तो हमें आत्मरक्षा में उनकी हत्या तक करनी पड़ेगी। घबराओ मत, मैंने यहां आने से पूर्व डिप्टी शेरिफ का पद स्वीकार कर लिया था, अतः कानूनी तौर पर भी हमें खतरा नहीं है।'

'मैं चाहता हूं, ये लोग ना तो किसी मुश्किल में पड़ें और न ही हमें मुश्किल में डालें।' केसी बोला।

'अभी थोड़ी देर में मेहमान लोग आए ही समझो। तुम उनका स्वागत करोगे या लड़कर अपने हाथों उनका इन्तकाल? ड्यूक कठोर स्वर में पूछने लगा।

केसी की आंखें कठोर हो आईं और उसने पूछा - 'कैसी लड़ाई?'

'बहुत सख्त लड़ाई। हो सकता है हम में से एकआध को चोट लग जाए। ये लड़के जानते हैं परन्तु कभी मौका नहीं मिला उन्हें ऐसी लड़ाई का। स्पेड के लोग काफी सख्त-जान है।'

दाढ़ी खुजाकर केसी बोला - 'यह औरतों और बच्चों की जंग तो हो नहीं सकती मिस्टर ड्यूक..... क्यों?'

ड्यूक ने जेब से नोट निकालकर कहा - 'इनसे कहो चले जायें यहां से एक दिन के लिए। इनसे कहो कि क्लेरियन के दफ्तर में इन्तजार करें। अगर ये साम ट्रेन्च को कहेंगे तो वह इनका प्रबन्ध कर सकता है।'

केसी सन्तुष्ट नजर आया - 'हम लड़ेंगे।'

'ठीक है। काफी काम करना है हमें। पहले तुम बच्चों और औरतों को यहां से दूर करो। अपने लड़कों को यहां भेजो बन्दूकें और गोलियां देकर। मैं उनसे बात करूंगा।'

भागता, धूल-उड़ाता केसी चल पड़ा।

केल्स ने हैट सिर पर से झुकाते हुए कहा - 'क्या तुम समझते हो वे लड़ेंगे?'

'तुम पांच करोड़ के लिए क्या नहीं कर गुजरोगे? मैं शर्त लगाता हूं। वे एकदम तो नहीं लड़ेंगे। वह यहां रात को आने वाले हैं। मैं कोरिस को जानता हूं। वह दिन में आने की हिम्मत नहीं कर सकता।'

तभी क्लेयर, जोय और लौरैली आ पहुंचे।

ड्यूक ने क्लेयर का परिचय करवाया। क्लेयर रुचिपूर्वक औरतों, बच्चों को और लकड़ी के पुराने मकान को देख रही थी।

'क्या बात है क्लेयर के साथ? बीमार लगती है।' केल्स फुसफुसाया।

'तुम जोय और उस मुर्गी औरत को जानते हो?'

केल्स जोय को देखकर मुस्काया और बोला - 'क्या चेहरा। ऐसा ही चेहरा तुम पर फबता है।'

जोय ने क्रोध में कुछ बोला और लौरैली क्रोध से भड़क उठी।

'तुम हमेशा दूसरों का मजाक उड़ाते रहते हो।' वह चीखी।

तभी केसी लौट आया। वह लौरैली और जोय को घर में ले गया।

क्लेयर हिचकिचाई और पीछे-पीछे चल पड़ी। ड्यूक ने केल्स से कहा - 'लड़की का हाल तो काफी बुरा है।'

केसी लौटा तो बच्चे और औरतें जाने को तैयार थे। संख्या में लगभग तीस औरतें व बच्चे पीछे के लम्बे रास्ते से चल पड़े। ड्यूक ने सोचा था कि रास्ता लम्बा है परन्तु है तो सुरक्षित। इधर से कोरिस और उसके आदमियों से टकराने की सम्भावना काफी कम थी।

ड्यूक उनको जाते देखकर साम ट्रेन्च के चेहरे की कल्पना करने लगा। जब वह इन्हें देखेगा तो.. ओफ। साम का अपना चेहरा देखने लायक हो जाएगा।

'अच्छा लड़कों को बुलाओ। समय कम है और काम ज्यादा।' ड्यूक बोला।

'जेटकिन को क्या करना होगा?' केसी ने पूछा।

ड्यूक ने केल्स को कहा - 'तुम थाम्पसन से दो चार को तो मार ही गिराओगे। और जेटकिन को फारिंग कर दो। जो भी आए उसे रोकना और लौट जाने का आदेश देना। खाली गोली मत चला देना पहले ही।'

'ओफ। इतने बड़े खेत को पार करके जाना क्या खालाजी का घर है? मैं तो परेशान हो जाऊंगा। इस केसी को भेजो ना। इसे तो धूल में धक्के खाने में आनन्द आता है।'

ड्यूक ने उसके कन्धे पर हाथ रखा - 'तुमने पांच सौ ग्रान्ड के लिए काम करने का वायदा किया था.... चलो अब शुरू हो जाओ।'

'अरे। तुम अपने को क्या तीसमारखां समझते हो।' और वह चल पड़ा।

* * *

जब लौरैली ने जोय के नाक की पट्टी कर ली तो रक्त रंजित लाल पानी सिन्क में फेंक दिया। गन्दा तौलिया दूर रखकर उसने जोय को देखा। जो प्लास्टर में छुप सा गया था। उसके चेहरे पर बंधी पट्टियों में से बस दो चमकती आंखें ही दिखती थीं। वह खतरनाक सर्प जैसा दिख रहा था।

'अब आओ। यही वह घर है और यहीं से शुरूआत होनी है।' वह बोली।

जोय ने दांत पीसे। सकी कलाई में अभी भी दर्द था और नाक की तो पूछो ही मत। घर की तलाशी का मामला जोय को जम नहीं रहा था। वह बोला - 'मुझे अकेला छोड़ दो। मुझे आराम करना है।'

'अगर पैसा मिल गया तो जीवन भर आराम करना, आलसी चूहे। जल्दी करो।' लौरैली ने कहा।

'मुझे अकेला छोड़ दो।' वह बोला।

क्लेयर खिड़की के पास से मुड़ी। वह बोली - 'तुम लोग क्या तो ढूंढ़ोगे और कहां ढूंढ़ोगे?'

'घबराओ मत। तुम जोय के साथ रहो।' और लौरैली बाहर निकल गई।

सामने ड्यूक आ रहा था। वह उससे जा टकराई। वह बोला - 'ओफ। कहां जा रही है सवारी अपनी?'

'हमने अच्छी शुरूआत की है ना?' वह बोली।

'हां। परन्तु जोय कहां है? ऊपर चलो।'

'वह आलसी थोड़ी-सी दर्द में मरा जा रहा है।'

'ड्यूक केसी के कमरे में गया और जोय से बोला - 'चलो कुछ काम करो। बहुत काम है।'

जोय उठ खड़ा हुआ और उसने अपनी घसयल कलाई सामने उठा दी। उसने मुक्का तान रखा था।

लौरैली चीख पड़ी। परन्तु तब तक ड्यूक ने उसे पकड़कर एक धक्का पीछे दिया और वह सीधा कमरे में चित्त जा गिरा। वह मुंह के बल लौरैली के पैरों के पास गिर पड़ा था।

'तुम अपने को समझते क्या हो। बड़े साहबजादे हो तुम?' लौरैली बोली।

जोय उठ खड़ा हुआ और उसका हाथ पीछे की जेब तक पहुंचा ही था कि ड्यूक ने उसे उठाकर खींच लिया। उसे खींचता हुआ वह कमरे से बाहर ले गया।

'क्या मुसीबत है तुम्हारे साथ?' ड्यूक बोला।

117

लौरैली पीछे-पीछे ऊपर चली गई। उसने सामने कीचड़ का धब्बा देखा ही नहीं।

ड्यूक ने जोय को छोड़ दिया और कहा - 'या तो ठीक व्यवहार करो नहीं तो थप्पड़ दे मारूंगा।'

जोय ने अपना कोट ठीक किा और शांत खड़ा हो गया।

'सूअर सुनो। वह पहला कमरा है। सुई जैसा तलाश करते हैं वैसे ही तलाशो इसे। मज ले-लेकर एक-एक चीज की तलाशी लो।' उसने शायद प्लेस से जंग लगी लोहे की सींक उठा ली। उसने दोनों को कहा -

'फर्श का एक-एक फट्टा उठाकर देखो। दीवारों को खुरच डालो। अगर कुछ ना मिले तो दूसरे कमरे में तलाशी शुरू कर दो। केसी को यह परवाह नहीं है कि मकान टूटता-फूटता है तो क्या होगा?'

फिर लौरैली के हाथ में सींक देते हुए वह बोला - 'अगर यह सूअर काम ना करे तो इसी सींक से पीटना इसे। नहीं तो मुझे आवाज़ देना।' ओर ड्यूक बाहर निकल गया।

तभी क्लेयर खिड़की के पास से घूमी। वह दुखी और अकेली थी। उसने चाहा कि वह उसे बांहों में भरकर खूब प्यार करे। वह क्लेयर के पास आ गया।

'तुम्हें यहां नहीं आना चाहिए था। तुम्हारे मन की दशा मैं समझता हूं। अभी समय है तुम जाओ यहां से। मेरी कार बाहर है। अगर चाहो तो ले जा सकती हो।'

'मैं ठीक हूं। मेरी परवाह मत करो ड्यूक।'

'परन्तु मैं तुम्हारे लिए कुछ करना चाहता हूं...।'

परन्तु क्लेयर एकदम दूर हट गई।

'पहले ही तुम्हारे बड़े अहसान हैं हम पर।' वह तेज स्वर में बोली।

सहसा ड्यूक को क्रोध आ गया। उसने क्लेयर के हाथ को पकड़कर झटका।

'तुम्हें मेरी बात सुननी होगी। तुम यह सोचती समझती रही हो कि पीटर एक बच्चा था जिसे अपने दाएं-बाएं हाथ का भी पता नहीं था। अब समय आ गया है कि तुम सब समझ लो। पीटर एक अच्छा इंसान नहीं था। वह पूर्णतः अपनी रक्षा में समर्थ था। हम इकट्ठे काम करते थे। वह काफी कुशाग्र था। जानती हो क्यों? वह कभी भी खतरा मोल नहीं लेता था। मैं इतना कुशाग्र बुद्धि नहीं था। मैं फंस गया। वह और मैं एक ही खेल में थे। परन्तु वह....।'

क्लेयर का चेहरा बुझ गया। 'कितने बड़े सूअर हो तुम! तुमने तो सदा ही पीटर को अपना मित्र कहा है।'

ड्यूक शान्त खड़ा रहा। वह क्लेयर को देख रहा था। उसने अपना चेहरा छुआ और कन्धे झटके।

'अब क्या फर्क पड़ता है? अब तुम यह देखो तुम्हें क्या पसंद है। मैं तो

गधा था जो तुम्हारे प्यार में फंस गया। तुम्हें सब पता है। तुम्हें तकलीफ ना हो तो मैं बताऊं? तुम पहली औरत हो जिसने मेरे जीवन को कोई मतलब दिया है। यह मत पूछो कि क्यों? मैं जानता नहीं। जब से तुम मिली हो हम लड़ रहे हैं। फिर भी तुम्हारे लिए पागल हूं और

रहूंगा। पीटर मर चुका है वर्ना मैं तुम्हें यह कभी ना बताता। अब तुम पीटर की याद में तब तक मत बैठी रहना जब तक बहुत देर ना हो जाए। तुम्हें अफसोस होगा। तुम ख्वाबों की हवाओं पर तैर रही हो। पछताओगी। अगर तुम पीटर को उस रूप में जानतीं जिस रूप में मैं जानता था तो तुम उससे भी उतनी ही घृणा करतीं जितनी मुझसे कर रही हो। मेरा यकीन करो वह बचकर खेल खेलता था। तुम्हारे जैसी लड़की उसके लिए क्या बुरी थी? तुम वह कार लो और चली जाओ। तुम्हें इस रूप में देखकर मुझे बड़ा कष्ट होता है।' वह क्रोधपूर्वक बाहर निकल गया।

केसी बाहर पोर्च में आ पहुंचा।

'कोई मुश्किल है मिस्टर? तुम क्रोध में बिफर रहे हो?' केसी ने पूछा।

'मेरी चिंता छोड़ो। चलो, अपने लड़कों को देखकर आते हैं।' ड्यूक बोला।

उसने खिड़की से झांका। नीचे कुछ लोग आलू के बोरों में मिट्टी भर कर दीवार के साथ लगा रहे थे। वह पीछे को तरफ गया। वे लोग घर से सौ गज की दूरी पर खाई खोद रहे थे।

'मैं कार यहां से हटाऊंगा। यह सामने देखने में बाधा उत्पन्न करती है।'

कार ड्राइव करके वह उसे एक दूसरे बंगले के पीछे ले गया। वहां कार खड़ी करके वह लौट आया।

'तुम तो बड़े आश्वस्त लगते हो जैसे कि बला आने ही वाली है। मुझे तो दूसरे विश्व युद्ध की याद आ रही है।' केसी दाढ़ी खुजाते हुए बोला।

ड्यूक मुस्कुराया। 'तुम तब तक प्रतीक्षा करो जब तक यह नयी योरोपियन लड़ाई शुरू न हो जाए।' खुदती हुई खाई को देखकर वह आश्वस्त हो गया कि खाई खोदने वाले जानते थे कि खाई कैसी खोदनी है।

'मशीनगन छुपाने लायक खाईयां ये लोग खोद रहे हैं। एक-एक आदमी को इसमें थाम्पसन गन देकर छुपा देना। कितने आदमी हैं तुम्हारे पास?'

'हमारे पास तीस आदमी है। उनके पास शाटगन हैं और वे बन्दूकें हैं जो तुमने भेजी थीं।' केसी बोला।

'ठीक है। लड़को से मेहनत करवाओ। घर को बिल्कुल ऐसा कर दो कि कोई यहां पहुंच ना पाए। हां, तुम्हारे पास कुछ कांटेदार तार है?'

केसी को पता नहीं था कि तार है या नहीं।

'जरा ढूंढ़ो, अगर कांटेदार तार मिल जाए तो उनकी गति कम करने के लिए सवर्ण वस्तु होगी।'

अभी वह केल्स के पास पहुंचा ही था कि उसने देखा, धूल का बादल उड़ा चला आ रहा है। वह दौड़ा और केल्स के पास जा पहुंचा।

केल्स चीखा और कार उसके पास ही आकर रुक गई।

खिड़की से कोरिस ने झांका। वह केल्स पर झल्लाया परन्तु ड्यूक को वहीं खड़ा देखकर उसका मुंह सख्त हो गया।

'यह सब क्या है?' उसने पूछा।

तीन आदमी कार के पीछे और तीन आगे बैठे थे। ड्यूक उनमें से करीब-करीब सभी को पहचानता था। वे सारे काफी सख्तजान और कातिल थे।

वह कार के पास पहुंचा और उसने कार के पायदान पर पैर रखा।

'कोई गड़बड़ मत करना लड़कों उन झाड़ियों में दो तीन लौंडे थाम्पसन गन लेकर तुम्हारा शिकार करने को बैठे हैं।' ड्यूक ने सधी आवाज में चेतावनी दो।

'तुम क्या करने वाले हो?' कोरिस ने झाड़ियों की तरफ देखते हुए कहा।

'मैंने पिन्डर एन्ड पर कब्जा कर लिया है। यह कूड़े का ढेर मुझे रुचिपूर्ण लगता है। हम एक सप्ताह तक कोई पर्यटक नहीं चाहते यहां। अतः आप कार को मोड़ो और दफा हो जाओ।' ड्यूक बोला।

कोरिस ने चश्मा ठीक किया। 'तुम यहां कब्जा कैसे कर सकते हो? ये क्या तुम्हारे बाप की जगह है? तुम भाग जाओ तो बेहतर होगा।' कोरिस आंखें तरेरता हुआ बोला।

ड्यूक ने दांत पीसे और कोट को जरा-सा ऊपर हटाकर उसे चांदी का एक बैज दिखाया। मैं डिप्टी शेरिफ हूं। मैं यहां की जांच पड़ताल कर रहा हूं। अब फूटो यहां से।'

'पागल मत बनो। किसी को चोट लग जाएगी। यहां बच्चे हैं, औरतें हैं। शायद तुम उन्हें नुकसान पहुंचाना चाहो।'

ड्यूक ने सर हिलाया - 'वे लोग जा चुके हैं। अगर तुम लड़ाई लड़ना चाहो तो स्वागत है। यह जगह देख लो। हम युद्ध की सी तैयारी कर रहे हैं। केवल हमारे पास लड़ाकुओं की कमी है। हमारे पास हवाई जहाज और हथियार नहीं हैं। हमने बड़े यत्न से तैयारी की है।' वह सतर्क नजरों से कोशिश को देख रहा था।

कोरिस लगातार चश्मे के पीछे से ड्यूक को देख रहा था। लगता था वह कुछ ना कुछ करेगा। परन्तु अन्ततः उसने स्वयं को सम्भाल लिया।

'अगर हमने कुछ करना शुरू कर दिया तो मूर्ख तम कहीं के नहीं रहोगे। इससे पहले कि हम तुम्हें बताएं कि हम क्या कर सकते हैं, तुम चले जाओ यहां से। कोरिस बोला।

'अपनी उम्र का लिहाज करो। तुम्हारे मारने के पाप का बोझ हम अपने सर नहीं लेना चाहते। जब वापिस जाओ तो अपने बॉस को बताना कि हमें नोक्स के घौंसले का पता लग चुका है। अब उस पर अधिकार होगा तो हमारा...।' ड्यूक सिगार पीते-पीते बोलता रहा।

कोरिस ने ड्राइवर से कहा - 'चलो मोड़ो कार।' और फिर ड्यूक से बोला - 'सुनो, हम लौटकर समझेंगे तुमसे। तब तक अपनी अंतिम इच्छा लिख रखना। मैं तुम्हें छोड़ूंगा नहीं प्यारे।'

कार धूल उड़ाती चली गई। ड्यूक ने केल्स से कहा - 'अब यह और भी बदमाश इकट्ठे करके लाएगा और धुंधलके में लौटेगा। तब हम बन्दूक चलाने की प्रेक्टिस करेंगे।'

केल्स बोला - 'भई, मुझे तो जोरदार प्यास लगी है। मैं तो अब यहां और रुकने से रहा।'

'तुम चलो मेरे साथ।' ड्यूक ने कहा। फिर दूसरे दोनों आदमियों से मुड़कर बोला - 'अगर कोई भी आए तो हवा में गोली चलाना पहले। अगर ना माने तो शूट कर देना। एक घन्टे बाद मैं तुम्हें छोड़ दूंगा।

मैंने लौरैली और जोय को तलाशी के काम में लगा रखा है। कुछ दिन लगेंगे तलाशी। मैं सोचता हूं कोरिस को सम्भालना कठिन नहीं है। अगर हमारी योजना सही हो।' वह केल्स से कह रहा था।

केवल मुस्कुराया और खेत खोद रहे लोगों की तरफ देखने लगा। 'ये किसलिए?'

'ये मशीनगन के घर हैं। इन्हीं से रुकेंगे वे लोग।' ड्यूक बोला।

घर के पिछवाड़े जाकर उन्होंने केसी को बुलाया।

घर के पिछवाड़े जाकर उन्होंने केसी को बुलाया।

'एक आदमी को छत पर चढ़ा दो। उसे कहो, फेअर व्यू की तरफ नजर रखे। अगर कारें आती दिखें तो हल्ला मचा दे। घर में पानी भर लो, बिना समय खोएं' वह बोला।

केसी चला गया और वे दोनों घर में घुसे।

उन्होंने वहां क्लेयर को बन्दूकों के साथ काफी व्यस्त पाया। वह बन्दूकों के साथ गोलियों के छोटे-छोटे ढेर अलग-अलग रख रही थी। उसे पता ही नहीं चला जब वे दोनों अन्दर आए।

केल्स बोला - 'अगर जंग ना हुई तो मजा नहीं आएगा।'

'तुम निराश नहीं होगे। स्पेड जैसा हरामी इतना माल आसानी से भला छोड़ सकता है?'

'लगता नहीं कि कोरिस उसे आसानी से माल हथियाने दे।' केल्स ने कहा।

'चलो ऊपर देखें, वे लोग क्या कर रहे हैं?' ड्यूक बोला।

उन्होंने देखा, कमरे के मध्य में खड़ी लौरैली धूल और गर्द की प्रतिमूर्ति बनी कमरे का निरीक्षण कर रही थी।

जोय खिड़की पर बैठा बाहर देख रहा था और सिगरेट पी रहा था।

'कुछ मिला?' कमरे की सारी तोड़-मोड़ और उलट-पुलट देखकर ड्यूक ने पूछा।

'कुछ भी नहीं। अगर पॉल की योजना हमारे हाथ लग जाए तभी कुछ हो सकता है।' निराशा से वह बोली।

'हां। वह तो नहीं मिला। पर हमें कोशिश जारी रखनी होगी। तुम दोनों जाओ। मेरी कार और गन ले जाओ। हम यहां छत्तीस लोग हैं। सबके लिए भोजन का प्रबन्ध करके आओ।'

'और तुम्हें अकेला छोड़ आऊं? तुमको माल मिल जाए और तुम उसे ले उड़ो। मैं इतनी भोली नहीं हूं।' लौरैली बोली।

'तुम्हें थोड़ा-सा तो यकीन करना होगा। जोय को लेकर निकल पड़ो। तुम वह काम सम्भालो।' वह मुस्कुराया।

'सुना तुमने जोय?' लौरैली ने जोय को देखकर कहा।

ड्यूक आगे बढ़ा और उसने जोय का कालर पकड़ लिया। उसने उसे सीढ़ियों की तरफ बाहर धक्का देते हुए जोर से कहा - 'चले जाओ।'

जोय सीढ़ी दर सीढ़ी नीचे गिरता चला गया। लौरैली ने एक खतरनाक नजर ड्यूक पर डाली और जोय के पीछे-पीछे भागी।

'तुम्हें चोट तो नहीं आई?' लौरैली ने जोय से पूछा। जोय की आंखों में खतरनाक इरादा था।

वह दर्द से कराहता पैरों के बल ऊपर उठा। सामने से सीढ़ियां उतरते हुए ड्यूक बोला - 'चलो ऊपर, नहीं तो फिर यही काम करूंगा।'

जोय अविचल खड़ा रहा। उसने क्लेयर की भी नहीं देखा जो पास में ही खड़ी थी।

'कैसे गन्दे आदमी हो तुम? समझते क्या हो खुद को तुम?' वह बड़े जोर से बोली।

बिना क्लेयर की तरफ देखे वह कमरे में मुड़ गया। लौरैली पीछे-पीछे चल पड़ी।

'तुम भी चुपचाप जा रही हो....। नहीं तो मैं तुम्हें भी जोय की तरह बाहर भेजूं?'

'मैं जा रही हूं परन्तु अगर तुमने मुझे मेरे हिस्सो से अलग रखा तो तुम्हारी आंखें निकाल लूंगी।' वह चीखी।

केल्स ने दांत पीसे और बोला - 'चलो, बताओ अब और क्या करना है? तुम तो एकदम डिक्टेटर हो।'

'अब हम माल की तलाश करेंगे....।' और वह कमरे के तख्ते उखाड़-उखाड़कर कमरे के मध्य में रखने लगा।

'वे लोग यह कमरा तो ढूंढ चुके हैं। हम लोग अगला देखें।' केल्स ने शिकायत की।

'मुझे यह जगह पसन्द है। तुम दूसरा कमरा तलाश करो।'

'ठीक है। परन्तु मैं खाली हाथों से कैसे काम चलाऊं?'

ड्यूक बड़े ढंग से उस सींक से दीवारों का पलस्तर उतारता जा रहा था।

'अरे भई-पागल मत बनो, दांतों का इस्तेमाल करो।' ड्यूक ने हंसकर कहा।

* * *

रात होते-होते पिन्डर एण्ड एक किले में तब्दील हो चुका था। थका, हारा, गर्द गुबार में लिपटा ड्यूक सूर्य अस्त से पूर्व सारी जगहों पर घूमता रहा था। उसने सबको सतर्क कर रखा था और बता रखा था कि उन्हें करना क्या है। केसी के घर लौटकर उसने हाथ मुंह धो डाले।

क्लेयर और लौरैली ऊपर नाश्ता बना रही थीं। लौरैली धीरे-धीरे गुनगुना रही थी। वह दोनों सारे लोगों के लिए काफी खाना बना रही थी।

'तो तुम्हें कुछ भी नहीं मिला?' ड्यूक को एक तरफ धकियाते हुए वह बोली।

तौलिए से मुंह पोंछते हुए ड्यूक बोला - 'नहीं। तुमको कभी यह नहीं लगा कि यहां कुछ भी ना निकले। खाली बैलमैन ने ही तो कहा था।'

बड़ बुरा लगेगा अगर कुछ ना मिला तो। अगर मुझे अपना हिस्सा ना मिला तो मैं तो मर ही जाऊंगी।' वह सिंह में बर्तन डुबोते हुए बोली।

'तुम खाना बनाओ। बाकी चिंता छोड़ो। तुम काम अच्छा कर लेती हो।' ड्यूक बोला।

वह गुस्से में बिफर उठी और उसने एक बड़ी प्लेट में मीट मेज पर रख दिया और बोली - 'मुझे मजाक पसन्द नहीं है।'

सारी शाम क्लेयर ड्यूक से बचती रही थी। वह सहायता कर रही थी। उसने सारी गन लोड की थी। अब वह खाना बनाने में मदद कर रही थी।

केल्स, ड्यूक, जोय और लौरैली बैठ गये। परन्तु क्लेयर बाहर पोर्च में जा खड़ी हुई। वह उस गन्दे पोर्च में रेलिंग पर हाथ टिकाए दूर खेतों को देखे जा रही थी।

'इसके साथ क्या समस्या है? यह गूंगी, बहरी है क्या?' लौरैली बोली।

'अकेला छोड़ दो। इसे....।' ड्यूक बोला।

कुछ देर नीरवता छाई रही।

'क्या तुम कुछ बता सकती हो, यह शुल्ज कहां मिलेगा?' ड्यूक ने पूछा।

चम्मच हाथ में पकड़े-पकड़े लौरैली बोली - 'हां पर क्यों....?'

'बकना बन्द करो। मत बताना। शुल्ज को मैं सम्भालूंगा। उस चूहे को मैं खत्म करूंगा।' जोय दहाड़ा।

'बेटा, वह तुम पर भारी पड़ेगा। यह भार मैं सम्भालूंगा।' ड्यूक ने समझाया।

'वह मुझ पर भारी?' हंसकर जोय खाना खाने लगा।

'शुल्ज की चिंता छोड़ो। माल की बात सोचो। सब कुछ तोड़ फोड़ कर तो तलाश लिया। कुछ भी नहीं मिला।'केल्स बोला।

'हो सकता है बाग में गड़ा हो। तुम खोदो ना।' लौरैली बोली।

'लौरैली, तुम्हारे स्वास्थ्य के हिसाब से खुदाई तुम ही करो।' ड्यूक बोला।

'तुम मेरे स्वास्थ्य की चिंता छोड़ो। मैं खुद सम्भाल लूंगी।'

'ओहो.... बातें.... बातें.... बातें करते हो तुम लोग। दिमाग नाम की चीज का इस्तेमाल तक नहीं करते तुम.... लगता है बरसों माल मिलने वाला नहीं है।'

'ठीक है। तुम शुरू करो। यह मत भूलना .... कोरिस हमारे खिलाफ खड़ा है।' ड्यूक बोला।

'ठीक है। मैं शुल्ज को सम्भालता हूं। मैं जानता हूं वह कहां मिलेगा। मैं उससे नक्शा छीन लूंगा, तभी हम लोग आगे बढ़ पाएंगे। मैं जानता हूं कि कहां मिलेगा वह। अगर मैं नक्शा लाकर दे दूं तो आशा है तुम लोग मुझे कुछ तो दे ही दोगे।'

ड्यूक केल्स की तरफ देखकर बोला -'योजना पसंद आई?'

केल्स हिचकिचाया - 'नहीं, मैं खुद ही सम्भालना बेहतर समझता हूं। इस बेचारे का हाथ घायल है। शुल्ज के लिए जरा ज्यादा ही ताकत आजमानी होगी।'

'यही मेरा ख्याल है।'

जोय शांत बैठा रहा। उसका पथरीला चेहरा भावहीन था।

'या तो यह काम करूंगा मैं। या कोई नहीं करेगा। मैं उस सूअर के सारे ठिकाने जानता हूं। तुम लोग नहीं।' वह क्रोध से तमतमा रहा था।

ड्यूक ने सोचा, कोरिस के साथ लड़ाई में तो यह लड़का ज्यादा फायदेमंद साबित हो नहीं सकता। परन्तु शुल्ज के प्रति इतनी घृणा है इसके मन में कि शायद....।

'जाओ.... मेरी कार ले जाओ। और अपना ध्यान रखना।' ड्यूक ने निर्णायक स्वर में कहा।

जोय ने कुर्सी को ठोकर मारी और उठ खड़ा हुआ। 'मैं अपना ख्याल जरूर रखूंगा।' उसकी आंखों में भेड़ियों जैसे चमक थी।

जोय का प्लास्टर लगा चेहरा और हाथ देखकर ड्यूक को शुल्ज से जलन होने लग गई।

लौरैली भी उठ खड़ी हुई - 'मैं साथ जाऊंगी। यह कार नहीं चला सकता।'

'तुम चाहते हो लौरैली साथ जाए?' ड्यूक ने पूछा।

'क्यों नहीं। जोय बड़ी आजिजी से बोला।

'मैं सोचता हूं तुम्हें हम पर यकीन नहीं है। अग हम भाग गये माल लेकर तो... यही तुम्हारे मन में था... अब तुम कैसे यकीन करोगे कि हम तुम्हें धोखा नहीं देंगे? ड्यूक ने पूछा।

'होश की दवा करो। हम पूरा दिन माल ढूंढ़ते रहे। हम जानते हैं बिना योजना के माल कभी नहीं मिलेगा।' लौरैली आंखें तरेरकर बोली।

'अब मैं सोचने लगा हूं कि हम योजना मिलने पर भी माल नहीं पा सकेंगे।'

'तुम एक चतुर चूहे हो...।' और जोय के हाथ में पिस्टल चमक उठी।

ड्यूक ने एक तरफ हटने की कोशिश की परन्तु एक पल के सौवें हिस्से की देरी से वह चूक गया। गोली उसके कन्धे का सिरा छूकर निकल गई। वह गिर पड़ा। कुर्सी उसके ऊपर था। वह प्रतीक्षा कर रहा था कि कब जोय की दूसरी गोली चले।

तभी क्लेयर चीखी और जोय ने उसे डांटा - 'चुप कर।'

मेज पर बैठा केल्स आश्चर्य से देख रहा था। सारी घटना इतनी जल्दी और अप्रत्याशित ढंग से हुई थी कि वह देखता रह गया।

क्लेयर दौड़कर ड्यूक के ऊपर जा लेटी। उसने देखा, खून उसकी बाजू से बह रहा था। उसने ड्यूक का सिर उठाने की कोशिश की।

जोय ने लौरैली का हाथ पकड़ा और निगाहें केल्स पर रखे हुए वह दरवाजे की तरफ भागा।

केल्स चुप बैठा देखता रहा।

ड्यूक ने क्लेयर से कहा - 'मैं ठीक हूं। उत्तेजित मत होओ।' इधर वे दोनों भागते हुए दरवाजे से बाहर जा चुके थे।

ड्यूक उठकर केल्स की तरफ देखकर चीखा - 'अरे मूर्ख, तुम क्या कर रहे हो। जाओ उनके पीछे मूर्ख .... गधे।'

केल्स सहसा जैसे होश में आ गया। वह अपनी बन्दूक लेकर दरवाजे की तरफ दौड़ा। तभी ड्यूक की कार स्टार्ट होने की आवाज आई और कार दूर

अन्धेरी धूल में खोती चली गई।

सामने गोलियां चल रही थीं परन्तु कार के ऊपर से निकलती जा रही थीं।

केल्स ने भी गोली चलाई। तभी एक नई आवाज से वह चकित हो उठा। घर के ठीक सामने मशीनगन चलने की आवाज आई।

कार तब तक नजरों से दूर जा चुकी थी।

चारों तरफ खूब गोलियां बरस रही थीं। कोरिस का दल आन पहुंचा था।

वह अन्दर दौड़ा। अन्दर ड्यूक बैठा था। कोट उतार कर क्लेयर उसकी पट्टी कर रही थी।

'वे तो भाग निकले परन्तु कोरिस आन पहुंचा है।' वह चीखा।

ड्यूक ने क्लेयर को देखा। क्लेयर के बाल उसके चेहरे को छू रहे थे।

'जल्दी करो... मुझे जाना है।' वह बोला।

पट्टी करते-करते वह बोली - 'इस हालत में कैसे जाओगे?'

'मैं ठीक हूं प्रिय....। कितने लोग हैं बाहर केल्स?'

'पता नहीं, बाहर अन्धेरा है।... तुम्हें तो काफी चोट लगी है।' केल्स ने उत्तर दिया।

-नहीं कुछ खास नहीं। मुझे मालूम ही नहीं था कि वह चूहा भी गोली चला सकता है।'

'अब क्या विचार है? क्या करने वाला है यह कोरिस? पागल हो गया लगता है।' खिड़की से बाहर देखता हुआ केल्स बोला।

'उन दोनों को माल मिल चुका है।' ड्यूक धीमे से उदास स्वर में बोला।

केल्स के तो पैरों तले से जमीन खिसक चली थी।

'क्या कह रहे हो? कौन-सा माल?' वह चीखा।

'नोक्स द्वारा छोड़े हुए अन्डे! ठीक है प्रिय क्लेयर। अब मैं चलूं मेरी चिन्ता छोड़ो।' और ड्यूक उठ खड़ा हुआ।

क्लेयर पट्टी का सामन उठाकर रसोई में चली गई।

'तुम क्या कह रहे हो?' केल्स परेशान स्वर में चीखा।

'हमें डबल क्रास किया गया है। वे लोग अंतिम क्षण तक प्रतीक्षा करते रहे हैं। और अंत में भाग लिए। अगर जोय इतना आतुर न होता तो हम अन्दाजा तक न लगा पाते। सारा दिन वे लोग कमरे में थे। माल उन्हें मिल गया और उन्होंने हमें डबलक्रास करने का फैसला कर लिया। लगता है वे भाग गये होंगे। और हम उल्लू बने यहां बैठे हैं।' वह हंसा

अभी उसने बात समाप्त भी नहीं की थी कि मकान की दीवार से आकर एक गोली टकराई।

'अब कोरिस को बुलाकर इस लड़ाई को समाप्त करो। हम उन दोनों का पीछा करना होगा।' केल्स बोला।

'नहीं, कोरिस हमारी बात क्यों मानने लगा। हमें पहले कोरिस से निपटना होगा। तभी हम उन दोनों को भुगतेंगे।' ड्यूक सुदृढ़ आवाज में बोला।

पट्टी करते-करते वह बोली - 'इस हालत में कैसे जाओगे?'

'मैं ठीक हूं प्रिय...। कितने लोग हैं बाहर केल्स?'

उसने पूछा।

'पता नहीं, बाहर अन्धेरा है।...तुम्हें तो काफी चोट लगी है।' केल्स ने उत्तर दिया।

'नहीं कुछ खास नहीं। मुझे मालूम ही नहीं था कि वह चूहा भी गोली चला सकता है।'

'अब क्या विचार है? क्या करने वाला है यह कोरिस? पागल हो गया लगता है।' खिड़की से बाहर देखता हुआ केल्स बोला।

'उन दोनों को माल मिल चुका है।' ड्यूक धीमे से उदास स्वर में बोला।

केल्स के तो पैरों तले से जमीन खिसक चली थी।

'क्या कह रहे हो? कौन-सा माल?' वह चीखा।

‘नोक्स द्वारा छोड़े हुए अन्डे! ठीक है प्रिय क्लेयर। अब मैं चलूं मेरी चिन्ता छोड़ो।’ और ड्यूक उठ खड़ा हुआ।

क्लेयर पट्टी का सामान उठाकर रसोई में चली गई।

‘तुम क्या कह रहे हो?’ केल्स परेशान स्वर में चीखा।

‘हमें डबल क्रास किया गया है। वे लोग अंतिम क्षण तक प्रतीक्षा करते रहे हैं। और अंत में भाग लिए। अगर जोय इतना आतुर न होता तो हम अन्दाजा तक न लगा पाते। सारा दिन वे लोग कमरे में थे। माल उन्हें मिल गया और उन्होंने हमें डबलक्रास करने का फैसला कर लिया। लगता है वे भाग गये होंगे। और हम उल्लू बने यहां बैठे हैं।’ वह हंसा।

अभी उसने बात समाप्त भी नहीं की थी कि मकान की दीवार से आकर एक गोली टकराई।

‘अब कोरिस को बुलाकर इस लड़ाई को समाप्त करो।

हमें उन दोनों का पीछा करना होगा।’ केल्स् बोला।

‘नहीं, कोरिस हमारी बात क्यों मानने लगा। हमें पहले कोरिस से निपटना होगा। तभी हम उन दोनों को भुगतेंगे।’ ड्यूक सुदृढ़ आवाज में बोला।

तभी केसी अन्दर आ गया। उसकी आंखों में उत्तेजनापूर्ण चमक थी। ‘बाहर बहुत सारे लोग बदमाशी पर उतरे हुए हैं। हमारे लड़कों ने उन्हें संभाल रखा है। मैं क्या करूं, बताओ?’ वह बोला।

वह केल्स से बोला - ‘मैं अभी बाहर से कुछ लड़के अन्दर भेजूंगा। तुम ध्यान रखना कि क्लेयर को कुछ न हो। अगर वे लोग बहुत ज्यादा हैं तबमैं लड़कों को घर में बुला लूंगा। साथ रहने से हमारा चांस ज्यादा अच्छा रहेगा।’

‘अरे भाई, मुझे तो माल की परवाह है। इस लड़ाई से क्या मिलेगा।’ केल्स दांतों से नाखून चबाता हुआ बोला।

‘तुम ठीक कहते हो। चाहे हमें माल न भी मिले। कम से कम बेन्टोनविले से सफाई तो हो ही जाएगी।’ हंसते हुए ड्यूक बोला।

‘तुम पागल हो चुके हो।’ केल्स बोला।

ड्यूक रसोई में गया। क्लेयर उसे देखकर मुड़ी। दोनों एक दूसरे को देखते रहे।

‘मैं जा रहा हूं। तुम स्वयं को छुपाकर रखना। केल्स यहां रहेगा। तुम चिंता मत करना।’

‘तुम मुझे डरपोक समझते हो?’ क्लेयर बोली।

‘नहीं, मैं नहीं चाहता कि तुम्हें कुछ हो।’

‘मैं नहीं समझती कि तुम्हें मेरी इतनी परवाह क्यों है?’

वह आगे बढ़ा और उसने क्लेयर को अपनी तरफ खींच लिया।

‘हमें लड़ना नहीं चाहिए क्लेयर! जो भी हुआ है मुझे उसका दुःख है।’

सहसा क्लेयर उससे लिपट कर रोने लग गई। ड्यक शांत खड़ा रहा बिना एक शब्द भी बोले।

केसी ने दरवाजे से झांका और चला गया।

गोलियों की ओर अधिक आवाजें बाहर से सुनाई पड़ने लगीं। तभी क्लेयर ने उसका हाथ पकड़ कर कहा - 'तुम बाहर मत जाओ। ...तुम मारे जाओगे। तुम्हें गोली लग जाएगी। तुम बाहर नहीं जाओगे।'

'ठीक हैं हम यह बंद करवा देंगे। हमें कॉफी काम करने हैं। अच्छा पागल मत बनो...।' और इससे पूर्व कि वह कुछ कह पाती वह कमरे से बाहर निकल गया।

वह केसी खड़ा था। 'आओ चलें...।' कहकर वह आगे बढ़ गया।

'वे लोग सामने के दरवाजे पर नजर जमाए हैं। बेहतर हो हम लोग पीछे से चलें।'

ड्यूक नीचे झुक गया। उसने धीरे से खिसक कर दरवाजा पार किया और पोर्च में आ गया। सामने दूर पेड़ के पास से गोली चली और उससे कुछ ही फीट की दूरी पर जा लगी।

'नीचे झुक जाओ।' उसने केसी से कहा। इसके साथ ही उसने अपनी गन से पेड़ को निशाना बनाया और गोली चला दी। एक पल बाद ही दूसरी गोली उसके एकदम पास आकर लगी।

'अरे, इसे तो अच्छी निशानेबाजी आती हैं केसी।! राइफल है? यह तो जैसे मुझे देखकर गोली चला रहा है।' अपनी जगह सावधानी से बदलते हुए ड्यूक बोला।

एक क्षण बाद केसी राइफल लेकर आ पहुंचा। ड्यूक ने उस पेड़ का निशाना साध लिया। उसके कन्धे में दर्द हो रहा था।

बड़े आराम से उसने पेड़ का निशाना साधा और ट्रिगर दबा दिया। उसने गोली चलाकर पेड़ की तरफ देखा। जवाब में फौरन गोली चली। और उसने भी फौरन ही ट्रिगर दबा दिया। गोली चली और उसके पास एक गज पर ही आ लगी। तभी जोर से एक आदमी के चीखने और पेड़ से गिरने की आवाज आई।

ड्यूक ने गन नीचे रख दी। 'चलो, इससे पहले वे कुछ और शुरू करें हम लोग मोर्चा संभाल लें।' और वे दोनों झुककर दौड़ते हुए पास की खाई के पास जा पहुंचे। अभी वे पचास गज की दूरी पर थे कि केसी बोला - 'सम्भलो।'

तभी खाई से थाम्पसन द्वारा चलाई गोलियां छितरा गई। मौके की बात थी कि निशाना जरा ऊंचा था, नहीं तो दोनों के परखच्चे उड़ जाते।

केसी ने जोर-जोर से गालियां बकनी शुरू कर दीं और वे लोग धीरे से खाई में कूद गये।

'मूर्खों, तुमने तो हमें ही मार डाला था।' केसी चीखा। जेटकिन और सिगर दोनों बोले - 'हमें क्या पता। हम चारों ओर से घिरे हुए हैं। हमें निकालो यहां से।'

'ठीक है। तुम दोनों जाओ। हम थोड़ी देर यहां रुकेंगे। तुम घर के पिछवाड़े जाओ। ध्यान से जाना। चांद निकलने वाला है।' थाम्पसन गन उसने उनके हाथ से ले ली।

'चांद तो दस मिनट में ऊपर आ जाएगा। वह पेड़ के पीछे देखे।' केसी बोला।

'बड़ी सावधानी से जाना। जब हम आएंगे तो सीटी बजाएंगे। हमें मत मारना।' ड्यूक बोला।

जेटकिन ने अन्धेरे में देखा - 'पता नहीं मैं वहां पहुंचूंगा भी या नहीं। बड़ा तगड़ा निशाना साधते हैं यह लोग।'

'अरे जल्दी निकलो दोनों। चांद निकलने वाला है।' केसी ने झाड़ा उन्हें।

सिगर बाहर निकला।

'अरे मूर्ख, लेटकर चलो।' ड्यूक चीखा।

तभी गोली चली ओर सिगर वापिस खाई में जा पड़ा।

'बेवकूफ! क्या सोच रहा था?' ड्यूक चीखा।

जेटकिन ने माचिस जलानी चाहिए। परन्तु ड्यूक ने माचिस दूर उछाल दी।वह सिगर पर झुक गया।

'यह तो मर गया। इसका तो यही हश्र होना था।' ड्यूक बोला।

केसी और जेटकिन परेशान हो उठे। वे अन्धेरी खाई में देख रहे थे। वे सिगर को लम्बे अर्से से जानते थे। वह उसकी बीवी-बच्चों से भी परिचित थे। दोनों बड़े उदास हो गये।

ड्यूक का कन्धा दर्द कर रहा था। अंधाधुंध गोलीबारी से कोई लाभ नहीं था। उसने सहसा सोचा, सीधे-सीधे कोरिस से ही लड़ाई करनी चाहिए।

'तुम घर जाओ...। केलस को भेजो जेटकिन। उसे कहना कि थाम्पसन लेकर आए।' ड्यूक बोला।

जेटकिन जाना नहीं चाहता था। परन्तु अन्ततः वह यह सोचकर जाने को तैयार हो गया कि शायद अन्ततः यह अच्छा ही होगा। अतः वह रेंग कर घर की तरफ चल पड़ा।

जब जेटकिन दूर चला गया तो ड्यूक बोला - 'मैं केल्स से मिलकर कुछ करना चाहूंगा। अगर हम किसी तरह कोरिस को पकड़ सकें तो मामला आसान हो जाएगा।'

'चांद ऊपर चढ़ रहा है। और सामने मैदान में जाकर कुछ भी करना जरा मुश्किल होगा।' केसी बोला।

'हम कोशिश करेंगे। हम उन्हें बता देंगे कि हम क्या कर सकते हैं। सिगर का बहुत दुःख है मुझे।'

'हां। इसके बच्चे भी हैं। बीवी भी है।'

'तुम लोग बड़ी बुरी तरह फंसे हो। और तुम्हें काफी कुछ मिलना भी नहीं है।' ड्यूक बोला।

'श्रीमान! अब आपको ही हमारे लिए कुछ करना पड़ेगा।' केसी बोला।

'हां। मैं जरूर कुछ करूंगा।' वह जानता नहीं था कि उसे करना क्या है? परन्तु इस वक्त चिंता बेकार थी। कोरिस को संभाल कर जोय और लौरेली को संभालना जरूरी था और वह कुछ भी करने को तैयार था।

थोड़ी देर में केल्स की आवाज आई - 'अरे गोली मत चलाना।' और वह लुढ़कता-पुड़कता थाम्पसन लेकर आ पहुंचा।

सिगर की लाश देखकर केल्स को झटका-सा लगा। वह बोला -'दोनों इसी में थे...ना? बेचारा।'

'सुनो। मैं यहां रुककर गोली नहीं खाना चाहता। मैं कोरिस के लोगों पर चढ़ दौड़ना चाहता हूं और उन्हें अचम्भे में डाल देना चाहता हूं। इस थाम्पसन गन में हम काफी नुकसान पहुंचा सकते हैं उन्हें।'

'हां। मैं जानता हूं। और तुम भी हमें काफी नुकसान पहुंचा सकते हो।' केल्स् मुंह चिढ़ाता हुआ बोला।

'तुम बरसती गोलियों में आगे बढ़ो। जैसे फिल्मों में बढ़ते हैं वे लोग।' ड्यूक बोला।

'तुम यही चाहते हो? केल्स ने कन्धे झटके।

'चलो चलें।' ड्यूक बोला। फिर केसी की तरफ मुड़ता हुआ वह बोला।

'जब मैं सामने खेत में पहुंच जाऊं तो तुम सामने पेड़ों पर और सड़क पर गोली चलाना। दूर तक गोली चलाना। मैं दूसरों को भी यही सलाह देता हुआ जाऊंगा।'

'ध्यान से जाना।' केसी उन्हें रेंगते हुए जाते देखता रहा। चांद आकाश पर पेड़ों के ऊपर चढ़ आया था। मैदानों में , खेतों में रोशनी होने लगी थी। आगे रेंगते हुए ड्यूक ने महसूस किया कि जैसे वह एकदम खतरे में हो और कोरिस के लोग उस पर गोलियां बरसाने ही वाले हों। परन्तु कुछ नहीं हुआ और वे लोग अगली खाई तक जा पहुंचे।

उस खाई के लोगों ने उन्हें पहचान लिया था। उन्होंने उन्हें सारी बात समझाई और वे अंतिम खाई के लिए चल पड़े।

केसी ने ऊपर की तरफ गोलियां चलानी शुरू कर दी। वे अंतिम खाई के पास जा पहुंचे और उन्हें समझाने लगे।

रात जाग उठी थी। काफी गोलीबारी हो रही थी। कोरिस के लोग भी गोलीबारी में लगे हुए थे।

बायीं तरफ से सबसे ज्यादा गोलीबारी हो रही थी। ड्यूक ने सोचा, वे लोग वहीं हैं।

'अगर हमारे पास हथगोले होते तो ज्यादा सुरक्षित थे हम।' केल्स ने कहा।

ड्यूक हंस पड़ा। अगर उसके कन्धे में दर्द ना होता तो उसे मजा आ जाता।

अंत में वे सड़क के किनारे की झाड़ियों के पीछे जा पहुंचे।

'बातें मत करो....वे दूर नहीं होंगे।' ड्यूक फुसफुसाया।

कुछ देर झाड़ी के साथ-साथ रेंगने के बाद वे लोग एक स्थान पर रुककर कुछ सुनने लगे।

कुछ लोग नीचे सड़क पर बातें कर रहे थे। ड्यूक आगे बढ़ा। दोनों बेआवाज दम साधे उन आवाजें को सुनते रहे। ड्यूक ने अपनी नजर झाड़ियों के बीच में टिका रखी थी। कुछ लोग दो कारों के चारों ओर खड़े थे। उसे सिगरेटों के जलते सिरे दिखाई देर रहे थे। वह समझ गया कि उन्हें किसी मुसीबत की आशा नहीं थी।

उनमें से एक बोला - 'एक मिनट में ही घर उड़ने वाला है। वह वहां पहुंचने ही वाला होगा।'

'नहीं भई, थोड़ा समय लगेगा। उसे कितना चक्कर काट कर जाना होगा। तुम्हें सब मिल गया।'

'हां। मैं यह खेत पार करना पसन्द नहीं करता। उसके पास दो मशीनगनें हैं। भला वे गोली किस पर चला रहे हैं?'

एक जन हंसा - 'पागल है। अगर गोलियां खराब करनी हैं तो हम क्या करें?'

ड्यूक उठा और उसने केल्स को झुके रहने का इशारा किया। पांच आदमी झुंड बनाकर कार के पास खड़े थे। वे मैदान की तरफ देख रहे थे। उनके हाथ में शाटगन थी।

वह केल्स के ऊपर झुक गया।

'वे पांच हैं...और झुंड में है।'

केल्स ने दांत पीसे और धीरे से वे लोग थाम्पसन गन लिए ऊपर उठ गये।

'ठीक है...ले चलो इन्हें...।' ड्यूक चीखा।

पीछे खाई में छुपा केसी कुछ नहीं समझ पाया। सहसा जोरदार गोलीबारी होने लग गई।

* * *

'गलत रास्ते पर जा रही हो।' जोय बोला और लौरैली ने कार को बेन्टोनविले की तरफ मोड़ दिया।

'मैं तो चली घर। चाहे दुनिया भर का पैसा हो तुम्हारे पास परन्तु कुछ चीजें तो ऐसी होती ही हैं जिन्हें हम छोड़ नहीं सकते।' वह बोली।

'पागल मत बनो। सीधी चली चलो।' जोय बोला। उसे भयंकर पीड़ा हो रही थी।

'होश की बात करो। हमारे पास काफी समय हैं तुम क्या सोचते हो ड्यूक पांच मिनट में यहां आ पहुंचेगा?' वह बोली।

कार का हर धचका जोय को दर्द से परेशान कर रहा था। वह अपने घाव के लिए चिंतित था। उसे डर था, कहीं वह बेहोश न हो जाए। वह लौरैली पर इतने सारे पैसे के लिए यकीन नहीं कर सकता था। अगर उसे कुछ हो जाए तो लौरैली उसे छोड़कर भाग सकती थी।

कार की गति 75 पर थी। लौरैली बोली -'जोय तुम तो बड़े तेज निकले। मैं एक बार तो सोचने लगी थी कि देर हो चुकी है।'

जोय ने दांत पीसे। उसका दर्द बढ़ता जा रहा था। वह पैसों के बारे में सोच रहा था। इतना पैसा...। वह जानता था कि सारे बान्ड कहां ले जाए जा सकते हैं। परन्तु पैसा आधा भी नहीं मिलना था। सने सोचा, आधा पैसा भी क्या बुरा था? और इस लड़की से छुटकारा पाना जरूरी था। अगर पुलिस पीछे पड़ जाए तो एक और ताते मुसीबत ही साबित होगी। और इसे देखकर तो कोई भी सिपही मुसीबत पैदा कर सकता था।

वह थक चुका था। अगर वह ठीक होता तो लौरैली की इस तरह बेन्टोनविले न जाने देता।

'तुम क्या सोचकर वापिस जा रही हो?' उसने पूछा।

'मेरे वस्त्र, मेरे जेवर। क्यों छोड़ूं जबकि अभी काफी समय है।' वह बोली।

'समय कहां है। हर मिनट कीमती है।' वह बोला।

'तुम पागल हो रहे हो। सम्भलो। क्या हुआ है तुम्हें? तुम्हारी तबीयत खराब है या तुम पागल हो चुके हो?' वह बोली।

जोय ने दांत भींच लिए और कार के दरवाजे से लगकर आंखें बन्द कर लीं। उसे लगा वह डूबता जा रहा है।

130

'हम पहुंचने ही वाले हैं...।' वह बोली।

थोड़ी देर बाद कार शुल्ज के घर के सामने खड़ी थी। कार रुकते ही जोय को होश आ गया। उसने देखा, कार का दरवाजा खेलकर वह बाहर जा रही थीं उसके पैरों ने करीब-करीब जवाब दे दिया था। शुल्ज के बगीचे के फूलों ने उस पर जैसे जादू कर दिया था।

लौरैली ने पास आकर उसका हाथ थाम लिया।

'तुम्हें क्या हो रहा है?' उसकी आवाज कठोर और सपाट थी।

लौरैली ने देखा, वह काफी बीमार लगता था। उसकी आंखें कोर हो उठीं। वह समझ गई जोय अब काम का नहीं रह गया था। तभी उसके दिमाग में एक विचार आया कि क्यों न इसे छोड़ दिया जाए।

जोय भी यह बात भांप गया। वह उसका बाजू पकड़कर लटक गया।

'मेरे साथ रहना। अगर तुमने मुझे धोखा देने की कोशिश की तो तुम्हें अचम्भा होगा।' जोय बोला।

'क्या बात है? तुम मुझ पर यकीन नहीं करते?' वह जानती थी कि जोय पिस्तौल चलाने में कितना माहिर है; अतः इन्तजार करने में ही भला था।

'मुझे किसी पर यकीन नहीं है। तुम तालियां लो और खोलो।' कांपते हाथों से उसने कहा।

वे दोनों अन्धेरे हाल में कुछ सुनते हुए अन्दर खड़े रहे। लौरैली ने लाइट जलाई। सामने क्लेन था।

लौरैली की चीख से जोय डर गया। वह लौरैली से लिपटना चाहता था परन्तु लौरैली छिटककर दूर हट गई।

'कौन है यह?' लौरैली ने पूछा।

जोय सावधानीपूर्वक आगे बढ़ा। 'यह ड्यूक का आदमी है...।'

तब लौरैली उसे पहचान गई।

'पीटर क्लेन...?' वह बोली।

वे खड़े होकर उसे देखते रहे।

'वापिस आकर तुमने पागलपन किया है।' जोय बोला। और उसने आगे बढ़कर ब्रांडी का एक गिलास मुंह से लगा लिया।

लौरैली दरवाजे की तरफ बढ़ी। 'हमें फौरन बाहर भाग जाना है।'

हलाहन और ओ.मैली दरवाजे में खड़े देख रहे थे। उनके हाथ में बन्दूक थी। उन्हें देखकर लौरैली के पैरों तले से जमीन निकल गई।

हलाहन बोला - 'हिलना मत।'

जोय का हाथ फौरन अपनी गन पर चला गया। यह एक सीधी सी क्रिया के विरुद्ध प्रतिक्रिया थी।

हलाहन की गोली सीधी उसकी आंखों के बीच में जा लगी। जोय सीधा पीछे फायर प्लेस में जा गिरा। उसकी गन दूर जा गिरी। लौरैली जोय का घाव देखकर कांप उठी। फिर थोड़ी देर बाद वह मुंह ढक कर रोने लगी।

एक आवाज उभरी - 'मेरी कबूतरी, तुझे तो इसके साथ वहीं जाना चाहिए था। और किसी ने उसका हाथ थाम लिया।

वह डर के मारे चीख पड़ी। उसने स्वयं को अलग करने की पूरी कोशिश की परन्तु शुल्ज उसे कहां छोड़ने वाला था।

'यह जरा डर-सी गई है। मुझे छोड़कर एक कातिल के साथ रहना। फर्क तो पड़ता ही है।'

हलाहन ने गन पीछे कर ली। 'मुझे सारा मामला अदालत के सामने लाना पड़ेगा।' वह बोला।

शुल्ज ने लौरैली की कुर्सी में धकेल दिया। 'वहीं बैठी रहना जब तक तुम्हें न बुलाऊं।'

जब हलाहन जोय को देख रहा था कि वह मर चुका है, शुल्ज ने तभी जोय की गन उठा ली। चुपचाप गन उसने जेब में डाल ली। इतनी चतुरता से उसने सारा काम किया कि हलाहन और ओ मैली जान ही नहीं पाए।

जब हलाहन सीधा हुआ तो शुल्ज गन उसे देकर बोला -'लो, इसने इसी से क्लेन की हत्या की थी। आपको गोलियों से मिलान करना होगा।'

हलाहन ने उसकी तरफ देखा -'यह बताओ तुमने बन्दूक वहीं क्यों नहीं रहने दी? तुमने इस पर अपनी उंगलियों के निशान छोड़ दिए हैं।'

'ओह। मैंने तो यह सोचा ही नहीं था। परन्तु चलो, लड़का मर गया हैं अब प्रमाण की जरूरत ही क्या है?'

शुल्ज बोला।

'हो सकता है मिस्टर स्पेड इसे भी आत्महत्या का मामला समझें।' हलाहन बोला।

'मैं ऐसा नहीं समझता। कातिल तुम्हारे सामने है। मामला साफ हैं तुम्हें कातिल मिल गया। मुझे मेरी कबूतरी...।' वह हंसा।

'यह उस लड़के के साथ क्या कर रही थी?' उसने सन्देहात्मक स्वर में पूछा।

'मैं तुम्हें पहले ही बता चुका हूं। इस लड़के का इस पर काफी प्रभाव था। अब यह ठीक हो जाएगी। तुम चिन्ता मत करो। मिस्टर स्पेड की इस पर काफी कृपा रहती है। है ना मेरी कबूतरी?' उसने उंगलियां लौरैली की खाल में गड़ाते हुए धीरे-धीरे बताया।

हलाहन थोड़ा हिचकिचाया - 'ठीक है, इन दोनों के लिए गाड़ी भेजेंगे। इसे कोर्ट में पेश करना पड़ेगा।'

'कल यह कोर्ट में पेश हो जाएगी। कैप्टन मैं तो खुद ही इन दोनों से छुटकारा पाना चाहता हूं। इनसे मेरा घर कुछ अप्राकृतिक-सा लगता है।' वह हंसा।

हलाहन मुझ और बोला - 'ओ.मैली! यहीं ठहरना। मैं जरा पुलिस स्टेशन जाता हूं। ' और वह बाहर निकल गया।

ओ.मैली ने शराब की बोतल की तरफ़ बड़ी आशा से देखा। तभी शुल्ज बोला -'सार्जेन्ट, तुम जरा बाहर बैठकर प्रतीक्षा करो। मैं जरा अकेला रहना चाहता हूं।'

सहसा लौरैली चीखी - 'मुझे अकेला मत छोड़ो...।' और वह हाथ छुड़ाने का प्रयास करने लगी।

ओ.मैली ने दोनों की तरफ देखा।

'मैं इसे इस लड़के के साथ भागने की सजा दूंगा।' और उसने जेब से कुछ नोट निकालकर ओ.मैली के हाथ में ठूंस दिए। लौरैली को खींचता हुआ वह अन्दर ले चला।

लौरैली ने ओ.मैली की कमीज पकड़ ली। उसकी बड़ी-बड़ी आंखें भय में फैली थीं। वह चीखी - 'मुझे इसके साथ मत छोड़ो...यह मेरा खून कर देगा...मेरा खून कर देगा...।'

ओ.मैली ने हाथ छुड़ाकर कहा -'नहीं...वह तुम्हारा खून नहीं कर सकता। क्यों मिस्टर शुल्ज?' और उसने पैसा जेब के हवाले किया।

'यह सोचती है मैं इसे मार डालूंगा। परन्तु नहीं, मैं इतना जुल्म नहीं करूंगा...।' और उसने लौरैली का हाथ बुरी तरह मरोड़कर पीछे कर दिया।

ओ.मैली दरवाजे की ओर बढ़ा - 'अगर कोई सहायता चाहिए तो...।'

'यह थोड़ा बहुत चीखेगी...चिल्लाएंगी....परन्तु तुम घबराना नहीं।' शुल्ज बोला।

जैसे ही लौरैली सहायता के लिए चीखी, उसने एक जोरदार थप्पड़ उसके मुंह पर दे मारा। जोरदार थप्पड़ पड़ने से वह एकदम डर गई और घुटनों के बल बैठकर धीरे-धीरे रोने लगी।

शुल्ज बोला - 'मेरी कबूतरी। यह आखिरी मौका है तुम मुझे धोखा दोगी। बताओ माल कहां है?'

'माल जोय के पास था...।' वह चीखते हुए बोली।

उसने एक जोरदार झापड़ और उसे दिया -'बताओ पैसा कहां है। नहीं तो तुम्हारे कपड़े फाड़ दूंगा। तुम माल जोय को कैसे दे सकती हो?'

कांपते हाथों से उसने बोन्ड बाहर निकाल दिए। और उन्हें शुल्ज के कदमों पर रख दिया।

'ओह शानदार! मैंने बड़ी इन्तजार की है इनकी।' बोन्ड देखते ही वह खुश हो गया।

लौरैली सहसा उठी ओर दरवाजे की तरफ भागी। तभी शुल्ज का भारी भरकम हाथ उसकी गर्दन पर पड़ा। वह सीधी ही सोफे पर ढेर हो गई।

वह दो ही कदमों में उसके पास जा पहुंचा।

'अब कोई हस्तक्षेप नहीं करेगा।' ओर उसकी मोटी उंगलियां उसकी गर्दन में धंस गई। वह पूरे जोर से उसे पीछे हटाने की कोशिश करने लगी। उसने अपने नाखूनों और दांतों से उसे बुरी तरह नोंच डाला। दूसरी ओर शुल्ज की उंगलियों लगातार उसकी गर्दन पर कठोर होती चली गई।

वह लगातार लड़ रही थी। वह जानती थी, अगर उसकी उंगलियों को वह अपनी गर्दन से फौरन ही ना हटा पाई तो उसके लिए कोई आशा नहीं थी। वह जानती थी ओ.मैली कुछ ही गज दूर था, यही उसकी आशा थी और शुल्ज की मुश्किल। शुल्ज ने अपना घुटना उसकी छाती पर रखा दिया। उसे लगा जैसे सांस उसके शरीर से निकल गई हो। उसके कानों में भयंकर शोर सुनाई दे रहा था। और जीभ ऐंठती जा रही थी।

वह और नहीं लड़ पाई। उसकी मोटी उंगलियां अब कोई दर्द गर्दन में पैदा नहीं कर रही थीं। केवल उसकी टांगें कांप कर असहायतापूर्ण ढंग से एक-दूसरे से टकरा रही थीं।

तभी उसने शुल्ज की अजीब सी आवाज सुनी। तभी उंगलियों की पकड़ ढीली पड़ गई। उसके फेफड़े हवा से भर उठे। वह अन्धेरे के सागर में डूबती चली गई। तभी किसी ने कहा - 'ठीक है।' और उसने आंखें खोल दी।

एक छोटा आदमी जिसके सिर पर बालों में एक सफेद लकीर थी, उस पर झुका हुआ था।

'तुम अब ठीक हो। मैं समझता हूं, हम समय पर आ गये।' यह साम ट्रेन्च था।

गला सहलाती वह उठ खड़ी हुई। शुल्ज बगल में पड़ा था। एल. बर्नीस मुस्कुराकर बोला - 'अंतिम समय का बचाव। ठीक फिल्मों की तरह।'

वह खाली-खाली आंखों से उन्हें तक रही थी।

साम ट्रेन्च ने उसे कुर्सी पर बिठाने में मदद की। 'तुम घबराओ मत। तुम्हें कुछ नहीं होगा।' वह बोला।

बर्नीस शुल्ज की तरफ देखता बोला - 'मैं सोचता हूं, मैंने इसे कैसे मारा है? यह तो बड़ा तगड़ा आदमी है।'

साम क्लेन के पास गया। उसका हाथ छूकर बोला - 'इसे मरे तो काफी समय हो चुका है। बेचारी क्लेयर को यह लड़का बहुत ही पसन्द था।'

'जरा देखो तो। दो लाशें, एक लड़की जिसका गला घोंटा जा रहा हो। एक बदमाश जो गला घेंट रहा था। एक खतरनाक ड्रामे के लिए कितना अच्छा मसाला है। काश! मेरे पास मेरा कैमरा होता! क्लेरियन के लिए कितना अच्छा मसाला होता।' बर्नीस बोला।

तभी साम की नजर बौंडों की गड्डी पर पड़ी। जो शुल्ज के पास ही पड़े थे। उसने शीघ्रता से बौंड उठा लिए और बोला - 'देखो, देखो, यह क्या है?'

लौरेली ने कुर्सी से उठने की कोशिश की परन्तु असफल रही।

'यह मेरा है।' वह बलपूर्वक बोली।

'नहीं। तुम्हारा कैसे हो सकता है।' उसने बौंडों को उल्टापुल्टा और उनके नम्बर पढ़े। उसका चेहरा एकदम बदल गया।

ओह! मैं जानता हूं यह बौंड कहां से टपके हैं?' साम बोला।

बर्नीस ने विस्फारित नेत्रों से देखकर कहा - 'अजीब बात है। बड़े पुराने लगते हैं और हैं भी लाखों की संख्या में...।'

'यह नोक्स की लूट है। दस वर्ष पहले यह नम्बर मेरे पास भेजे गये थे। और पिन्डर एन्ड....। इससे तो सारी बात स्पष्ट हो गई। और उसने बोंड जेब के हवाले कर दिए।

'अब लड़की को पिछले रास्ते से ले चलते हैं। रास्ते में कुछ बातचीत भी करेंगे।'

बर्नीस मुस्कुरा कर लौरेली के पास गया और बोला - 'चलो प्रिय, अभी तो तुम्हारी मुश्किलें शुरू होंगी।'

लौरेली ने स्वयं ही छुड़ाने की कोशिश की परन्तु उसने उसे सख्ती से पकड़ लिया। यह चीखी - 'मुझे जाने दो। वह पैसा मेरा है। मुझे दे दो।'

'तुम जैसी औरते कैसी बच्चों जैसी बातें करती हैं।' और उसने हंसते-हंसते लौरेली को कमरे से बाहर धक्का दे दिया।

एक घन्टे के बाद हलाहन के फोन की घन्टी बजी और वह एक घन्टे तक लगातार साम की बातें सुनता रहा।

जो अजीब, भैंचक्का कर देने वाली सूचनाएं साम दे रहा था, वह काबिले-यकीन नहीं थी। बात समाप्त होने के बाद वह काफी देर सोचता रहा। और तब उसने शुल्ज के नाम गिरफ्तारी का वारंट जारी कर दिया। कारण था पीटर क्लेन का कत्ल। वह आश्वस्त हो चुका था कि अभी चुनाव का समय नहीं आया है और आत्महत्याओं का दौर रुक गया।

* * *

जब केसी के कमरे का दरवाजा खुला तो क्लेयर ने मुड़कर देखा। उसका हाथ मुंह पर चला गया।

कोरिस मुस्कुरा रहा था। 'हिलना मत। जहां हो, वहीं रहना।'

बिफ ने कोरिस को देखा ओर दांत निपोरने लगा। उसका टूटा दांत दिखाई दे रहा था।

'हैलो जवान। हम लोग तुम्हें पसंद नहीं है। हैं?'

क्लेयर स्थिर बैठी रही। उसका दिल धक-धक कर रहा था और उसका चेहरा सफेद पड़ चुका था।

कोरिस बोला - 'हम ज्यादा इन्तजार नहीं करेंगे। तुम्हें पता है माल कहां है? बताओ।' वह क्लेयर से बोला

'मुझे नहीं पता। और ना ही इस मामले का मुझे पता है।' वह संयत आवाज में बोली।

कोरिस बिफ की तरफ देखकर बोला - 'अच्छा तो भई हम अन्दर आ पहुंचे हैं और वे लोग हैं बाहर। हो सकता है अब हम ड्यूक को बात करने पर मजबूर कर सकें।'

बिफ ने सिर हिलाया और क्लेयर को एक हाथ से पकड़कर घसीटता हुआ ले चला।

हालांकि क्लेयर ने कोई प्रतिरोध नहीं किया फिर भी वह उसका हाथ मरोड़ता रहा।

बाहर से गोली चलने की आवाज आ रही थी। सहसा कोरिस ने अपना सिर एक तरफ किया।

'वे अभी यहां हैं।' वह बोला ही था कि जैटकिन अन्दर आ पहुंचा।

कोरिस ने अपनी गन जेटकिन को दे मारी और बोला - 'ज्यादा उत्तेजित मत होओ।'

जेटकिन ने क्लेयर, बिफ, और कोरिस को बारी-बारी से देखा और उसका चेहरा सफेद पड़ गया।

क्लेयर ने सोचा, कहीं बेहोश तो नहीं होने वाला।

कोरिस ने घड़ी देखी और जेटकिन से बोला - 'दस मिनट में ड्यूक को यहां लाओ। नहीं तो हम इस लड़की को गोली मार देंगे। हम यह मामला अब समाप्त करना चाहते हैं।'

जेटकिन कांपता रहा, तभी कोरिस ने बन्दूक से धक्का मार कर उसे बाहर कर दिया।

'वे मुझे गोली मार देंगे। ड्यूक तो मैदान के उस पार है।' जेटकिन चाचना भरे स्वर में बोला।

'मुझे बड़ा दुख होगा।' उसने खिड़की पर लगा सफेद परदा फाड़कर उसे दिया ओर बोला - 'यह ले जाओ, इसे फहराते जाना। शायद वे तुम्हें शूट न करें।' और उसने एक लात उसे रसीद की।

जेटकिन के जाने के बाद वह बैठक में आ गया।

'लड़की को ऊपर ले जाओ। ऊपर सीढ़ी में खड़े होकर सुनो। अगर ड्यूक कोई गड़बड़ करे तो इसे मार डालना। समझे।' कोरिस बोला।

'ठीक है।' और बिफ क्लेयर को खींचता, घसीटता ऊपर की तरफ ले चला।

कोरिस पीछे हटकर छाया में खड़ा हो गया। वह जेटकिन का ड्यूक के लिए चीत्कारपूर्ण याचना से भरा स्वर सुन रहा था।

बीस मिनट गुजरने से पूर्व ही उसने ड्यूक को आते हुए देखा। उसके ठीक पीछे जेटकिन था।

कोरिस को आश्चर्य तो इस बात का था कि उसके अपने आदमी कहां थे? इस बात से वह बड़ा परेशान हो गया। उसने अपनी स्वचालित गन सामने कर ली ओर प्रतीक्षा करने लगा।

ड्यूक आगे आया, टूटा गेट पार किया और ऊपर देखने लगा। उसके दोनों हाथ नीचे लटक रहे थे।

कोरिस प्यार से बोला - 'ऊपर आ जाओ।'

ड्यक ऊपर चढ़कर कोरिस की तरफ बढ़ा। कोरिस ने उसे अन्दर का रास्ता दिखा दिया। ड्यूक बैठक में जाते हुए दीवार के साथ-साथ चलता गया। उसकी आंखें बड़ी सतर्क थीं।

'कैसी लगी लड़ाई? उसने पूछा।

कोरिस कमरे में घूम रहा था। 'घबराओ मत, लड़की ऊपर है बिफ के साथ। अगर तुमने कोई भी गड़बड़ की तो वह उसे गोली मार देगा।'

'क्यों नहीं? तुम बिना औरत को बीच में डाले कोई लड़ाई नहीं लड़ सकते?' ड्यूक बोला।

'माल कहां है? मैं जल्दी में हूं ड्यूक।' कोरिस बोला।

'वह तो बेन्टोनविले के आधे रास्ते पर पहुंच चुका होगा। वह लड़का और लौरैली मुझे डबलक्रास कर गये हैं। उन्हीं को वह माल मिल गया था और वे ही उसे लेकर निकल गये।'

कोरिस का रंग उड़ गया - 'निकल गये?' वह बोला।

मैंने तुम्हें कितना इशारा किया कि यह मूर्खतापूर्ण लड़ाई बन्द करो। पर तुम तो पूरी तरह मरने मारने पर उतारू थे। अब तक वे आधा रास्ता पार कर गये होंगे।'

'तुम झूठ बोल रहे हों' कोरिस ने कहा और उंगलियां ट्रिगर पर मजबूती से जम गई।

'ऊपर जाकर खुद देखो। माल वहीं छिपाया गया था।' ड्यूक बोला।

'मुझे दिखाओ।' कोरिस दरवाजे की ओर संकेत करता हुआ बोला।

जैसे ही ड्यूक सीढ़ी की तरफ बढ़ा, ऊपर से बिफ की आवाज आई - 'क्या बात है?'

'लड़की को एक कमरे में ले जाओ और नजर रखो। मैं इसके ठीक पीछे हूं।' वह बोला।

ड्यूक ने सुना, बिफ क्लेयर को घसीट कर पिछले कमरे में ले जा रहा था। उसने मुश्किल से स्वयं पर काबू पाया। वह आधा मुड़ा।

कोरिस बोला - 'ऊपर...ऊपर चलो।'

कोरिस के ठीक पीछे ड्यूक ने देखा, केल्स था। उसके हाथ में चाकू था। वह चांदनी में चमक रहा था। वह भूत की तरह कोरिस के ठीक पीछे पहुंच चुका था।

चाकू बेआवाज कोरिस के शरीर में घुस गया। कोरिस पीछे मुड़ा ओर फिर आगे की तरफ झुक गया। बन्दूक हाथ से छूट गई। उसके घुटने मुड़े और वह ढेर हो गया।

केल्स ने उसे थाम लिया - 'अरे मैंने बेचारे का सूट खराब कर दिया।' वह फुसफुसाया और उसे लेकर चुपचाप सीढ़ी से नीचे उतर गया।

भूत की तरह आगे बढ़ते-बढ़ते ड्यूक क्लेयर ओर बिफ के कमरे में जा पहुंचा। वह क्लेयर और बिफ दोनों की नजरें साफ-साफ देख रहा था। दोनों उसे देख रहे थे। चांद की खिड़की से होकर आती रोशनी में सब कुछ साफ-साफ दिख रहा था।

'वह यहां है।' वह पीछे की तरफ देखते हुए बोला।

उसने बिफ को मूर्ख बना दिया क्योंकि वह समझा कि कोरिस पीछे-पीछे आ रहा हैं इसी बीच ड्यूक को बिफ के ऊपर छलांग लगाने का पूरा मौका मिल गया। खतरा मोल लिए बगैर कोई चारा नहीं था। वह उन दोनों के बीच जा जटकराया। तीनों धड़ाम से पीछे जा गिरे और तभी बिफ की गोली चली।

गोली उसके चेहरे से थोड़ा ऊपर से गुजर गई और उसने कलाई से भरपूर वोर बिफ पर कर दिया।

क्लेयर तो लुढ़ककर एक तरफ हट गई। परन्तु बिफ और ड्यूक आपस में भिड़ गये। दूसरे ही क्षण बिफ का भरपूर घूंसा ड्यूक की पसलियों से जा टकराया, उसे दिन में भी तारे नजर आने लगे।

एक लपेटा लेकर ड्यूक ने बिफ के गले पर अपना फौलपादी पंजा गड़ा दिया। तभी उसके कन्धे से जैसे चाकू लगने जैसी भयंकर पीड़ा उठी। उसने समझ लिया, घाव फिर से खुल गया हैं उसके हाथ की शक्ति चुक सी गई। बिफ ने उसके चेहरे पर वार करने शुरू कर दिए। तभी विफ का भरपूर घूसा उसके चेहरे पर पड़ा और वह दूर जा पड़ा। तभी उसने देखा, बिफ उठने की कोशिश में था।

ओर तभी केल्स अन्दर आ गया।

बिफ ने केल्स की गन देखीं और एक तरफ घूम गया।

तभी केल्स की बन्दूक से धांय की आवाज हुई और बिफ के सर की पड़खच्चियां उड़ गई। वह कटे पेड़ की तरह जमीन पर जा गिरा।

'मैं तो समझा था कि यह झुंड जरा तगड़ा होगा। यह तो भेड़ों के झुंड से भी गया बीता निकला।'

ड्यूक उठकर धीरे से खड़ा हो गया। खून से उसका कोट भीग रहा था। उसकी पसलियां दर्द कर रही थीं। उसने उत्सुकता से क्लेयर को देखा। वह सामने दीवार से लगी खड़ी थी। वह उसके पास जा पहुंचा।

'डर गई थीं?' उसका हाथ थामते हुए वह बोला।

कोट से बहते खून ने क्लेयर को छुआ। घबरा कर वह बोली - 'तुम्हें चोट लगी है। नीचे चलो, देखें क्या हुआ है?'

'मैं ठीक हूं।' कहते-कहते ड्यूक घुटनों के बल क्लेयर के सामने झुकता चला गया।

तभी क्लेयर चीखी - 'केल्स!'

'यह तुम्हें पागल बना रहा है।' केल्स ड्यूक को देखते हुए बोला।

'उठो सूअर, उठो। क्या ड्रामा कर रहे हो?' ड्यूक पर झुकते हुए वह बोला।

बारह बजे के बाद ही क्लेयर घर आ पाई। वे कोरिस द्वारा छोड़ी गई काली पैकेट लेकर लौटे थे। मृतकों को दफनाने का काम केसी के जिम्मे था।

'कोई अन्दर है...।' क्लेयर बोली।

उन्होंने देखा, खिड़की से रोशनी आ रही थी। ड्यूक ने पिस्टल हाथ में ले ली।

'हर समय कोई न कोई बावेला।' और वे लोग कार से नीचे उतरे। केल्स भी साथ-साथ चल पड़ा।

'तुम यहीं प्रतीक्षा करो क्लेयर, पहले हम देख लें।' ड्यूक बोला।

जैसे ही उसने दरवाजा खोला, साम ट्रैन्च सामने आ गया।

'मैंने सोचा तुम लोग आ ही रहे होंगे। काफी तुम्हारे लिए तैयार है। ' वह बोला।

'परन्तु साम! तुम यहां कैसे?' क्लेयर अत्यन्त खुश होकर बोली।

उसने क्लेयर को आलिंगन में बांध कर कहा - मैं सबसे चतुर हूं। अब अपनी मेहनत का फल देखो तुम लोग।' वह बोला।

ड्यूक ने केल्स को कहा -'अब हम चलें। काफी देर हो चुकी है।

'जी नहीं। चलो अन्दर। मुझे तुम लोगों से बात करनी है।' क्लेयर उठने को हुई कि साम बोला -'तुम बैठो। मैंने सारा प्रबन्घ् कर रखा है।' और उसने उठकर अलमारी से बोतल लाकर केल्स के सामने रख दी।

'मैं समझ नहीं पाया, तुम्हें कैसे पता था कि हम लोग यहां आएंगे।' ड्यूक ने पूछा।

'पहले यह बताओ कि तुम्हारा अभियान कैसा रहा?'

'हमने स्पेड के लोगों को समाप्त कर दिया। दस को मार डाला हैं बाकी भाग गये हैं। कोरिस मर चुका है। बस अफसोस यह है कि हम स्पेड को नहीं पा सके।' ड्यूक बोला।

'और पिन्डर एन्ड का क्या हुआ?' साम ने पूछा।

'हमने तुम्हें एक कहानी देने का वायदा किया था।' और ड्यूक ने उसे सारी कहानी सुनाई। कहानी समाप्त होते-होते क्लेयर तो ऊंघने लगी थी और केल्स पर शराब का नशा चढ़ चुका था।

'तो वे लोग माल लेकर भाग गये। शुल्ज भी भाग गया।' निराशापूर्ण स्वर में ड्यूक बोला - 'तो कल से यह नई चिंता चालू हो गई हमारी।'

साम ने अपने कोट के बटन खोले और प्लास्टिक कागज में लिपटे बोंड मेज पर फेंक दिए।

'यही है वह माल जो तुम ढूंढते फिर रहे हो। तुमने सोचा, बूढ़े को बाहर कर दिया है...है ना।' साम मुस्कुराया।

ड्यूक ने पैकेट उठाकर देखा ओर चहका - 'ओहो। पुराने घाघ...लोमड़....तुम कमाल के आदमी हो।'

'जोय मर चुका है। लौरेली शहर छोड़कर बिजली की तरह निकल भागी है। मैंने उसे दो सौ पौन्ड दे दिए थे...।'

'और शुल्ज?' ड्यूक ने पूछा।

'शुल्ज जेल में है। मैंने अभी-अभी शुल्ज से बात की है फोन पर। उस पर पीटर क्लेन की हत्या का अभियोग है। वह हत्या से इनकार भी नहीं कर रहा। उसकी चिंता छोड़ो अब।' साम बोला।

क्लेयर उठ खड़ी हुई। 'अगर मैं सो जाऊं तो क्या आपको ऐतराज है?'

साम उसके पास गया - 'सोने की बात करती हो? हमारे पास संसार की सबसे दिलचस्प कहानी है। तुम कैसी अखबार नबीस हो। मैं कल क्लेरियन का विशेष अंक निकाल रहा हूं और काम बहुत है।'

'परन्तु साम...।' वह बोली।

'क्लेयर तुम्हारी कहानी है यह ओर तुम्हीं लिखोगी इसे। हमने बेन्ओनविले की सफाई कर दी है। यह हमारी कहानी है। सिर्फ क्लेरियन ही ऐसी कहानी दे सकता हैं फेअर व्यू की तरक्की के लिए हमारे पास काफी पैसा हैं हम चाहें तो पुअर व्यू खरीद सकते हैं।' वह हर्ष और उल्लास से क्लेयर का हाथ थामे कांप रहा था।

क्लेयर की आंखों में हल्की-सी उत्कण्ठा की झलक जागी।

'परन्तु साम। अभी हमें स्पेड से निपटना है।' वह बोली।

'स्पेड? स्पेड मर चुका है वह शुल्ज के पीछे गया था परन्तु शुल्ज ज्यादा तेज निकला।'

'मैं समझी नहीं।' क्लेयर बोली।

'मैं समझा, तुमने अन्दाजा लगा लिया होगा। हमें देर-सवेर यह पता लग ही जाना था कि पीटर क्लेन ही स्पेड था। प्रिय, मैं अपने मुंह से तुम्हें यह नहीं बताना चाहता था। परन्तु चलो जो भी है।' साम दुःख पूर्ण स्वर में बोला।

'पीटर...?' वह खड़ी हो गई।

'टिमसन क्लेन के कमरे में क्यों मरा? यही बात मैं सोचता रहा। अब मैं जानता हूं, उसे पता लग गया था कि क्लेन की वास्तविकता क्या हैं वह उन अधिकारपत्रों का सौदा करने आया था वहां। क्लेन ने उसकी हत्या कर दी। इससे पहले कि वह लाश से मुक्ति पाता, ड्यूक और क्लेयर ने उसे आश्चर्यचकित कर दिया। मुझे वे अधिकार पत्र मिल गये हैं वे पीटर के बैंक में थे। मैंने पुलिस को इन कागजों के अध्ययन के लिए कहा। और जो बैंक खाते हैं उनके बारे में पता लगाने को कहा। हमने आधा घंटा पूर्व ही बैंक मैनेजर से सब कुछ जान लिया। उसके पास तीन

लाख डालर कैश के रूप में हैं। क्या यह प्रमाण काफी नहीं है!' यह सारा पैसा जुए का है। यह एक अच्छा धंधा है। कोरिस ने पैसा कमाया और...।'

ड्यूक बोला - 'बको मत। बहुत बोल चुके हो।'

'परन्तु क्लेयर को बताना तो है ही। अगर उसे सब कुछ ना पता लगा तो उसकी जिन्दगी तबाह हो सकती है।' गुस्से में साम बोला।

'इसे बाहर निकाल दो केल्स...। जाओ तुम दोनों बाहर निकल जाओ...।' ड्यूक चीखा।

केल्स उठा - 'चलो पापाजी। यह समय आपके सोने का है, निकलो बाहर!'

'परन्तु मेरी कहान का क्या होगा?' वह बोला।

'इसकी चिन्ता मत करो। कहानी मैं सुनाऊंगा।' केल्स ने कहा।

जब वे दोनों चले गये तो चुप्पी छा गई। क्लेयर फायर प्लेस के पास खड़ी थी।

ड्यूक ने आगे बढ़कर उसे अपनी तरफ घुमाया। 'अब यह लड़ाई कब बन्द होगी हमारी तुम्हारी? मैं समझता हूं, हम दोनों को एक-दूसरे की जरूरत है।' वह बोला।

क्लेयर ने उससे दूर हटने की असफल प्रयास किया।

'मुझे जाने दो। मैं जानती हूं गलती तुम्हारी थी।' वह बोली।

ड्यूक ने उसका सिर अपनी छाती पर रख लिया। 'पागल मत बनो रानी! मैंने तुम्हें चेतावनी दी थी। पीटर मेरा ओर तुम्हारा दोनों का मित्र था। परन्तु वह एक कमीना शहरी था। मैं भी उससे ज्यादा बेहतर नहीं हूं परन्तु वह अब मर चुका है। अतः मेरी दोहरी जिम्मेदारी हो जाती है। जिद मत करो क्लेयर ,जीवन में बहुत कुछ करने को है। मैं तुम्हारी सहायता चाहता हूं।'

'मैं यहां से भाग जाना चाहती हूं। मैं बेन्टोनविले और फेअर व्यू कभी नहीं लौटना चाहती। मैं थक चुकी हूं ड्यूक।'

'तुम नये फेअर व्यू से नहीं थकोगी। मैं तुम्हारे साथ रहूंगा। तुम नहीं जाती कि तुम चाहती क्या हो तुम काफी अकेली हो। मैं तुम्हें संभाल लूंगा। मेरी मित्रता तुम्हें पसंद आएगी।' उसने उसकी ठोड़ी को ऊपर उठाया और चूम लिया।

कुछ पल क्लेयर उसे दूर धकेलने का प्रयास करती रही। परन्तु कुछ ही क्षणों में वह उससे लिपट गई।

'मुझे माफ कर दो। मैं तो मूर्ख थी। और नहीं सह सकती मैं।' उसने ड्यूक के गालों पर अपनी जुल्फें दबा दीं।

साम और केल्स अपनी-अपनी नाक सहलाने लगे। और खिड़की, जिससे अन्दर झांक रहे थे, पीछे हट गये।

हंसता हुआ केल्स बोला - 'मैं तो जानता था, यही होने वाला था। इसका तो कहीं चांस ही नहीं था।'

'अब यह शिकायत नहीं करेगा।' साम बोला - 'मैं इस कन्या को काफी समय से जानता हूं। इसे खुश रखेगी।'

वे कुछ देर रखते रहे। और फिर ऊंचे स्वर में गाने लगे...।

- आज का दिन है शानदार!
- आज का दिन है जानदार!!
- मुबारक हो मुबारक हो!
- जश्ने - मुहब्बत मुबारक हो!!
ओर इस प्रकार कहानी का अन्त हुआ।

व्यक्तित्व विकास

डायमंड बुक्स
X-30, ओखला इंडस्ट्रियल एरिया, फेज-II नई दिल्ली-110020 फोन : 011- 40712200
ई-मेल : sales@dpb.in Shop online at www.diamondbook.in

डायमंड में प्रकाशित श्रेष्ठ साहित्य

डायमंड बुक्स

X-30, ओखला इंडस्ट्रियल एरिया, फेज-II नई दिल्ली-110020 फोन : 011- 40712200
ई-मेल : sales@dpb.in   Shop online at www.diamondbook.in